触摸地球素颜
毕淑敏自选集

毕淑敏 ◎ 著

读者出版传媒股份有限公司
甘肃人民出版社

图书在版编目（CIP）数据

触摸地球素颜：毕淑敏自选集 / 毕淑敏著. -- 兰州：甘肃人民出版社，2021.6
ISBN 978-7-226-05699-8

Ⅰ. ①触… Ⅱ. ①毕… Ⅲ. ①散文集－中国－当代 Ⅳ. ①I267

中国版本图书馆CIP数据核字(2021)第103716号

出 版 人：刘永升
总 策 划：刘永升　李树军　宁 恢
项目统筹：高茂林　王 祎　李青立
策划编辑：高茂林
责任编辑：李青立
封面设计：今亮後聲 HOPESOUND 2580590616@qq.com · 核漫 欧阳倩文

触摸地球素颜：毕淑敏自选集

毕淑敏　著

甘肃人民出版社出版发行

（730030　兰州市读者大道568号）

北京金特印刷有限责任公司印刷

开本 889 毫米×1194 毫米　1/32　印张 10　插页 2　字数 224 千
2021 年 7 月第 1 版　2021 年 7 月第 1 次印刷
印数：1~20 000

ISBN 978-7-226-05699-8　　　定价：48.00 元

目 录

触摸地球素颜 /001
世界观与观世界 /006
带上灵魂去旅行 /011
总有风景打动你 /015
天堂的颜色 /018
海洋是我们的摇篮 /022
海中央 /041
每日"一偷"与"倒时差" /048
丹麦的独腿锡兵 /059
生当做瀑布 /070
世界上最芬芳的工作 /079
冰山和海盗们的诗 /085
粉红色的玫瑰城 /098
彩虹布和龙舌兰酒 /114
玛瑙人 /123
莎草纸 /130
轰先生的苹果树 /147
陇西行 /152
告别啊告别 /184
让我们倾听 /190
世界上最缓慢的微笑 /195

我在寻找那片野花 /203
蚕是被自己的丝裹住的 /207
轰毁你心中的魔床 /211
每天都冒一点险 /217
心是一只美丽的小箱子 /221
切开忧郁的洋葱 /224
做一棵城市树需要勇气 /229
节气是一种命令 /232
年龄的颜色 /235
柔　和 /238
爱怕什么？ /241
性别按钮 /245
淑女　书女 /253
每只小狗都有一个目标 /256
在火焰中思索 /259
爱的回音壁 /262
爱情没有快译通 /265
关于爱的奇谈怪论 /271
旷野与城市 /277
家的疆域 /279
飘扬的长发与人生的幸福 /282

中　性 /288

我很重要 /292

童话书中的苦难 /297

幸福和不幸永在 /301

你是否需要预知今生的苦难 /305

提醒幸福 /309

触摸地球素颜

关于环球游,很喜欢"和平号"的一句广告语——触摸地球素颜之旅。

素颜,顾名思义,就是没有化过妆的地球吧。城市,就是地球浓妆艳抹脂粉气甚浓的大痦子。污染的河流,是地球浑浊的泪水。失去绿色的大地,是地球的累累伤痕。让我们凝视地球干净的眼眸,让我们触摸地球冷汗涔涔的额头,听听它日渐式微的心跳。

作为亚洲人,最佳的环球航行路线,是从亚洲出发,以亚洲文明的眼光来看地球,较为适宜。

说实话,此次航行前,我很少把"亚洲人"当成自己的一个定位。我可以很自豪地说,我是中国人,但我除了知道自己的肤色和其他亚洲人近似,对"亚洲人"这个称谓,没有特别专注的感觉。也许因为亚洲太大了,太芜杂纷繁了。既有日本这样的发达国家,也有若干不发达的国家和地区,意识形态和历史背景又五花八门,很难用一个标准的字眼概括它。不像北美,想起来就是富裕的代名词,又或者是北欧,有很多共同点。亚洲充满了变数,五味杂陈,难以让人有统一的概括感。

中国是一个亚洲大国,但那时没有远洋客轮环球游项目。2008年的环球旅行,只有搭乘日本游轮,这也是那时整个亚洲唯一举办这种旅游项目的国家。带上眼睛和心灵,当然,还有全身无数触觉细胞,再加上整条舌头的味蕾。后来,我陡地发现,味蕾还是安放家中为好。它的灵敏,徒增饮食不适时的烦扰。

劝君一句话。在经济情况和身体状态允许的情况下,尽可能多地去游览这个世界的犄角旮旯,切莫迟疑。有人可能想,日子还长,那些角落也跑不了,以后再去不也一样嘛!

不,不一样!在人生尽早时刻,能更多体察到旅游对一个人心智的滋养,受益良多。

环球游于我,有个深刻到涉及哲学层面的警示,那就是——全局大于局部之和。

心理学里有一个重要流派——格式塔学派,也是以这个观点为基石夯实铺就的。

当我开始这次环球游时,始料未及它会同哲学和心理学有如此密切关系。如果你在不同的时间单独游览一个个国家,我想,也许你会看得更仔细,对局部的了解更充分。如果你在同一时间段,连续走访不同国家,将世界连成一个不规则的圆环……飞快地从寒带到热带又到寒带,见识不同的人种和文化,在广袤的地理环境中渐次演变相互晕染,那种沉醉和迷离的感觉,初识令人心旌摇曳,继而山呼海啸,身心震撼。

全局不等于局部的简单相加,全局必定大于整体。

祝福你有一天能去环球游！请充分利用这个时间段，尽可能多走一些国家和地区，不怕走马观花，不畏舟车劳顿。充分打开你所有的感官，必定所获甚丰。

关于航海环球游，船上的客人们也是众说纷纭。有人主张，必要一步不落地坐在船上，除了最简单的港口一日游，哪里的陆地活动也不参加，这样才有资格说自己像爬一样一寸寸捋过海疆，完完整整、踏踏实实地临摹了地球圆周，才是名副其实的环球游。如果你半路到别处周游，等你再回船时，已经错过了一段航海行程，有个万难弥补的缺口，你就没资格说自己彻头彻尾航海走过地球一圈。将来和友人聊天时，舌头要短一截。

有没有道理？我觉得有。我尊重这种想法，但我想，环球游，并不是为了破一个纪录或者得到一种证明，它只是了解和读解地球的一种方式。在这个地球上，曾生活过那么多壮丽多彩的生命，留下可歌可泣的遗址，时空在一些角落里凝固，挂满蛛网，蛛网上有些一触即破的露珠，等待着我们轻轻触摸。目光所到之处，露珠簌簌落下，坠到记忆中，化作你的稀世珍宝。

有人更注重完满结局，我更喜爱斑驳过程。

我至今都为自己没有报名去加拉帕戈斯群岛的旅游线路，深悔不已。这个群岛的名字说起来很拗口，让人感觉十分陌生。我要是换一种说法，你就会觉得亲近很多。加拉帕戈斯群岛，是达尔文发现进化论的那组岛屿，为他的伟大著作《物种起源》提供了最重要根据。

加拉帕戈斯群岛属于厄瓜多尔，我们对这个国家的印象，好像就是超市里那些又大又黄、完美如塑料玩具的香蕉。它由13座主岛和许多座小岛、岩礁和暗礁组成。它是 4 股主要洋流的汇合场所,岛屿本身则是由巨大海底火山的山顶构成,至今仍在缓慢平稳地移动。它地貌罕见,类乎一间具备各种复杂进化环境的实验室。达尔文形容它是一个"自我世界",人们又称这里为"小宇宙"。

无数生物为何选择了如此险恶的地区生长繁衍?主要是厄瓜多尔的小气候和海拔形成了各不相同的地理环境,成为多个生物群的理想栖息地,比如海鬣蜥、蓝脚鲣鸟、象龟等。

加拉帕戈斯群岛是脆弱而又狂暴的动物独立王国,令人无比神往。

看完船上关于此线路的游览介绍,我心跳加快,摩拳擦掌。

然而,终未成行。

"和平号"上参加了此团的游人说,好玩极了,美妙极了。一位台湾女客人对我描述海狗生育孩子的全过程,包括它们如何把产下的胎盘,一口口吃掉。

我说,是用望远镜看到的吗?

她说,哪里啊,肉眼。亲见啊,那么多的血,骇死人的。

我说,你距离它们多远?

她说,最多也就 20 米。

我觉得她吹牛。想那海狗也是比较高级的哺乳动物,灵敏得很,如何能在生子的时候如此大意,让一干人等聚在不远处参观呢?于是回答,不可能吧?它怎么会不怕人呢?

那女人道,我也这样想啊。就算女人生孩子,要是有不认识的人围观,也会受影响,没准就生不出来了。我后来向当地船工打听,他们说因为这里的动物,从来没有见过人,也没有人打扰它们，所以它们也就把人都当成了石头，并不在乎你看不看它。哎哟，我们还看到了大陆龟啊，好大啊，好老啊，听说那里的陆龟少说也活了200多年。当年达尔文就是在这个岛上受了启发，回到家里写出了进化论。这些陆龟，没准当年也看到过达尔文的……

她一边说一边指着自己和陆龟的合影，我羡慕得差点口吐鲜血。

加拉帕戈斯之行破碎成镜花水月，最主要的障碍是金钱。6天旅行，需缴纳40000块钱。我心中，总存留着年少时所受的勤俭教育，说某一笔开销，够普通劳动人民吃多少餐的饭……几万元，够一个普通人吃10年的粮食钱（按照当时的物价，若是快速涨价，也许就不够吃那么多年了），我油然升起了犯罪感。

我知道这是心理障碍，不过，也没有很强烈的动机要改变它。也许，所有的人都有自己特定的心理障碍，积重难返。这个障碍可能会在我的骨灰盒里熠熠闪光。因为我对家人说过，身后请选择最便宜的骨灰盒。

世界观与观世界

航行在大西洋上时,一位日本女士找上门来,说很希望我能开设一个传授中文的自主企划。我说,好啊。本来以为自己天天说的就是中文,写的也是中文,教外国人说一些基础的中文,应该不是太大的问题。不过,真的着手准备起来,才发现事情并不简单。

首先,我们没有任何文字的资料可以发给学员们。船上有教西班牙语的,有教韩语的,英语就更不用说了,天天高朋满座。他们都提前做了准备,不单有高级班、低级班分类,还有各层次教材,相当正规完备。我两手空空,未免让未来的学生有点寒酸。也曾想过是不是编写点简易教材,打印出来发放,聊胜于无。可船上所有纸张和印制都需收费,让学生们掏一笔课本费,好像也不适宜。

讨论起具体教什么课程的时候,大家也是七嘴八舌莫衷一是。有人说,当然是从"你好""再见"教起,这样船上充斥着用中文打招呼的声音,满处乡音,岂不快意?有人立刻反驳说,凡是对中文感兴趣并愿意在海上学习汉语的人,那就不是一张白纸,早就会说"你好""再见"了，人家想上提高班。

这样一说，我有点紧张，说，要不要从汉语拼音教起？喜好汉语的人，得到一个好拐棍，以后自学或是参加其他课程，都会有所帮助。

大家说，好是好，就是太难了。要是有一年级小学生课本就好了。

我说，到了纽约，咱们到中文书店去努力找找。

事情就这样定下来。却不想到了纽约之后，并没有找到注有汉语拼音的读物。又逢船坏，流言纷起，大伙也没心思学习了。待游轮修好后再次启航，又有人说，既然没有像样的教材，那别开生面，教吟诵古诗吧。在日本，能用汉语念出古诗，被认为是有文化、有品位的表现。有人憧憬着：想想吧，当游轮结束航行的时候，学员们可以抑扬顿挫地背诵李白的《静夜思》："床前明月光，疑是地上霜，举头望明月、低头思故乡。"万顷波涛一弯明月，何等的诗情画意！

畅想自然是好的，不过要让一群没多少中文基础的外国人，单凭注音背诵古诗，有点难。很多日本人听闻这一计划，也表示顾虑。事情搁置下来，再往后，游轮进入中南美洲，上岸次数频密。停泊前一天，大家开始心旌摇动，要重新踏上陆地了，都非常兴奋。到了岸上，紧张的行程，精力体力消耗很大。等再次回到游轮上，又要经历疲惫的休整。刚刚缓过劲儿来，又快到下一个靠港地了，重又充满期盼……自主企划的事就停顿下来。

8月8日，中国成功举办了奥运会，芦森很希望能办有关奥运的自主企划，把美丽的祖国和奥运健儿的英姿，好好展现一下。我们从墨西哥下载了奥运开幕式的资料，开始向船上的自主企划部申请时间和地点。他们质疑这个开幕式能否播放。

芦淼很吃惊，说这是对全世界公开转播的节目，为什么不能播放呢？

企划部说，怕有版权之争。船上并没有购买这个转播权。

佩服日本人的版权意识。芦淼说，在"和平号"上的播放，完全是免费的，是公益活动，应该没问题。

企划部答应安排，又提出了第二个问题——开幕式整个过程有四个多小时，至多只给我们一个半小时播放时间。

面临着痛苦的压缩过程。咱们看开幕式哪儿都好，哪儿也舍不得压缩，但日方坚持时间有限，坚决不肯延长。要想播出开幕式，只有忍痛割爱一部分场景，优中选优。再加上开幕式有很多场面，若不精心准备解说词，恐难以表达出寄寓的深意。一时间，通过海事卫星频繁地和国内联络，多方搜集资料。翻译也付出了艰苦努力。比如"击缶"的解释，如何能让外国人听得懂"缶"是什么东西，击缶又象征着什么？中国人也许一目了然的事，对外国人就得掰开了揉碎了说清楚。

经过反复斟酌和精心准备，终于把浩大而辉煌的开幕式压缩到了40分钟。这时候，游轮已经离开阿拉斯加，开始横渡太平洋。自主企划的安排突然变得紧张起来，芦淼每天都去询问何时轮到奥运会的放映安排？却总是定不下来。

怎么办呢？除了催促，没有别的法子。你也无法知道那些排在前面的自主企划，是不是早就登记了。有时后悔我们登记的是不是太晚了，如果早一点登记，是不是现在已经排到了呢？又一想，再早,奥运会还没开呢,能不能得到影像资料,也没有把握,不敢贸然行事。

时间一天天拖下来。每天都去催,却总是没法安排到我们。船一天天靠近日本,直到"和平号"靠上日本横滨码头,也没给中国人安排上有关奥运开幕式的自主企划。芦森对此非常伤心,单是准备中国古代四大发明的资料,他就煞费苦心,精心设计了一套解说词,并和小唐密切配合,声情并茂地把整个解说词都背了下来。

我也无言。想了很久,对他说,这毕竟不是我们国家自己的船啊!这个世界上有些事,我们只能尽力而为。你已经做好了所有准备,问心无愧,祖国知道,这就足够了。

日后有谁还乘坐远洋游轮,如果还有自主企划一类活动,我建议提前做好准备,积极参与。带上必要的工具和资料,会使你的自主企划锦上添花。不然,人出门在外,所有临时动议,往往会面临预想不到的困难,事倍功半。一旦准备基本就绪,马上提前预约。到时候一展中国风采,完成既定计划。

船上有一位中国企业家Z先生。记得在北欧海域航行的时候,有一天,我和他趴在甲板栏杆上看海。碧空如洗,海鸥像战斗机一样向我们俯冲过来,马上就要碰到我们的鼻尖了,突然一个漂亮的转身,直插青天。Z先生对我说,咱们国家还没有自己的远洋客轮。

我说,是啊。不过,我们已经能造出非常漂亮的远洋货轮了。

Z先生说,你说世界观是从哪里来的呢?

我说,从脑子里来的。

Z先生说,脑子不能凭空产生观念。依我看,世界观世界观,顾名思义，就要观了世界才能形成啊。

我说，Z先生您说得好，要有世界观，先要观世界。

Z先生说，咱们这次出海环球旅行，是中国除港澳台外的第一次。年轻人里，除了翻译小唐，就是你儿子了。咱们出来的人少，年轻人更少。你看人家，这么多年轻人出来观世界，多么好的事情。一个人这么年轻就能看世界，看了世界和没有看过世界，眼光不一样。什么时候，咱中国也有了远洋客轮，也拉着咱们的青年人，来看看这个美丽的地球。

带上灵魂去旅行

人的知识永远是不完备的,你无法知道一个地区或是一个时代是否就是空间和时间的全部。从这个意义上讲,我们每个人都是井底之蛙,所不同的只是栖息的这口井的直径大小而已。每个人也都是可怜的夏虫,不可语冰。于是,我们天生需要旅行。生为夏虫是我们的宿命,但不是我们的过错。在夏虫短暂的生涯中,我们可以和命运做一个商量,尽可能地把这口井掘得口径大一些,把时间和地理的尺度拉得伸展一些。就算最终不可能看到冰,夏虫也可力所能及地面对无瑕的水和渐渐刺骨的秋风,想象一下冰的透明清澈与痛彻心扉的寒冻。

旅行,首先是一场体能的马拉松,你需要提前做很多准备。先说说身体方面。依我片面的经验,旅行的要紧物件有三种。

第一,当然是时间。人们常常以为旅行最重要的前提是钱,于是就把攒钱当成旅行的先决条件。其实,没有钱或是只有少量的钱,也可以旅行。关于这一点,只要你耐心搜集,就会找到很多省钱的秘诀。如果把一个人比作一辆车，驱动我们前行的汽油，并不是金钱，而是时间。这个道理极其简单，你的时间消耗完了，你任何事都干不成了，还奢谈什么呢？或者说，那时的旅行只有一个方向，就是地心了。

第二桩物件，是放下忧愁。忧愁是旅行的致命杀手，人无远虑，乃可出行。忧愁是有分量的，一两忧愁可以化作万只秤砣，绊得你跌跌撞撞鼻青脸肿。最常见的忧愁来自这样的思维：把这笔旅游的钱省下来可以买多少斤米多少斤菜，过多长时间丰衣足食的家常日子。将满足口腹之欲的时间当作计量单位，是曾经有用现在却不必坚守的习惯。很多中国人一遇到新奇又需要破费的事，马上把它折算成米面开销，用粮食做万变不离其宗的度量衡。积谷防饥本是美德，可什么事都提到危及生命安全的高度来考虑，活着就成了负担。谁若一意孤行去旅行，就咒你将来基本的生存都要打折，食不果腹、衣不蔽体、流落街头……别怪我说得凄惶，如果你打算做一次比较破费的旅行，你一定会听到这一类的谆谆告诫。迅疾地把诸事折合成大米的计算公式，来自温饱没有满足的农耕时代遗留下来的精神创伤。如果你一定要把所有的钱都攒起来用于防患于未然，这是你的自由，别人无法干涉。可你要明白，身体的生理机能满足之后，就不必一味地再纠结于脏腑。总是由着身体自言自语地说那些饥饱的事，你就灭掉了自己去看世界的可能性，一辈子只能在肚子画出的半径中度过。这样的人生，在温饱还没有解决的往昔，是不得已而为之，甚至可能成为能优先活下来的王牌。在今天，就有时过境迁、过于迂腐之感了。

第三桩，是活在身体的此时此刻。此话怎讲？当下身体不错，就可以出发，抬腿走就是，不必终日琢磨以后心力衰竭的呕血和罹患癌症的剧痛。我琢磨着自己还有能力挣出些许以后治病的费用，我相信国家的社会保障机制会越来越好。我捏捏自己的胳膊腿，觉得它们尚能禁得住摔打，目前爬高下低、风餐露宿不在话下。若我以后真是得了多少万人民币也医不好的重症，从容赴死就是了，临死前想想自己身手矫健耳聪目明时，也曾有过一番随心所欲的游历，奄奄一息时的情绪，也许是自豪。

我是渐渐老迈的汽车，油料所剩已然不多。我要精打细算，小心翼翼地驱动它赶路。生命本是宇宙中的一瓣微薄的睡莲，终有偃旗息鼓闭合的那一天。在这之前，我一定要抓紧时间，去看看这四野无序的大地，去会一会英辈们留下的伟绩和废墟。

终于决定迈开脚步了。很多人有个习惯，出远门之前，先拿出纸笔，把自己要带的东西都一一列出。旅游秘籍中，传授这种清单的俯拾皆是。到寒带，你要带上皮手套、雪地靴；到热带，你要带上防晒霜、太阳镜、驱蚊油。就算是不寒不热的福地，你也要带上手电筒、黄连素加上使领馆的电话号码……

所有这些，都十分必要。可有一样东西，无论你到哪里，都不可须臾离开，那就是——你可记得带上自己的灵魂？

据说古老的印第安人有个习惯，当他们的身体移动得太快的时候，会停下脚步，安营扎寨，耐心等待自己的灵魂前来追赶。有人说是三天一停，有人说是七天一停，总之，人不能一味地走下去，要驻扎在行程的空隙中，和灵魂会合。灵魂似乎是个身负重担或是手脚不利落的弱者，慢吞吞地经常掉队。你走得快了，它就跟不上趟儿。我觉得此说法最有意义的部分，是证明在旅行中，我们的身体和灵魂是不同步的，是分离、分裂的。而一次绝佳的旅行，自然是身体和灵魂高度协调一致，生死相依。

好的旅行应该如同呼吸一样自然，旅行的本质是学习，而学习是人类的本能。身为医生，我知道人一生必得不断地学习。我不当医生了，这个习惯却如同得过天花，在心中留下斑驳的痕迹。旅行让我知道在我之前活过的那些人，他们可曾想到过什么、做过什么。旅行也让我知道，在我没有降生的那些岁月，大自然盛大的恩典和严酷的惩罚。旅行中我知道了人不可以骄傲，天地何其寂寥，峰峦何其高耸，海洋何其阔大。旅行中我也知晓了死亡原不必悲伤，因为你其实并没有消失，只不过以另外的方式循环往复。

凡此种种，都不是单纯的身体移动就能解决问题的，只能留给旅行中的灵魂来做完功课。出发时，悄声提醒，背囊里务必记得安放下你的灵魂。它轻到没有一丝重量，也不占一寸地方，但重要性远胜过 GPS。饥饿时是你的面包，危机时助你涉险过关。你欢歌笑语时，它也无声扮出欢颜。你捶胸顿足时，它也滴泪悲愤……灵魂就算不能像烛火一样照耀着我们的行程，起码也要同甘共苦地跟在后面，不离不弃，不能干三天停一天地磨洋工。否则，我们就是一具飘飘荡荡的躯壳在蹒跚，敲一敲，发出空洞的回音，仿佛千年前枯萎的胡杨。

总有风景打动你

拜伦有一首诗，开头写得很气派：

我的海盗的梦，我的烧杀劫掠的使命
在暗蓝色的海上，海水在欢快地泼溅，
我们的心如此自由，思绪辽远无边……

一些爱好旅游的人，常引了这段诗文的后四句，以抒发自己对大海的观感。其实拜伦这首诗的名字叫"海盗生涯"，借海盗之口来抒发自己狂荡不羁的志向。就算是最钟爱此诗的旅人，恐怕也无法赞同"我的烧杀劫掠的使命"一句，因为这实在同旅游毫不相干。

也许从广义上说，海盗也是一种旅行。

每个人的心底，都潜藏着一个到远方的梦。熟悉的地方已经没有了惊喜，人心思动，渴望浪迹天涯。

如果是上文所述的金戈铁马血战屠城到远方，那是侵略和占领。以前用暴力可横扫天下，现代文明社会，这种方式已被禁绝。

如果是衣衫褴褛地到远方去，那就是乞讨和流浪。这事儿要具体问题具体分析，有走投无路不得不如此的，有心甘情愿甚至乐在其中的。不管怎么说，这方式对人的意志和耐受力要求都比较高，不是一般人下得了决心的。

如果是道貌岸然地用贪腐和贿赂的钱，到远方去赌博和挥霍，是令人愤慨的事儿，归反贪局和司法部门管辖，咱们先不在这儿讨论。

如果用了纳税人的钱，到国外去考察访问，顺便也浏览参观，这笔钱算是三公开支。很多人义愤填膺，我能理解。不过我作为也纳了些许税款的平头百姓，却愿意把这钱让官员们花销了去长见识拓眼界。记得有一年和某偏远山区的官员聊天，他说刚从欧洲回来，一脸压抑不住的自得。

他说：回来后，我决定的第一件事儿，就是在县城里修上好的茅厕。到了人家外国，才知道茅厕这种地方，也是可以没有味道的。拉屎撒尿这种事情，也能体面地完成。还有一个呢，就是发觉城里的老街不能拆了。人家外国当宝贝似的保存着的联合国遗产什么的，就是这种东西。不走出去，不知道它是宝。要是在我这一任为官期间给拆了，就成了罪人。

我说，太好了。

贫困县的官员说：要是没有这次出国，我不是一个贪官，就没有那么多的钱自己出去转悠。就算有了那么多钱，我老婆也不让我花，她要买金子。可不出去转，我就没有觉悟要善待老房子。就算茅厕的事儿不在乎这一天半天的，可从长计议，但老街肯定是保不住，不定哪个早上，就变破砖烂瓦了。

我历来坚信，旅游的妙处之一——这世界上总有一处风景会打动你。但我没料到打动了这位年轻官员的是——最脏和最老的地方。

如果是用汗水换来的金钱，和"到远方去看看"的渴望，做一个以物易物的交换，有权势的人自然有所不屑，但却是我这种有一点小钱但没有其他讨巧机缘的人，所能采取的最大可行之道。

喜爱文化历史的人，心境平安欢愉的人，感情自由丰沛的人，多半愿意出外旅行，尝试着生命在陌生之地驰骋的感觉。如果一个人身体健康，又有一点闲钱，有了空闲而不想到这个世界上去看一看，若不是守财奴，就是闭锁而无聊的人。

旅行最美妙的感觉，是在它不断轻声提醒我们——你所知甚少，而这个星球如此美好。

世界上的所有人和事儿，给予我们的影响，大体可分为两种：一种是让你的世界变得越来越小。比如那些披露隐私的小情小趣，杯水兴波的小打小闹，死无对证的谣言和气味相投的小圈子。还有逼仄的环境和拥挤的人群……在其中浸泡久了，人也变得松垮灰暗，好像穿了很久的袜子，既无形状也无好气味。

还有一种是让你的世界变得更加广袤，让你开阔视野，通晓古今。让你知道有那么多奇花异草和珍禽猛兽，在你一己的生活方式之外，还有无数种形态绵延不绝地繁衍着，一切皆有可能。高山大川江河湖海，让你从此不惧生死襟怀豁达。让你爱好和平痛恨战争，让你与万物和谐相处与宇宙相通。

好的旅行，就藏在这第二种情形中，值得竭力寻找。

天堂的颜色

我不相信有地狱。

可我确知有天堂。

天堂和地狱似是一对正反义词组。按说你相信这一个存在，就不能否定那一个的存在，否则自相矛盾。

先来说地狱吧。地狱是怎样一番景象？

大文豪但丁在《神曲》中描述的地狱，是硕大无朋的漏斗状。它从地表到地心口径逐渐缩小，陷落得越深，表明灵魂的罪孽越重。若一路坠落直扑地心，抵达漏斗底端，就是魔王撒旦的巢穴。若有幸从魔王的尾巴爬过地心，另一面则进入炼狱。炼狱像一座高山，灵魂可在攀爬中洗涤罪恶。山分七层，每上升一层就会消弭一种罪过，攀到山顶便升入天堂。天堂之途也非一蹴而就，而是循序渐进，一共分为九层。越往上爬你的灵魂就越高洁。若你翻越了九重天，就进入了真正的天堂。

在东方，佛教的地狱有极无间、大阿鼻、四角、飞刀、火箭、夹山、通枪、铁车、铁床、铁牛、铁衣、千刃、铁驴、烊铜、抱柱、流火、耕舌、锉首、烧脚、啖眼、铁丸等类别。中国道教的地狱则分为十八层，以某人生前所犯罪行的轻重，决定他下坠到地狱的哪一层和他受罪时间的长短。每层地狱比前一层地狱在质上增苦二十倍，在时间上增加一倍。如不幸落进第十八层地狱，苦楚烈度已无法形容，时间也达到极致，再无走出地狱之可能了。

在一本讲述旅行和天堂的书籍里，讲述地狱实在是煞风景的事情。但不知地狱之苦，又如何能体察到天堂的温煦呢？

天堂到底是什么样子？

我问一些人，天堂里最应该有什么？

有人说，应该一尘不染。有人说，应该没有悲伤。

有人说，应该有黄金砌成的街市和碧玉打造的围墙。

有人说，应该人来人往，想吃什么就有什么，牛奶遍地、乐声环绕，安全舒适。

有人说，当然要有天使。就是那些面如满月、长着翅膀、拎着一口袋羽箭的胖胖婴孩。然而天堂并非幼儿园，不可能只有未成年人，一定还有如花的少女和如山的男生吧。青少年总要长大，会有婚配和新的天使出生。然后人们慢慢变老，成了慈祥和蔼的老人吧。

我想，天堂里一定绿草茵茵，有不老的翠树和长香的花，有鲜活的动物和莺歌燕舞的禽鸟，有丰腴的餐食和流淌的蜂蜜；空气毫无疑问是新鲜的，疾病毫无疑问是没有的，华美的建筑反射温润的微芒……

想到此处，不由暗笑。天堂和地狱，骨子里是人世间诸般影像的加剧或是放大，并无不可思议之处。在种种想象和描述的背后，潜伏着来自心理学上被称为"行为主义"流派的淡淡身影。那学说的基础理论是相信惩罚和奖励能训练并约束人们的行为,久而久之成了习惯,便能惩恶扬善,达致天下太平。地狱天堂说的理论基础,和此流派有异曲同工之妙。遗憾的是在现实世界,地狱的恫吓力量,总流于纸上谈兵的虚妄;天堂的恩赏嘉奖,又有画饼充饥之嫌。亡命之徒连现世的法律都置若罔闻,又哪会忌惮地狱中遥遥无期的惩罚!

所以,我不相信地狱。但是我相信天堂,我所笃信的天堂,它不在天上,只在尘世。

人间本该是天堂。

2008年,我自费买了一张船票,出发环绕地球一周。那艘名为"和平号"的船,5月14日自日本横滨进入太平洋,一路向西,9月4日返回出发港,在蔚蓝大海上昼夜兼程5万多公里,途经几十个国家,共计114天。由于一些原因,我没能完整地走完这一圈,这个圆画得不够完整。好在最壮观的景色我已饱览,最险恶的风暴我已穿越,最艰苦的航程我已一寸寸地挪过,最苍凉的海天一色我已一分分领略……生命中有了这样一次荡涤身心的旅行,浓墨重彩。当我垂垂老矣行将离开这个世界的时候,据说人的一生会电光石火地闪现,浓缩成一部微电影,我势必会回忆起它,浮出若隐若现的欢颜。

如果天堂有颜色,它是什么色泽呢?红色固然令人兴奋,但每天都是红彤彤的艳光四照,好像喧嚣吵闹了些。橙黄?温暖,丰收,诱人食欲,但总觉明黄给人以威权的压力;带着赤色调的橙,又有一种危险即将靠近的绷紧。青绿自然是好的,生机勃勃饱含汁液，给人以成长的期望和生命的韧性。但城市里绿色稀薄，旷野和雨林中，大片绿色惨遭砍伐和焚烧，雪山、沙漠也没有绿色的踪影，绿色有不堪一击的脆弱。哦，还有紫色。据说这是一种高贵颜色，我却正因了它的高贵，而疏离了它。我期盼天堂不要有拒人千里的矜持，而是平易近人的蔼然。

便只剩下蓝色了。蓝色是这个星球上最广泛、最汹涌澎湃的颜色，博大精深，无处不在。它负载着所有的生命，乾坤挪移，生生不息。它酿造着所有的文明，丰功伟业，乐此不疲。所幸截至今日，它还没有被人类的贪婪彻底污染，尚保持着宇宙洪荒时的洁净和丰饶。

海，自在博大，你将从那里领受生命大道至简的意义。

(本文有删减)

海洋是我们的摇篮

地球上 3/10 是陆地，剩下的都是海洋。地球上的生物约有 80%在海洋之中。海洋的重要性，有了这两个数字，不用再说什么。

生命何时、何处，特别是怎样起源的问题，是现代自然科学尚未完全解决的重大问题。25 亿年以前，地球表面绝大部分是深浅不一的广阔海洋，陆地的面积很有限。

19 世纪前广泛流行的是"自然发生说"，认为生命是从无生命物质自然发生的。中国古代认为"腐草化为萤""腐肉生蛇"等。在西方，亚里士多德就是一个自然发生论者。或者干脆有人把谷粒、破衣服、烂袜子堆在一起，在暗处悄悄捂上 21 天，说是会长出老鼠，并且发现这种"自然"生出的老鼠竟和常见的老鼠完全相同。

1860 年，法国微生物学家巴斯德证明微生物只能来自微生物，而不能来自无生命的物质，彻底否定了自然发生说。

化学起源说是被广大学者普遍接受的生命起源假说。地球上的生命是在地球温度逐步下降以后，在极其漫长的时间内，由非生命物质经过极其复杂的化学过程，一步一步地演变而成的。

生命在海洋里的诞生，绝不是偶然的，海洋的物理和化学性质，使它成为孕育原始生命的摇篮。

在海洋中形成的类似蛋白质的有机物质，经过长期的演化和孕育，慢慢地形成了最原始的生命体。到了大约距今6亿年前，即地质史上的元古生代，海水里的生命活动明显地加强了，除单细胞生物，已有藻类、海绵类等多细胞生物出现。到了距今约6亿至2.5亿年前的古生代，海水里已经出现了许许多多的动物，如三叶虫、珊瑚等。到古生代的中期，出现了脊椎动物——鱼类。鱼类逐渐演化成两栖类动物，并且从海洋向陆地发展，直至进化到今天。

生命最初的物质来源于海洋，又在海洋中锲而不舍地进化。在海水中经历了漫长、复杂的递进，最终形成了完整的生命。

海洋除了是人类的摇篮，还是人类分割世界的利器。可以这样说，如果没有航海，世界文明的格局就不可能是如此。或者反过来说，世界之所以是这副模样，和16世纪大航海时代以后，海洋大国瓜分世界密不可分。

中国和海洋的关系既密切又疏离。中国位于亚洲东部、太平洋西岸，是一个大陆国家，也是一个海洋国家。我国陆地边境线东起辽宁省丹东市的鸭绿江口，西到广西壮族自治区防城港市的北部湾，总长度约2.28万公里。中国的大陆海岸线1.84万公里，另有岛岸1.4万余公里。加在一起，中国海岸线总长超过3.2万公里。

中国是一个航海大国。航海离不开水上运载工具——船舶。1973年至1977年间，在浙江余姚河姆渡，发现了一处新石器时期遗址，遗存物中有六支用整块木板制成的木桨和一具夹炭黑陶质的独木舟模型，经测定是 7000 年前的遗物。这证明中国沿海先民，在那个时候就已经掌握了原始的造船技术，已能用火与石斧"刳木为舟，剡木为楫"，利用原始舟筏在水上航行。到夏、商、周和春秋战国时期，随着木帆船的逐步诞生，出现了较大规模的海上运输与海上战争。秦汉时代，徐福船队东渡日本和西汉海船远航印度洋。西汉时的导航占星书籍已有《海中星占验》等 136 卷，天文导航术已达到相当水平。在三国、两晋、南北朝时期，东吴船队巡航台湾和南洋，法显从印度航海归国，中国船队远航到了波斯湾。从隋唐五代到宋元时期，中国航海业全面繁荣，海上丝绸之路远至红海与东非之滨，中国舟帆所及，达西太平洋与北印度洋全部海岸。刺桐港（今福建泉州）成为当时世界上最大的国际港口。明初 1405 年，明代的伟大航海家郑和，率领庞大的船队开始了七下西洋的壮举。郑和的大型海船叫"宝船"，其"大者长四十四丈四尺（约 151.8 米），阔一十八丈（约 61.6 米）"。哈，长度比我们乘坐的"和平号"稍短一些，宽度几乎相当于"和平号"的两个半（"和平号"全长 194.32 米，宽 24 米）。其船队规模之大、船舶之巨、航路之广、航技之高，在当时无与伦比。哥伦布船队中最大的帆船长五丈七尺，仅及宝船的 1/8，足见中国明代造船业的强盛。

郑和当时谏言："欲国家富强，不可置海洋于不顾。财富取之海，危险亦来自海上。"这一远见卓识，至今仍极具洞察力。可惜的是，随着中国晚期封建社会逐渐保守与僵化，明清王朝对外闭关锁国，对内实行海禁，严重阻碍了中国航海业的进一步发展和航海科学技术的不断进步，中国航海业由盛转衰，江河日下。

一般人提起大航海，最先想起的就是西方的强大势力和话语权。无论是发现新大陆还是环球航行，无论是哥伦布还是麦哲伦，都来自西方。汤因比说："世界与西方之间的冲突，至今已持续了四五百年。在这场冲突中，到目前为止，有重大教训的是世界而不是西方；因为不是西方遭到世界的打击，而是世界遭到西方的打击——狠狠的打击。"

世界的一个地区，成功地控制其余的地区，这在以前人类历史上是前所未有，倚仗的就是航海。欧洲人从家乡出发，征服了南北美洲和澳大利亚的广阔地区，成功移居那里。他们通过扩张，使西欧的财富大量增加，到19世纪，强有力地控制了中东、印度厚这些古老的文明中心。

其实，航海方面，在起点上，东方并不输于西方。西方和东方出现的大航海事件，几乎在同时。郑和下西洋和15世纪末西班牙的哥伦布航海，二者都是前无古人的壮举，却源于社会和文化方面的巨大差异，同途殊归。公元1400—1500年，成为重要的历史分水岭，其上竖立一面阔大旗帜，这就是大航海。此前，世界各个区间是分隔的，即使有所联系，也是微不足道的短暂和流水落花的无所用心。从那以后，束缚被打破，新格局开始形成。欧洲人从被围困的半岛出发，赢得对远洋航线的控制，决定了直到现在的世界格局。

说到大航海，时间表上是郑和领先。自1405—1433年间，他亲率庞大船队七下西洋，横渡印度洋，经波斯湾、红海沿岸抵达非洲东部、赤道以南的沿海地区。

中国是为了宣扬国威和传说寻找消失的皇帝而航海，而哥伦布于1492—1504年间进行航海的动因很简单，出于经济目的。

郑和航海的规模巨大,曾先后抵达30余个国家,前后历经28年。郑和与哥伦布,出于不同的目的,几乎同时扯起了远洋的风帆。应该说,他们都各自达到了预定的航行目标。郑和七次远航,所行抵达的各国,都与明廷建立了政治和外交关系,使者来华朝贡。哥伦布航海则发现了西方至东方新的贸易通道,为西方世界带来了可观的经济财富,开辟了西方世界探险和掠夺的热潮。

郑和航海之后,中国只要继续努力,进一步发展航海事业,就足以对世界科技的发展和社会进步起到巨大的推动作用并产生深远影响,但明廷"重农抑商""实行海禁",销毁了郑和的航海档案资料,对航海大加限制。

15—16世纪的世界性大航海活动,使人类开始由世界各大洲相对封闭隔绝的状态,转向彼此交往日密、渐成一体,文明发达程度急剧提高。绵延上百年的历史活动,中国人和欧洲人分别获得了不同的成果。中国建立了朝贡体系,西方建立了殖民地体系。

中国的传统是不搞霸权和殖民掠夺,企盼"静海",就是海上太平、各国共享其福,海晏河清,民康物阜。

而欧洲人则完全不同。在美国人所著的《新全球史》里,这样描述:"欧洲人探险海洋的动机是错综复杂的。最重要的动机是寻找基本资源和可以耕作的土地,以及寻找通往亚洲市场的新商路。再有就是热切地传播基督教……在1400—1800年,欧洲航海家进行的一系列杰出的探险之旅将他们带到了世界上除了极地的各个海域。欧洲的水手绘制了世界海图,对世界地理状况的认识也更为精确。在这些知识的基础上,商人和水手建立起了通信、交通和交流的全球网络,并且从中大大获益。"

历史继续向前发展。中国的朝贡体系，在西方殖民者的坚船利炮攻打之下，分崩离析。中国周围的国家基本上都成了西方列强的殖民地，连自己也成了殖民地半殖民地，朝不保夕。西方列强则驾驭海风，攻城略地，拓土开疆，攫取全世界的财富以充实自己的腰包，把世界变成了供海洋强国瓜分的新鲜蛋糕。

我在这里抄录了一张图表，是在《全球通史》中《1500年以后的世界》一文里罗列出来的。

1914年时的海外殖民地：

拥有殖民地的国家	殖民地数字
联合王国	55
法国	29
德国	10
比利时	1
葡萄牙	8
荷兰	8
意大利	4
合计	115

这些殖民国家母国的面积总和是70万平方英里（约181万平方公里），他们所占有的殖民地面积是多少呢？是2000多万平方英里（约5180万平方公里）。相差约30倍！母国的人口总和是2亿，殖民地的人口总和是5亿多。

可以说，今天的世界利益格局，就是在大航海时代打下了基础。在当时,谁是海洋强国,谁就拿到了王牌。

在世界上绕了这一大圈,我有一个深刻体会:世界上最好的地方,属温带气候。道理很简单,寒带太冷,不适宜人生存。特别是在没有石油、没有煤炭、没有电力的古代,简直就是苦寒蛮荒之地。热带呢,太热了。虽草木葱茏食物易得,但紫外线照射强烈,瘟疫盛行,加之新陈代谢太快,人类短寿。相比较之下,温带得天独厚。

如果把整个地球当成一个整体(这有点废话,整个地球本来就是一个整体。不过,在古代的时候,人们尚无此宏观眼光),寒带的人愿往温暖的地方移动。说得好听一点,是迁徙需要;说得难听一点,是迫不得已到别人的地盘上谋生。在这个过程中,充满了血腥和掠夺。反过来,热带地方的人,会不会也入侵到温带去生活呢?

一般说来,不会。人们对于炎热,较好忍耐,不行可以躲在水里——江河湖海总不至于全沸腾,或到树荫下、草丛中、山洞里避暑。热带物产丰富,随便就能填饱肚子,剩下的时间便唱歌跳舞,基本上没有兴趣到相对寒冷的北方去侵占他人领土。

这也许能够部分解释为什么北欧海盗,至今在那里备受尊崇。不抢,吃什么?为了长途跋涉不迷路并凯旋,要有特别好的仪器、仪表、机械、武器……这是北欧乃至整个欧洲这方面特别发达的传统和实际需要。

中华民族守土重迁。守土观念是在精致的农业发达以后所养成的一种安分守己、故步自封的心理。毫无疑问,温带是最适宜耕种的地方。在地球上,北半球北温带最丰饶的地方,属于亚洲大陆,其中中国占了很大一部分。在西半球,是美洲大陆,那里原本是印第安人的故乡。

在南半球，除了海洋，温带地区主要是南美大陆还有澳大利亚等地。这些世界上的富庶地区，都曾被殖民者统治。

那一年我去欧洲，进入瑞士时，导游说了一句话，让我惊愕。他说，这是穷山恶水的地方。

我吓了一跳，谁人不知瑞士是举世闻名的花园国家，富裕安宁，美丽丰裕。导游是不是和瑞士有什么私人恩怨，才诋毁人家呢？

后来我多次到欧洲，才觉得这位来自中国台湾无数次穿行欧洲的导游，实在是一语中的。整个欧洲，除了南欧，基本上自然环境都不甚好。他们喜爱当海盗，到处去抢。南欧当然是首当其冲被抢的地方，然后是非洲。再然后欧洲人登上了"五月花"号，到了北美。残酷地屠杀印第安人，抢了东西还不说，还要抢地盘，直到成立了自己的国家。

可能有人说，北欧多么美丽啊，挪威还被评为是世界上最适宜人居住的地方。

我不知道这个评比委员会是什么人组成的，但我相信和世界上的其他评选一样，这话语权，基本上在欧洲人手里。

记得我在北欧的夏日某天，晚上11点了，太阳还明晃晃地悬在天上，好似巨大的嬉皮笑脸。极昼时分，几乎没有暗夜，太阳到了午夜12点多才落下，不辞劳苦地刚打了个盹儿，早上两点就又蓬蓬勃勃地上工了。整天这样金灿灿明晃晃的，叫人如何安歇？当地老百姓想出应对之策，那就是入睡时把窗板上起来，利用木头的遮光性，制造一点暗夜的氛围，以求睡得宁静。这还是极昼呢。纵然太阳金光万道，总还可生出法子躲闪。倘若到了极夜，终日不见阳光，又该如何是好，每天都像生活在黑漆漆的洞穴中吧？

这样的地方，怎能说最适合人生存？我的朋友在北欧某国当医生，回国时聊天。我说，我在欧洲，亲眼看到当地人在他们的皇宫里，光着大膀子晒太阳，绝对不雅。可人家并不觉得不妥，还招摇过市。如果咱们的农民老大爷，在故宫里赤膊光着脊梁走来走去，国人一定要说他素质低。

朋友道，在欧洲，特别是北欧，很多人严重缺钙。因为半年日照稀少，维生素 D 无法经阳光照射而合成有活性的物质，导致体内钙代谢失衡。一见出了太阳，也顾不上什么礼仪，让皮肤晒太阳第一要紧。所以欧洲才有那么多日光浴，才有天体浴场，才有以晒成赭色蜜糖色皮肤为美的时髦。说到底，很简单，他们的骨痛，只有晒了太阳才能好转。尽管不断有研究证明，持续暴晒，会引发皮肤癌，但他们顾不上。医得眼前疮最要紧，哪管剜却心头肉的苦呢！

关于极夜景象，那时我尚未亲眼看见。曾看过一本旅游册，号召大家 12 月中旬到北欧游览。文中有这样一句话，让我印象深刻——"每年圣诞节前后，在这里，你会看到太阳终日都在地平线以下运行"。

我愣了半天。好歹也算以文字谋生的人，怎么生生就看不懂这句话了呢？思忖后终于明白——你将整天看不到太阳！

也许有人会说，我们看到的欧洲，到处精雕细刻，鸟语花香，洁净瑰丽，古老悠久，真的是个好地方呢！

我说，不错，我们现在看到的欧洲，是不错。可你不要忘了，这是在几百年间全世界的财富都朝那里猛烈流淌的结果。让我们把眼光放远一点，剥去现代文明的外衣，想象几千几万年前，没有电,没有暖气,没有照明,没有足够的衣物和粮草,在完全以太阳能量为唯一来源的时代,这半年黑半年白的地方,哪里适宜人生存?

怎么办?除了苦苦挣扎,就是向南挺进,去抢,去占领。那时候跨海作战尚比较困难,最便当的就是一路向南,收拾了同一块大陆上的南欧。于是就有了地中海沿岸国家的反复被占领和血洗,也造就了它高度混血的人种和丰富多彩杂糅并蓄的文化。

欧洲人在全世界奔袭扩张攻城略地,除了保存老家的宅基地,还把北美和大洋洲,变成自己的第二故乡。在中南美洲留下大量混血儿,普及了西班牙语和葡萄牙语,强行改变了当地文化。在大洋洲,干脆把当地土著的孩子"盗走",让他们在白人家庭里长大。理由是:政府认为土著居民没有文化,没有前途。将他们的子女带走、漂白,有助于他们融入现代社会。那隐晦的用心,是让人家忘了祖宗,成了自家义子。在非洲则主要以掠夺资源为主,当然还有掠夺人口,以充当棉花地、咖啡园、甘蔗田的苦力。自己在抢来的上好地方,风调雨顺地住着,再把全世界的好东西运过来享受。多惬意!

在"和平号"甲板上,面对大西洋的滔滔海浪,一位外国的国际问题专家,曾问过我一句话:从美国佛罗里达到中美洲,很近的距离,你有什么印象?

我说,佛罗里达美轮美奂,一眨眼到了中南美洲,相距不过几百公里吧,从窗户看出去,自然气候几乎一模一样,同样风景秀丽气候宜人。不料一走出这条船,看到的是遍地垃圾、低矮民房、营养不良、衣不遮体的贫苦景象。和美国相比,虽在一个时空,却恍如隔世。

专家说，中南美洲和北美洲差别为什么这么大？不在于它们的气候有多大不同，地理有多大差异，而在于人。欧洲人找到了北美洲，觉得这里非常适宜生存，就霸占了这块土地，杀戮当地的土著印第安人，将肥美地域据为己有。而对中南美洲呢，主要把它当成自己需要的物产供应地。利用这块土地，却并不建设它。攫取乃是唯一目的，至于当地人的发展和死活，并不在跨国资本家的考虑范畴之内。这就是中南美洲和北美洲虽咫尺之遥，经济和人民生活却相差如此悬殊的主要原因。

每当我看世界地图时，便会心生感慨。中国周边，有多少小国啊！弯弯曲曲的国境线，基本上都是以山川河流为自然分界线，它蜿蜒而天然。再看北美洲国境线，齐刷刷的斩钉截铁，刀剁斧劈一般。那么大一块版图，美国和加拿大，两个国家就分完了。在美国附近，无法存在像中国附近这样密集和多种多样形态的国家。

其中原因，发人深思。

是当年的中国不够强大，无力降服这些小国吗？

否。鸦片战争前，1793 年，清高宗乾隆五十八年，正值康乾盛世末年，此时中国经济总量占世界第一，人口占世界的 1/3，对外贸易长期出超。

中国的丝织品、茶叶、瓷器等物品，畅销全世界，大量白银源源不断地流入中国。比如当时对日本的贸易，"大抵内地价一，至倭可得五。及回货，则又以一得二"。对南洋贸易，"利可十倍"。英国东印度公司，每年单是从中国购买茶叶，就要花费白银 400 万两，而运到中国的商品销售总值，还不足茶叶一项的数。

中国数千年来发展出臻善至美的小农经济，让西方货物几乎找不到市场。曾主持中国海关税务司的英国人赫德在其《中国见闻录》中写道："中国有世界上最好的粮食——大米，最好的饮料——茶，最好的衣物——棉、丝和皮毛。他们无须从别处购买一文钱的东西。"

在这块富饶而温暖的土地上，人民不去征伐周围邻国，养成了和平恭顺甚至息事宁人的性格。西方资本家垂涎于中国的庞大市场，但18—19世纪的中国，完全自给自足，根本就不和他们做生意。

怎么办？他们想到了鸦片。

最先把鸦片作为商品输入中国的是葡萄牙人。他们以澳门为基地，将印度产的鸦片，运入广州。1767年以前，每年运入200箱。

英国人的动作大得多。1790年到1800年，共有20000箱鸦片输入中国。1800年至1838年，输入中国的鸦片共达到42万多箱，每箱售价约750银圆。英国输入中国的鸦片，换走的白银共计2.3904亿万两。

对华大规模的鸦片输出，使英国终于平衡了50多年以来对华贸易逆差，造成中国巨额白银流出，国库空虚，通货紧缩，经济失衡。1839年，林则徐赴广州禁烟，英国人不甘财路被断，诉诸武力，于是爆发了第一次鸦片战争。之后，又因为同样的鸦片之祸，中国发生了第二次鸦片战争。这个世界上，可还有另外一个国家，因为一种植物提炼的毒剂，爆发过如此惨痛的战争吗？没有。只有中国。向一个伟大古老的国家和众多人民，输出如此巨量的毒品，丧尽天良！

国力衰弱，清政府一败再败。东南海疆门户洞开，在两次鸦片战争中，英法等国的军舰南北驰骋，如入无人之境。尤其是第二次鸦片战争的时候，英法联军破大沽，掠天津，陷北京，逼使咸丰皇帝狼狈逃亡热河……

当我乘着"和平号"航行到法国、英国北海之时，心想：这里距离中国多遥远啊！我们招谁惹谁了，他们万里奔袭而去，用鸦片这种毒物，腐蚀毁坏一个历史悠久爱好和平的国家，侵略我河山，掠夺我财富，欺凌我人民，践踏我尊严，这是何等霸道，何等嚣张！如果我们现在说某某人给他人喂食鸦片，还让人家用祖传的宝贝来换取毒物，让这人积贫积弱，他好乘虚而入，最终霸占人家祖业……这难道不是十恶不赦的暴徒吗？这就是西方列强几百年来对中国的所作所为。

我以前对清朝统治者充满愤怒。伟大的中华民族，就是在他们手上败落的。当他们从寒冷的北方到了气候温和、水草丰美的温带之后，觉得这里十分舒适，扎下根来。因他们不善航海，就对海防一味疏忽。重陆轻海的结果，是各处海门形同虚设，加之封建社会重重矛盾的积累，才造成中国历史的大悲剧。

航海绕地球一周之后，阅读了多一些的书籍，认识到那时的清政府，实在回天乏术。

且看社会学家1939年见到南美印第安人的一个分支——南比克瓦拉人时的印象。南比克瓦拉族在1915年的时候，大约是20000人。

社会学家说："印第安人有明显的蒙古人种特征。脚部短、宽、胖，颧骨高，眼狭长如刀切，黄皮肤，黑色直发，很少或没有体毛。印第安女子的特征：乳房很高……肚皮突出，瘦长的腿，人们很容易被他们自然流露的自尊自爱的表情所吸引。对'美丽'和'年轻',他们只用一个字来描述。对'丑陋'和'年老'也用一个字来描述。他们的美感评判因此基本上是基于人本位的,特别是在性本位价值上面。至于蓝色和绿色,这些都是冷性的颜色,在自然状态中,主要以败坏的植物为代表,这就是人们对这两种颜色漠不关心的理由。有时,他们干脆把蓝色和黑色用同一个词汇描述。

"男人对女人在不同场合表现欲望、尊重或是关爱。这些女人充满活力,意志坚定,心情愉悦。每当男人垂头丧气地回到营地,失望而又疲惫地把没有派上用场的弓箭丢在一旁时,女人就令人感动地从篮子里取出零零星星的东西:几只橙色的果子、两只肥胖的毒蜘蛛、几粒小小的蜥蜴蛋、一只蝙蝠、几个棕榈树果子和一把蝗虫……果子用手压碎,坚果用石头砸碎,小动物和幼虫则丢进热灰中烧烤。然后全家人就高高兴兴地吃晚饭了。

"当年,他们每一个人都具有强大的善意,一种非常深沉的无忧无虑的态度,一种天真的令人感动的动物性的满足。而且,把这一切结合起来的,还有一种可以称之为最真实的、人类爱情的最感动人的表现。"

诗情画意的情形过了10年之后,也就是1949年,有两位传教士又见到同一群南比克瓦拉人。传教士向社会学家描绘的情形如下:

"整个土著群只有18个人。8个男人里面,一个有梅毒,另外一个身体受到某种感染。有一个脚受伤,还有一个是又聋又哑。妇女小孩还比较健康。夜晚寒冷的时候,他们就把篝火熄灭,睡在犹温的灰烬之中。"

这中间发生了什么?就是殖民者的入侵和种族灭绝。

巴西16世纪的上层人士，最喜欢的一种娱乐活动是到医院去收集天花病人的衣服，然后把这些衣物和印第安人没见过的一些小礼物，放在印第安人必经的小路上。这种休闲活动造成了相当可观的效果，1918年，在巴西的圣保罗邦，大约相当于法国大的面积在地图上被标明"只有印第安人居住"。但是到了1935年，那里已经一个印第安人也没有了。

可以想象，殖民者来到中国，用罪恶的鸦片敲开大门，用卑劣手段图财害命。使用先进武器，大肆屠虐。假以时日，南比克瓦拉人的下场、巴西土著印第安人的结局，极可能成为中华民族的下场。

除了中国人民殊死搏斗和地域辽阔，列强们轻易无法一口吞得下，还和一个词有关，就是"对跖点"。它指过地心的一条直线和地面相交的两点。我们和主要西方国家，虽然没有"对跖点"那么远，但在地理上也相距遥远。他们的坚船利炮，要航行至中国大陆，也颇费时日，运来的兵力也有限。如果中国是欧洲主要列强的近邻，也许会更悲惨。

曾经有位对中国历史一知半解的外国人对我说：中国人爱侵略。

我大吃一惊，压抑愤慨，尽量心平气和地问他，你有何证据？

他说，凡外国人到了北京，你们都会请他去看长城。你们在自豪的同时，不知道这大错特错了。长城就是你们侵略的证据。长城是干什么用的？是你们修起来保护自己边疆不被外人侵略的。那时候，你们的边疆就在北京城边上。现在，你们的国界到了哪儿，这不就是扩张领土的证据吗？

我说，你说得不错，长城曾经是中国中原王朝的边疆，那是为了抵御北部民族。从这堵墙，你也能看出我们的某种性格，我们把边界标得清清楚楚，花大力气修起一道坚固的墙，希望这堵墙能保护自己安居乐业，和北边的民族和平共处，井水不犯河水。结果善良的愿望在残忍的现实面前粉身碎骨。墙还屹立在那里，当时那个国家已不存在。它到哪里去了？北方的民族攻破了这道墙，入主中原，成了新皇帝。他们带来了以往曾经属于自己的领土，中国的版图才得以扩大。

外国人目瞪口呆。

意大利耶稣会会士利玛窦，1582—1610 年居住在中国。他对中国人的不好战、不尚侵略和宗教信仰自由也大为惊异。他在《16世纪的中国》一书中写道："如果我们停下来细想一下，这一点似乎很出人意料：在一个几乎可以说其疆域广阔无边、人口不计其数、物产多种多样且极其丰富的王国里，尽管他们拥有装备精良，可轻而易举地征服邻近国家的陆军和海军，但不论国王还是他的人民，竟然都从未想到去进行一场侵略战争。他们完全满足于自己所拥有的东西，并不热望着征服。在这方面，他们截然不同于欧洲人，欧洲人常常对自己的政府不满，垂涎其他人所享有的东西。现在，西方诸国似乎已经被称霸世界的念头消磨得筋疲力尽，他们深知不能像中国人那样在长达数千年的时期里所做的那样，保持其祖先留下的遗产。"

欧洲人不是这样，他们的领土都是通过战争获得的，所以他们习惯认为任何一种崛起都必有侵略意图。他们无法想象中华民族这种与人为善、以柔克刚的智慧和生存法则，怎么能一直长存。

某些西方人对中国有着异常顽固的偏见，神经兮兮、指手画脚地面对中国的现状和未来变化。

为什么？从心理学上讲，是投射。

所谓投射效应，是指以己度人，认为自己具有某种特性，他人也一定会有与自己相同的特性，把自己的感情、意志、特性投射到他人身上并强加于人的一种认知障碍。在人际认知过程中，人们常常假设他人与自己具有相同属性、爱好或倾向等，常常认为别人理所当然地知道自己心中的想法。

西方是靠扩张、侵略、攫取、控制起家的，他们认为中国也一定是这种心态。他们无法想象还有另外一种温良恭俭让的文化，有以德服人、以理服人、和谐共生的文明。

对中国的偏见来自西方根深蒂固的心结。很多西方人一厢情愿地认为，西方一切都是最好的，其他文化不过是劣等至多是二等货色。全世界都应该唯西方马首是瞻，其他国家或民族只能跟在西方后面亦步亦趋。

自大航海时代以来，西方已经习惯了这个世界是以他们为轴心和主宰转动，对于整个第三世界的崛起，他们太不习惯太不能接受了。特别是近几十年来中国发生的一系列巨大变化，触动了他们潜藏至深的脆弱神经。中国是一个有着自己独立文化和思想的大国，西方绵延几个世纪以来的优越感遭遇了真正的挑战。改革开放初期，中国人虚心地向西方学习，那时候他们以老大自居，认为中国以某种形式崇拜他们，期待着中国全面皈依他们。当他们终于发现中国人在很多方面，也可以当之无愧地不输于任何西方人，自立于世界民族之林的时候，他们深深地恐慌和震惊了。西方世界无法想象，这样一个庞大的、在制度上他们无法认同、在文化上陌生的国家迅速崛起，将给他们熟悉的国际体系带来怎样的不确定影响。他们接受战后的日本，因为它是在美国的帮助下重建的，他们和印度亲近，因为印度原本就是英国的殖民地，和它们有着千丝万缕的联系。在他们的历史中，不能接受一个不同文化的大国昂然挺立在他们系统之外。如果这个国家不匍匐在地、不奴颜婢膝，而是独立自主发奋图强，会让他们神经高度紧张。深层的失落令他们痛苦不安，灵魂中的罂粟开始左摇右摆，想制造新的精神鸦片再次输入中国。

很多西方的政治家乃至普通民众，喜欢凭想象来评价中国。这是他们的悲哀愚昧，这样的时代应该结束。

在15世纪末，欧洲仅仅是欧亚大陆四个文明中心的一个，而且绝不是最重要的一个。到18世纪末，西欧已经控制了外洋航线，组织起了遍及全球、可牟取暴利的贸易，并征服了南北美洲的广大地区。从19世纪始，欧洲在全球占据了统治支配地位。

世界上的不同种族、不同国家、不同民族曾经为高山和大海所分隔，但地球是全人类共同的家园，我们必须统一成协同一致的匀称整体，必须同心同德。彼此之间的交流越多样化，互相学习的机会越多，进步性也就越强。

亲历了伦敦奥运火炬传递的中国驻英大使傅莹（后来她是中国外交部副部长了）曾感叹：中国融入世界不是凭着一颗诚心就可以的，挡在中国与世界之间的这堵墙太厚重了……像我这样身处中西方之间的人，不能不对中国和西方国家公众之间彼此印象向两个不同的方向下滑的趋势深感忧虑。她说："世界曾等待中国融入世界，而今天中国也有耐心等待世界认识中国。"

我并不宣扬狭隘的民族主义，我知道每个民族的发展历史中，都曾有过茹毛饮血、血雨腥风的过程。我只是觉得正确复原历史，有利于世界的和平和稳定。不能因为一己狭隘思绪的投射，就无视历史的真实。不能因为自己曾经在掠夺世界其他国家巨大财富的基础上，建立起奢靡的生活方式，就将其作为唯一标杆，放之四海而皆准。不能把自己标榜为文明和洁净的代言人，而认为其他的生活方式，都是落后和肮脏的。

21世纪被称为海洋世纪。不管怎么变化多端，天下的水都相连。石油漏在墨西哥湾，会使普天下的人遭殃。天下的空气都相连，战火燃烧在伊拉克，会使普天下人窒闷。大洋中的海豚没有国界，因此任何一个国家的滥杀滥捕，都会使普天下人哭泣。天下的陆地在大海的底部都是相连的，因此对一人的遗弃欺侮也是对全人类的犯罪。

航海是走向世界、走向开放的必经之路，也是一个大国在世界上的地位象征。浩瀚海洋，中国人迎头赶上。

海中央

连续航海，海浪如同一页又一页连续打开的书。深夜，走上甲板，突如其来有种想跳入海中的冲动。我不恐慌，但对自己的念头好奇。刚开始以为只是我的个人幻觉，后来问了好些人，居然都有这种百思不得其解的危险时刻。想啊想，终于明白。生命来自海洋，在每一个细胞里，都储存着对于海洋的眷恋和记忆。在某些特定场合，它魔咒般复活，押解我们的身心如同人质——随它回到远古。

黄昏黎明时分，在海中央看海。大海苍天，只有你一人夹在其中，天人合一之感，醍醐灌顶。船是特殊的载体，当它蹒跚于大海之腹，远离陆地，放眼四野，围绕眼帘的都是圆滑到无可挑剔的海平线，凡俗的世界悄然遁没。

所有曾经的烦恼、芜杂的人际关系、不堪回首的悲苦，还有层出不穷的愿望，都像被船桨切断的海草，漂浮而去。只有让人灵魂出窍的蔚蓝色，由于深达几公里的摞叠，化作近乎黑色的铁幕，襁裸一样包裹着生灵孤寂的肉体和灵魂。

当什么都不存在的时候,关于存在的思维就会活跃。

夜幕下的海,纯净剔透的黑与蓝,天幕上是银光烁烁的星。你只想爬上星辰,让尖锐的星芒直抵掌心,感受冰冷的刺痛。任何认为星辰是不可以爬上去的常识,此刻都是谬说。你无比孤独,而且绝望地发现,它是不能战胜的。

人生真是太短暂了,和时间相比、和夜色相比、和海洋相比……哪怕是一朵浪花,也比人更长久。它永不疲倦地涌动着,没有死,也没有生。或者说它无时无刻不在死亡之内,也无时无刻不在涅槃当中。你不能说一朵浪花死去,就像你不能说一朵浪花在何处诞生一样。

必先确立了人生的虚无,然后才能确立人生的意义啊。

海在海中。风在风中。

你想知道什么是彻头彻尾的虚无吗?你想死心塌地灰心丧气吗?你想就此归去,把人生来一个总结,有一个新的开始吗?你想从此不惧死亡,兴致勃勃地走到人生的终点吗?如果你的回答是"是",那我向你推荐一个地方,帮助你解决上述问题,那就是——海洋深处。当然了,我这个深处,说的不是大海的底层,那不是我们寻常人等去得了的地方。深处,是海的胸膛之上,在渺无人烟的苍茫波涛之内,思索。

是的,波涛之内,而不是波涛之上。有人说,我常常到海边散步,看到过海的各种表情,比如海上日出,比如海的朝霞、晚霞,比如海上的暴风雨,比如各式各样的船……的确,这都是海,可都不是我说的海。这是海之表层,不是海之脏腑。

法国17世纪最具天赋的数学家、物理学家、哲学家帕斯卡尔，曾将人定义为："无穷大和无穷小之间的一个中项。"不，在理论科学和实验科学两方面都做出了巨大贡献的帕斯卡尔，这一次说错了。没有中项。人只是无穷小，海洋才是无穷大。

作为巨大的偶然，我们降生人间。我们所具有的唯一能量，就是有目的地向着一个既定方向前进。这个方向，在哪里呢？

航行中，辽阔水面尽收眼底，澎湃海浪不停肆虐，你无可逃遁地要得出一个关于方向的答案。在海洋上，人会变得极其单纯，完全丧失了思索的能力。这并不是悲哀，海洋以它无与伦比的壮阔，已经给出了答案，不必渺小生灵再来费劲儿地思考了。

一朵浪花，若离开海洋，片刻之间就会萎缩。时间之短，我相信任何一种陆地上的短命花卉，都会比它开得长久。太阳会晒干它，烈风会吹飞它，鱼会把它吞入腹中，云会把它吸走，雾会把它裹挟而去，雨会把它当作阵营中遗失的一滴，蚌会把它摩挲成珍珠的雏形，人会把它当作坠落的眼泪，咸而且苦……身为浪花，能让自己永不枯萎的秘诀只有一个，那就是汇入丰饶无迹的集体中。无数浪花聚集　处，成就波峰浪谷，托起巨轮，掀动风暴。它们永不止息地歌唱，没有开端也没有结尾地飞来荡去，在1000次毁灭后获得1001次重生。

人的生命也是一样的。就个体来说，多么惨淡啊！连一朵浪花也比不上。浪花们互相紧密连接，你无法将一朵浪花和另外一朵浪花分离，它们从本质上密不可分。先天的属性，让它们从不孤独。但是，我们不行。人有皮肤，在皮肤之里，是自我的界限，在皮肤之外，是他人和自然的范围。人必须有意识地走出自己的皮肤，和同伴们找寻精神上的依存。这不单单是互相帮助,而是本质上使自己一生不再渺小、不再脆弱的唯一法宝。

这种连接,有一个看起来很普通的名字,叫作——关系。关系分为很多种,疏离和密切是最基本的分野。密切关系是有魔力的,成也萧何,败也萧何。如果没学会处理关系,处理失当,你就无法享受人生的乐趣,你会时时被各式各样的烦恼所袭扰。你头痛医头脚痛医脚吧,你天天疲于奔命四面楚歌吧,你按倒葫芦浮起瓢吧,你屋漏偏逢连阴雨吧,你破船偏遇顶头风吧……总之,如果你不断地倒霉,如果你时不时地在被厄运抽了一个嘴巴之后,又是一连串的嘴巴,如果你百思不得其解,不知自己得罪了何方神圣,为什么诸事不顺,永远是一个超级倒霉蛋,那么,恕我像女巫一样直言——是你的关系上出了问题。

看看大海,看看浪花们。它们如此平等,如此团结。没有高低贵贱之分,没有东西南北的区别,天下浪花结成一家,遇风则啸,遇雨则飞。风平浪静的时候,缀成一块硕大无朋的蓝缎,大智若愚微微抖动,与天公比试碧蓝和寂寥。大海养育了多少生灵啊,地球上最大的动物——蓝鲸,就生活在海洋中。我在美国的博物馆见过蓝鲸标本,浮游半空,孤悬于万千海洋生物之上,如乌云蔽日,体积大到难以想象。仰望蓝鲸巨大而美丽的流线型身体,我不由得想,它活着的时候,每天要吃多少食物啊?需要多大疆域才能养活它,才能让它活动开身体腾挪扭转?需要多大的浮力,才能让它保持优雅游姿,不至于一个跟头沉没?它怎么长到这么大体量?那是怎样一段进化的漫漫长征,需要一个多么丰饶诡谲、无拘无束的舞台啊!

是海洋托举了它。海洋是蓝鲸的摇篮。

海洋中物种的丰富，远远超出了我们的想象。特别是深海，更是一个远远没有叩开大门的宝库。

这种荡涤灵魂的经验，可以从大海的涟漪、风暴的吼声、海鸟的奏鸣和海豚的跃动中习得。倾心体会大自然的旋律，待身心与自然融为一体，光明自然体现。

关于海洋，我们知道得太少太少。然而仅仅已知的这一点点，已让我们倒头拜叩，肃然起敬。这一生，如有机会到大海的核心部分走一走，请千万不要错失。如果没有机会，请千方百计地创造一个机会，你一定所获甚丰大呼过瘾。

也许有人会说，我常常到海边去。哦哦，海边和海中央，是不一样的，就像树叶和树根的不同。树叶青翠可爱，但你看到树根的时候，会感觉到深邃的力量和不可预知的神圣。这时再来看树叶，你只会觉得精致和稍纵即逝的脆弱。

万万不要满足于在海洋馆、水族馆这类地方的浏览。国外的超豪华饭店，已经把鲸鱼圈养起来了，真是悲哀！我在迪拜亚特兰蒂斯酒店，看到玻璃幕后假装自由自在的鱼，悲哀顿生。充其量它算海洋的藏书票，海洋干涸的微缩版。如果曾膜拜过真正的海洋，在亚特兰蒂斯你会有哭泣的冲动。这还不是最悲惨的，如果一个人从来没有亲近过大海，首先是在海洋馆里看到了海水，由那里得来印象去想象海洋，他就陷入了猥琐的幻觉，人为的陷阱。

听我一句劝。一辈子都没有机会深入真正的海洋，并不遗憾。因为你还可以想象。人的想象力，是世界上最汹涌澎湃扶摇万里的疆域，可以掀起飓风，可以托举起几十万吨的巨轮。千万不要让别人出于营利的目的,在你的脑海里信手涂鸦,荼毒世界上最雄壮的景致。

海洋是一所大学,教会我们生命的感悟。浪花就是教授了,无数位,虽无职称,但日夜授课,永不言倦。

海洋带着永恒的苍凉,把你关于这个世界的所有表浅认识,都颠簸着飞扬起来,发生碰撞和杂糅,而后扫荡一空。举目四望,你是如此孤独,天空和水永远在目光的尽头缝缀在一起,包围着你,呈现出博大的哀伤。你知道自己是一定要灭亡的,而大海则永远存在。

在这颗蓝色星球上如跳蚤一样生活的我们,能看到多远?美国环境学家罗德瑞克·纳什有一个科学理论,认为从过去到现在以至未来,人们遵循着如下范围,逐步扩大着自己的视野和爱心疆域。首先是自我,然后波及家庭。这当然不难理解,原始人就是这样走过来的。再之后是部落,然后是国家。国家是扩大了的部落,是很多部落的联结。在国家的更远处,就是人类。当我们有了更多的余力之时,就会更多地关注动物,之后的顺序便是植物—生命—岩石(无机物)—生态系统—星球。

在大海上,充沛爱意会像卓越的三级跳远,快步腾挪而去。从"一己"跨越到"星球"。我们只有这一个地球,千真万确。

绕地球一圈走过来,深刻感觉到,地球人,都是住在一套单元房里的亲戚。有些人富一点,有些人穷一点,但大家从骨子里来说,大同小异。平等不是一个谁赐予谁的施舍和空话,而是一种生物进化的必然。

祸害了中南美洲的森林,就是糟蹋了自家的后院。掠夺了亚洲的财富,就是亲手把船凿下一块板。喷出越来越多的二氧化碳,就是在自家放火,屋顶已经烧出了一个洞……

大自然大智若愚,它什么也不说,只是把人们紧紧地联结在了一起。有难同当,有福同享。它公正并且——冷酷,如果不觉醒,等待的就是灭绝。地球上的人类,只有自己救自己。那种以为靠着掠夺他国人民就能维持自家超级繁荣的美梦,有些人已经酣然不觉地做了好多个世纪。如今,21世纪刺眼的光照,不客气地把他们唤醒。

地球绝非我们想象得那样广大和坚强,在某种意义上讲,它脆弱到不堪一击。

所有的海水都是相连的,在广阔的洋面上,我们无法区分这一滴水来自大西洋还是印度洋。海鸟是没有国界的,海豚是没有国界的,海草是没有国界的,污染也是没有国界的。最后买单的是全地球的生灵,无论是发展中国家还是发达国家,在污染面前,人人平等。

喜欢海上的风将云彩搅散的声音,还有海豚跳起的噗噗声。光的温暖远在乌云之上,你感受不到,但仍坚信它的存在。亲身体验能使人确立世界观并因此改变行为。人类已融合在一起,悍然难分,像海在海中,风在风中。

每日"一偷"与"倒时差"

关于船上的饮食,我一直没搞清主厨是何风格,你说他是西餐吧,连个漂亮的奶油汤都烧不出来,疑似基本功不怎么样。若是正经日本料理师傅,客串西餐,烧不好也可理解,人不可能都是多面手。有道是"一招鲜,吃遍天",没人说两招鲜嘛!不过我在船上,似乎也没吃到过正宗的日本菜——黑咕隆咚的大酱汤,馊泔水的味道。

有一点需要声明:由于本人一直处于难以挣脱的晕船状态,胃总伺机谋反,所以我对饮食负面评价较多,恳请不必信以为真。

某天,一位日本籍中国台湾客人对我说,不知你们对这伙食感觉如何?

我反问,中国美食天下第一,你说我们感觉能如何?

台湾客人皱眉说,客人们都对伙食有很大意见呢。

我得遇知音感觉之外有些不解,说,这难道不是按日本口味做的吗?

客人撇嘴道，你要知道，这船上的日本女人，都是在家中烧得一手好菜的主妇，现在天天吃走了味的和餐，苦不堪言。

我体谅船上厨师的苦衷。一是众口难调，客人千八百，国籍不同，口味多变，哪里能人人都说好。再者，海浪颠簸，胃不好好工作，消化功能起码打八折。最重要的是原料新鲜做不到，船一走就是三五天甚至十天八天，青菜在冷库里保存，无法保持风味。最要命的是船上的水，储存很久再加上净水剂的味道，哪里做得出佳肴。

味道乖张，人的食欲低落。常常没到吃饭时间就觉肚子饿，一到餐厅门口，闻到千篇一律的黄油加漂白粉的味道，口舌发燥肠道闭锁，了无兴致。

有天半夜，我腿开始抽筋。来势凶猛，半天没扳过劲儿来，早上起床，走路一瘸一拐。因为摄入营养和维生素不足加之缺钙，引起反应。

早年航海，常因人体缺乏诸种必需物质，导致船员病死在大洋上，活着的人把尸身抛入大海，名曰海葬。波涛深处就成了海上营养缺乏症者最后的眠床。

当然，我坚信不会沦落到这番境况，可从此后每天抽筋不止，也需要认真对待。

首先加强供给。我仔细分析了就餐形式。早饭自助，分别在甲板和餐厅进行。午餐也是自助，因我不爱吃肉，人家又不是餐餐都有鱼虾，很多时候就吃全素。就算某顿虾兵蟹将现身，能增加营养的余地也并不大。晚餐，典型的形式大于内容，刀叉盆碗摆得那叫齐全，好似欧洲18世纪的贵族之家大宴宾客，却是一日三餐里最乏善可陈的一顿饭。一颗话梅充当了餐前开胃菜，一块比五分硬币略大的糕饼成了饭后甜点。至于主菜，往往只是一块牛排，配的青菜也很袖珍，只有几片叶子和一小撮豆芽。这种分量的晚餐，我一个日薄西山的半老太太有时都吃不饱，更不消说芦淼这类大小伙子。芦淼的应对措施就是跟侍者再要一份饭，可要求常常被拒绝。

男士们郑重其事地把吃不饱这个问题向船方提出，中国旅行社也从国内向"和平号"做了反映。王莹说，这是游轮，也不是非洲难民营，总要让人吃饱饭吧。吉冈先生答复，餐厅已承包给了别人，他们只有建议权，无法直接制定食谱。他开玩笑地说，大家如果实在吃不饱，可以到9层甲板上的居酒屋吃夜宵，所有开销都算在他的账上好了。

芦淼是个实诚人，给了棒槌就当针纫。有一天，晚饭之后饿得不行，他在居酒屋要了一碗面，快吃完的时候，他说，咱们真记在吉冈先生账上一次如何？

我说，自己付账。

终于一次也没有在吉冈先生账上挂单。

现在，不仅仅是腹饥，直接奔了缺钙。它是前奏，如果不积极应对，可能还要缺失更多种类的维生素。

船上饥饿感最甚是晚上。我们被安排在五点半吃晚饭，这样到第二天早上的七点半吃早饭，有14小时的间隔。有天，翻译小唐告诉我，头天晚上半夜，饿得实在受不了，吃了泡面。

顺便说一句，为了对付船上半饥半饱的日子，每到港口，我们的重要任务就是寻找唐人街店铺，大买方便面。"手中有面，心里不慌"。

我说，半夜时分，没有热水，你如何泡开方便面？

船上怕引发火灾，不得使用任何电炉。每天开饭时间，餐厅门口备有一罐热水。罐子前都聚集着一伙老人，等着统一供应的热水。想喝热水要赶早，迟了就无货。舱房里不配暖水瓶，就算你眼疾手快打回热水，半夜时分也早已凉透。我肯定小唐不会有能泡开方便面的热水。

有热水，而且还很多。小唐嘻嘻笑着，很肯定地回答。

哪儿来的热水？我百思不得其解。

小唐说，我把洗澡龙头打开了，用洗澡水泡了一包面。

昏倒！

洗澡水是温的，里面繁殖了很多细菌。再加上那套管道不是为饮用水准备，重金属也超标。你不能用这种水泡面啊！我心疼地大叫。

小唐说，饿得实在受不了，也管不了那些了。

我断定芦淼也曾有过这种经历，只是他怕我担心，从未和我说过。既然他不想让我知道，我就成全他的好意吧。

不过，我一定要在现有情况下寻找对策，让大家的营养境况有些许好转。

思谋了半天，按照食谱和进餐方式，午饭和晚饭，都无计可施。唯一可以做些文章的，是早饭。

早饭有鸡蛋和牛奶。这两样东西，都含有丰富的营养物质，若能足量摄入，应对身体大有裨益。

从此，我早饭时会带上杯子。喝完牛奶，再灌上一杯，饮入总量达到500毫升以上，基本可以满足需要。鸡蛋也多拿一个。人们老说胆固醇高什么的,真正到忍饥挨饿的时候,你就会发现鸡蛋有多么可口了!它是完全蛋白质。鸡蛋里能蹦出活蹦乱跳的小鸡,营养还能不全面吗?

最重要的是——每餐带出来面包。芦森他们饿的时候,可用面包充饥,不必吃洗澡水泡出的方便面了。

要把食物带出餐厅,有风险。

吃完了饭,不得把食品带出餐厅,船上严格执行这个规定。同伴中有一位拿了一枚书签大小的海苔,被门口服务生看到,立逼她放回原处。想想,也不甚合理。食品不许带出餐厅的规矩,通常是怕食客外的人也顺水推舟地摄入,占了餐厅便宜。可此船在茫茫大海中行驶,乘客不可能将食物送给任何人吃,里里外外都在客人肚子里,何必那么森严。

前车之鉴,让我的夹带格外小心。被人逮住,这么大岁数了,脸往哪里搁?

我每天早上作案一次。作案要有设备,在我,就是一件黄色风衣。按说黄色很张扬,不利于隐蔽的,我反其道而行之,索性大大方方。最主要是这风衣有两个大兜,装上两个面包,不显山不露水,天然销赃地。

主要作案地点在甲板餐厅。为何?盖因在此进餐的人,通常比较散漫,眼睛都盯着大海,无人注意身边的人吃了多少东西。楼下正式餐厅则不同,人多眼杂,十人一张大桌,偶尔作案可逃过,若惯犯累作,极易被人盯上。

甲板上餐巾纸自取,供应充裕。夹带食品需要好几张餐巾纸垫底,要不那些表面油浸浸的面包如何安置?楼下餐厅,每人手边只放一张薄薄的餐巾纸，无法将面包完整裹好，容易把衣服搞脏。

我的盗食步骤通常如下：先用盘子盛取比我食量多一倍的面包。不知有无侍者或食客注意到这个胖老太太，食量大得惊人，怀疑我正处于糖尿病多饮多食阶段。然后假装漫不经心步履蹒跚地走到座位上（甲板较晃，为防滑跌，我必小心翼翼）。座位多位于船尾处，狭窄颠簸，旁人不愿就座，相对清静，有利于作案。我在第一时间用餐巾纸将面包裹好，假装眺望大海，不动声色地把面包塞进外套口袋。一般只能带两个面包，再多过于臃肿，恐要露馅。最怕白色的餐巾纸像蝴蝶翅膀一样从风衣口袋中飞出，那就狼狈了。

为防万一被抓，我煞费苦心找了借口预备着。人家若问我为什么偷拿面包，我便答：喂海鸥啊！

说来惭愧，我一次也没喂过海鸥，偷拿的面包都进了人的肚子。美丽轻盈的海鸥们如同《红楼梦》里的倔强晴雯，白白担了干系，在此我向海鸥致歉。

自打知道了我这儿有存粮，常到我这里寻觅食品的"海鸥"计有：已经发生了低血糖的老G，早上起晚了赶不上早饭的小W，跑来跑去饿得前心贴了后脊梁的小T……当然，最大的一只"海鸥"是芦淼。

值得庆幸的是，我一次也没有被逮着，全须全尾保存了名节。

"和平号"上，频繁倒时差。

在国内待着，虽理论上知晓时差，总觉得跟自己没多少关系。出远门，常遇到时差问题。临出发前，问好了目的地和中国有几小时时差，在飞机上把表拨成当地时间，到达后入境随俗，作息时间听从新安排。太阳照常升起，每天忙忙碌碌，不知不觉也就适应了。绕地球一周，360度旋转，要把所有时区都蹚一遍。

以本初子午线为标准，经度15°划一个时区，这样，东、西半球各划出12个时区，全球有24个时区。相邻两个时区的标准时，相差一小时。1884年国际经度会议上，还规定了"国际日期变更线"。位于太平洋中的180度经线，作为地球上"今天"和"昨天"的分水岭。它并非笔直，有几个弯折，为的是避开岛屿，别让那里的人们无所适从。

由西向东周游世界，每跨越一个时区，要把你的表向前拨一小时。由西向东跨越国际日期变更线时，必须在计时系统中减去一天。反之，则加上一小时或一天。

上面这些话，经常在科普读物中读到。怎么能突然多出一天或减少一天？怎么能对黄金一般的时间这么不严肃？无所不在的时间，为什么碰到这条实际上并不存在的虚线，就变得如此弱不禁风、不堪一击？

"和平号"从日本横滨出发，大方向始终向西，相当于在不断地追赶太阳——这句话严格讲起来有语病，应该说"和平号"的航速，加快了地球围绕太阳自转的速度（还是不大准确，凑合着看）。这点速度当然微不足道，但架不住日积月累再接再厉地攒在一起，积少成多。当"和平号"绕地球一周，从阿拉斯加出发，重新接近日本横滨时，在太平洋上追过了这条国际日期变更线。那一天，要把日子加上一天。

刚开始无法接受这个事实。片刻间，你在虚拟变更线这边还是今天，转眼间到了那边，景色还是一样，气候还是一样，连海鸥扇动双翅的姿势都不变，时间却忽地从今天变到了明天。海还是那片海,云还是那朵云,日子无声无息地蒸发了,无缘无故地被偷走了24小时。生命遭掠夺和缩短,郁闷。你找不到仇人,只能抚胸长叹。埋怨谁呢,谁是时间窃贼?赋予这条线蛮横的权力,让人生如同没洗过的土布投入沸水,晒干后变短了。

几家欢乐几家愁。在那本著名科幻小说《80天环游地球》中,主人公就因为从东向西穿越此线,反倒多出来一天,最后不但赢得了赌注,还抱回了美人。

站在海中央,第一次感到时间如手中的橡皮筋,可以变长也可以缩短。又想,生命多一天和少一天,也非特别重要。人的一生,不取决于一天,而取决于很多天。我们眼也不眨地浪费过很多天,何必对一天锱铢必较。

况且,严格说来,这一天,也未曾真正消失过。人的身体并没有在这条变更线之前变老,生命并没有真正缩短,不必因日历上的变动而哀伤。

说完了时差暴风骤雨般的变更,再来说说它慢条斯理的渐变。

"和平号"的餐桌上,除了刀叉盘碗,还有一个小小提示牌。上面什么字也没有,只是画着一块表盘。如果时差向前倒一小时,会在午夜12点标志上方,画逆向小箭头,指示你要把12点调成11点。反之也一样,在12点处标出顺时针小箭头,是要你把时间向前拨快一小时。太平洋上,我们不断地倒时差,有十几次之多。如果你吃饭的时候,没有注意到小小指示牌,而第二天正好倒了时差,就会遇到小小麻烦。

清晨,瑜伽训练班的学员们在甲板上跃跃欲试,可老师迟迟不来。为什么呢?原来这一天时差向前提了一小时,教练却忘了,还活在昨天的时间里。

我吃饭积极，一到饭点准时出现在餐厅。我顽固地热爱坐在干净的桌子前进餐，而不愿在别人遗漏的面包屑和菜汤痕迹前吞咽。"和平号"餐厅的桌子，每张都要接待几拨食客。要照顾洁癖，只有抢第一波吃饭。有好几次，大清早我兴冲冲地来到餐厅，迎接我的是一把铁锁。概因我昨日疏忽了小指示牌的提醒，不知早餐时间顺延一小时，吃了闭门羹。

频繁倒时差，对正常人来说，不过小小不便，但对需要每天定时打胰岛素的老G来说，增加了风险。胰岛素严格按照进食时间注射，翻来覆去地折腾，老G不是饿得头发昏眼发蓝，就是血糖飙高……老G平安地走完地球这一圈，不易啊。

和老G一道感到混乱的，还有每个人的生物钟。

人为什么会到了晚上就困倦，需要入睡呢？

都是褪黑素的功劳。人的中枢会定时释放褪黑素物质，提示人体应该休息了。它降低大脑神经兴奋度，减缓新陈代谢，促使人进入睡眠状态。褪黑素也会受到外界刺激的影响。当光线强烈时，褪黑素分泌得少。光线转暗时，褪黑素分泌比较旺盛，所以人在阴暗环境下容易产生睡意。

倒时差困难，很多时候是褪黑素分泌出了岔子。人能控制自己的骨骼肌，却无法操纵褪黑素。频频倒时差，让人们产生生理不适和心理上的不安感。萎靡情绪像一种慢性疾病，在船上蔓延。船上小报发起了"让我们一起倒时差"运动。

活动安排是在某天半夜12点差5分时，人群开始集结。大家走上甲板，面对浩瀚海洋，默不作声地僵立着，等待着。风很大，海浪在半夜时分,有一种撼人的魅惑之感。我不敢倚靠触边栏杆,有一种吸力从目所不及的海水中升腾而出,用一种微醺的麻醉,呼唤着你:"跳下来吧,这里无比安谧宏远……

不敢看海洋,只好掉转方向抬头看夜空。空中有时有星光、月光,更多的时候,是无可比拟的黑暗。

没有人看表,但人们知道慢慢逼近了那个时刻。从脚下轮机的轻微震颤,你确知站立在钢铁庞然大物之上,可你仍觉一无所傍,宛若浮萍。你被一种透彻肺腑的苍凉所裹挟,虽然在群体中,每个人都托着自己的手表,目光炯炯,依然感到近在咫尺的孤独。

到了!有人发出指令。大家都在这一瞬间,把手表上的指针拨快或是拨慢一小时。在这种时刻,我更喜欢拨快的感觉。拨慢,会生出轻微的厌倦。拨快一小时,完全不同,好像施展了某种魔法,让狂放不羁的时间听从了自己的指令。

活动很简单。仪式完成后,大家星散。我绕着甲板走了两圈,看到刚才聚满人的地方,已是一片空袅,梦境逝去。下意识地看手中的表,的确是走快了一小时,才相信自己刚才硬是指挥了时间。有人说,聚在一起调时差,可以消除恐惧。参加了自发仪式,我才发觉,单独面对时间流逝,不是恐惧,而是虚妄。你突然对生命的某个时刻,丧失了察觉。

大海上,时间观念其实很模糊。没有人类之前,天地万物并无时间概念。对一个人来讲,人消失了,他的时间也就不存在了。

谁懂得一切不会永存,谁就能坦然承受命运,活在幸福平衡之中。总有一些事件,虽不喜欢,它却必然发生。总有一些技巧,我们不想掌握,却务必了解。总有一些人,我们万分眷恋,他们却必定离开。另有一些人，我们不愿相逢，他却一定蹲在命运拐角处耐心等你……风不会永远轻撩人，星不会永远迸射光芒，然而我们却要兢兢业业地活下去。然后，从容不迫地接纳死亡。我们死亡，世界才得以更新，单一个体的悲剧，成为自然平衡之喜剧。

即使一个人在生物学意义上离去了，落地成埃，若有关的心灵物象遗留下来，变成无形的场和能量，也是造化。

人在海上，航行久了，时间观念就淡漠了。节奏缓慢，让人觉得人生大可不必如岸上那般慌张和间不容发。你何时何地都会看到大海，它多么懒散和无所事事啊，偶尔干的活儿就是发动风暴。它承载蕴含着无以计数的生灵，从上百吨重的巨鲸，到蝼蚁般的磷虾，在漫不经心的雪浪奔涌中，悄然完成各自的使命。

大海颇有耐心，不动声色地荡漾了亿万斯年，从雷电劈入海浪的一朵火焰中，扭出了最初的生命麻花 DNA，然后不慌不忙地拼装组合，孕育了复杂的万千生命雏形。潮汐涨落，斗转星移，有条不安分的鱼爬上了陆地，步履维艰地变成了今天的人……

时光宛如海洋，浩瀚无际。你的今生今世就是海豚跃起的光滑背脊，灵光一现酣畅淋漓。之后和之前，我们都沉没在蔚蓝的海底，潜行着，时间的海水抚摸着我们，生生不息。浪花之上再生浪花，湮灭之后再现湮灭。天因此而湛蓝，人因此而珍贵。

丹麦的独腿锡兵

安徒生童话里,我喜欢《卖火柴的小女孩》,喜欢《海的女儿》,最喜欢的是《坚定的锡兵》。有的人把这篇童话的名字翻译成《坚强的锡兵》。相较之下,我还是更偏向"坚定"二字,那种对爱情奋不顾身的投入,还有死心塌地的一厢情愿,让人唏嘘。

童话里的锡兵只有一条腿,真不知道他是如何通过了当兵的体检,成了一名肩扛毛瑟枪的勇士。书里给了我们一个解释,说这个锡兵是最后一个被生产出来的,原材料不够用了,所以只有一条腿。按照这个解释,锡兵就是先天性残疾。锡兵历经种种磨难,从未改变对一位纸做的"小舞蹈家"的爱情,直到最后在火中凝结为一颗锡做的心。

当年读这篇童话的时候,就萌生了一个小小的愿望——得到一个小小的锡兵。那时候想得简单,以为既然是个著名的童话人物,就该到处有的卖,就像如今的唐老鸭、米老鼠。屡屡搜索未果,才明白这锡兵是个小人物,并不芳草天涯。看来,要找锡兵,只有到他的老家丹麦了。

到了丹麦，先去看的是海的女儿铜像。铜像矗立在哥本哈根海滨公园的浅海处，身高1.25米。注意啊，不是说美丽的美人鱼身高只有这么矮小，而是因为她取了一个屈腿侧身的坐姿。如果站起身来，就是个高大的美女。再提供一个数字：据说铜像的体重是175公斤，今年已经有93岁了。

93岁的小美人鱼，丝毫不改婀娜多姿的体态，青铜色的"她"坐在一块礁石上，容颜清丽，美丽的发辫垂在腰间，在身后紧贴礁石处，有一条仿佛还在滴着水珠的鱼尾。美人鱼周围能容人站立的地方很狭窄，礁石上又覆满了青苔，又湿又滑，稍不小心就会跌入海里，让你来个不情愿的海水浴。我们很规矩地排着队，依次跳上岩石，迎着光照相。

咔嚓咔嚓乱响了一阵之后，突然有人说，这样照法，美人鱼最重要的部分就丢了。

照过的人吓了一跳，马上反驳说："你看，海水啊、蓝天啊、美人鱼啊，还有我啊，都照上了，什么都不缺的，肯定没丢掉任何东西。"没照过的人就停下了踏上苔藓的脚步，眼巴巴地等候着下文，以防自己辛辛苦苦地蹦跳过去，反倒做了无用功。

发难的那位说："美人鱼啊美人鱼，你们只照了美人，没有照上鱼。正面取景，好看是没得说，可惜没有尾巴。没有尾巴的美人鱼，人家还以为是一尊普通的欧洲少女像呢！"

呵呵，尾巴！是的，美人鱼最重要的身份证就是她的尾巴。尾巴里藏着她全部的秘密和痛苦，当然，也有奉献和快乐。

于是大家重新来过。

听说这座美人鱼雕像早已不是丹麦雕塑家爱德华的原作。美人鱼曾多次遭到破坏,身首异处。政府为防悲剧重演,现在用的是仿制品,原作早被国家博物馆收藏。

听说每年有超过一百万的游客和美人鱼合影,有的游客还爬到美人鱼的身上,做出不雅的动作。政府准备把美人鱼的铜像搬到深海去,这样游客们就只能远远地眺望美人鱼的身姿,呆呆地面朝大海,从海风的呼啸中,去想象美人鱼所经受过的刺骨寒冷、锥心痛苦和致命浪漫。

记得小时候给孩子讲《海的女儿》,孩子对坚贞的爱情似乎不大能体察,只是为美人鱼不能说话而万分苦恼。孩子问:"美人鱼没上过学吗?"

我说:"这和上学有什么关系呢?"

孩子说:"就算美人鱼嗓子哑了说不出话来,可以写一张字条给王子啊,王子一看不是全都明白了?"

我张口结舌,只好说:"海底是没有学校的。"

孩子穷追不舍,说:"那她爸爸可以教她啊,她爸爸不是国王吗?国王肯定会写字的,要不怎么能当国王?"

我急中生智,总算想到了一个解释,我说:"海底王国和人间使用的不是同一种文字,是外语。就算是美人鱼给王子写了字条,王子也不认识……"

惊出了一身汗,才把这段公案应对过去。想想看,如果至善至美的小美人鱼都可以是文盲,早就厌学的孩子们,理由和狡辩一定更多了。

看完了海的女儿,就该去看她爸爸的雕像了。美人鱼的爸爸不是海底的国王，而是丹麦伟大的文学家安徒生。

丹麦到处都有安徒生的雕像，我最喜欢的是哥本哈根市政厅南侧那尊青铜像。早知道安徒生相貌不佳，便做好了看到一张难看的脸的准备，但这座塑像一点都不丑。晚年的安徒生表情安详，头戴一顶18世纪流行的绅士高筒礼帽，拄着一根手杖，有一种若隐若现的沉思和羞怯，据说这是按照1875年安徒生70岁时的样子设计的。游客们纷纷爬上台阶，和铜制的安徒生合影。因为雕像高大，一般的人站在那里，只能到达安徒生的腰际。据说摸到"安徒生"的手、膝盖或是裤脚和鞋子，都可以沾到大师的灵气。这些常常被游客汗手所摩挲的地方，油亮而紫红，好像镶上了红色的补丁。

这位把童话作为献给全世界儿童最好礼物的大师，自己始终不曾有过孩子，几度情场失意。15岁那年他来到哥本哈根，一生中的大部分时光都是在哥本哈根度过的。

看完了雕像之后，就是寻找安徒生的故居。据说安徒生在哥本哈根住过不止20个地方，现在只把一部分开辟出来供游人参观，最具盛名的是在新港。

新港其实并不新了，早在1673年，当时的丹麦国王哈丁古斯二世为了实现"要让哥本哈根成为跟世界做贸易的城市"的诺言，下令开凿运河将朗厄里尼海的水引进哥本哈根。而在丹麦语中，哥本哈根就是"商人的港口"或者"贸易港"的意思。只是哈丁古斯二世国王并没能想到他的这一纯粹为了发展经济而进行的开凿，最终成就了哥本哈根这座城市的诗情，以及安徒生那些充满了幽默和幻想的童话。

新港狭长的港湾里停满了五颜六色的游艇和帆船，樯桅林立，帆影摇曳。运河两岸伫立着当年码头工人以及琥珀商人和海员们居住的房子,每栋房屋的颜色都不相同,亮蓝、粉红、金黄、春草绿……在夕阳的余晖里,这些五颜六色已有几百年历史的老房子不可思议地年轻。街边是一排排支着太阳伞、座无虚席的露天酒吧,游人鼎沸。

坐在运河边长长的木头上,听着优雅的爵士乐,看穿梭在运河上的游船,一下子分不清到底是在21世纪还是在19世纪。据说因为施行严格的保护措施,这里的建筑和两百年前没有丝毫区别。

这条街是安徒生的心灵栖息地。在街的路口有一座安徒生雕像,雕像的铭牌上记载着安徒生曾分别于1834—1838年、1848年和1875年相继在这条街的20号、67号和18号居住并写作。在这里,他得到过戏剧家、诗人、贵族乃至国王的帮助和垂青,渐渐声名鹊起。只是不巧,20号故居正在修整,我们无法入内参观。在门口和林立的脚手架合影之后,我不停地向对岸眺望。我在寻找房屋与房屋连接的拐角处,我记得在《卖火柴的小女孩》中,那个可怜的小女孩冻饿交加,就是在一处墙角划完了她所有的火柴。我想安徒生写作这篇童话的时候,一定想起了窗外的这些楼房。他坐在窗前,倾听着运河上木帆船的摇橹声,看着河边酒吧里扯着嗓子不停地举着酒瓶子正在寻欢作乐的海员,想象着一把火柴像火炬一样燃烧……

在丹麦的街头徜徉,我还是念念不忘那个独腿锡兵。

我向导游述说心愿,问在哪里可以买到一个锡兵。导游说"克伦古堡"。从此心中一直默念"克伦古堡、克伦古堡",好像小孩子买酱油醋,在走向商店的路上不停地嘟嘟囔囔,生怕忘却。

克伦古堡，位于哥本哈根北面海滨，建筑在岩石上，半截身子探进海中。几百年来，它一直是守卫哥本哈根的要塞，至今还保留着当时的炮台和兵器。

克伦古堡位于丹麦与瑞典之间最狭窄的海域，扼住了波罗的海的入口处，名字的意思是——皇冠之堡。这个古堡不仅因为战略地位重要而闻名，更因为它是莎士比亚名剧《王子复仇记》（《哈姆雷特》）的发生地。历史上真实的"王子复仇记"是丹麦内陆的故事，莎翁玩了个"乾坤大挪移"，将它搬到了这里。

为什么要移花接木？因为当年的克伦古堡之豪华雄冠北欧。早在15世纪，当时统治全北欧（包括丹麦、瑞典、挪威、芬兰和冰岛的"斯堪的纳维亚联合王国"）的丹麦国王埃里克便看中了赫尔辛格这个极具战略性的瓶颈地带，在此筑堡，向来往北海和波罗的海的商船征税，收取买路钱，约略等同于现今的高速公路收费站。北欧的海上贸易非常活跃，埃里克和他的继承人财源滚滚。赫尔辛格遂从一个渔村一跃成为名震欧洲的海港重镇。后来，丹麦国王弗雷德里克二世娶了年仅15岁的表妹苏菲。为了给新王后提供一个舒适的居住环境，国王斥资把阴森湿冷的中世纪式样的克伦古堡改建成文艺复兴式的豪华行宫。2000年，克伦古堡被联合国教科文组织列入世界古迹名单中。

然而，走进城堡，感受到的主体风格依然是阴暗和压抑的，虽然屋外阳光灿烂。跟着导游，可在古堡的四翼参观丹麦王族当年的会客厅、起居室、寝室等，看到皇室名贵的家具、摆设、日用品和餐具。古堡的庭院里还有一座精致的小教堂，以供王室成员之用。

比较振奋而有生气的是武士大厅，据说当年是弗雷德里克国王为了讨好酷爱跳交际舞的苏菲而建造的舞厅,全长63米,为当时全欧洲最长的大厅,金碧辉煌,极负盛名。就是今天看起来,也还有不可一世的奢华之气。

堡内除了大厅宽阔之外,到处都很幽暗,的确是发生幽怨故事和血腥政变的好地方。

导游特别提示要留意墙上的七张挂毯。初看起来,这些挂毯除了规模较大之外,并没有非常特别的地方。可是中国人对"大"是有很强的免疫力的,单凭体积来讲,还不足以让我们惊奇。挂毯的主色调是咖啡色,不知是因为年代久远褪了色,还是皇室就喜欢如此暗淡的风格。在一派昏暗之中,在任何角度都可以看到丝毯中的某些部分在闪闪发光。据说这是金线的光芒,它们是用真正的纯金丝编织而成的。

丝毯的主题基本上是人物,为丹麦历代国王和王室成员。当年无数工人不停劳作了整整4年,一共编织出了43张丝毯,每张的面积都是12平方米(3米×4米)。这些价值连城的挂毯,只有14张保存至今——哥本哈根的国立博物馆和克伦古堡各藏一半。

在《王子复仇记》里,有一段弄臣波洛涅斯躲在"帘子"后,结果被哈姆雷特误杀的情节。有学者猜测,莎翁所说的"帘子",其实指的就是这种挂毯。听到了这个说法,再看那些暗淡的挂毯,就有些悚然。

克伦古堡因莎士比亚而得大名,但只在城堡的外围有一尊小小的莎士比亚像,令人有些费解。如果没有莎士比亚,没有《王子复仇记》,克伦古堡能有今天这样显赫的声名吗?查了一下资料,在世界十大著名古堡中,克伦古堡并未列在其中。如今在人们的心里，它毫不逊色地跻身于世界上最著名的城堡之列，恐怕不是因为并不算很大的"武士大厅"，也不是因为那些容颜沧桑的挂毯，而是因为一位作家的一支笔。好在每年8月间，克伦古堡都会举行与莎士比亚相关的一系列活动。听说从20世纪初起便几乎年年举行《王子复仇记》的公演，许多著名的演员如罗伦斯、奥利华、费雯丽和肯尼斯·布莱纳夫等，都曾在这里演出过。克伦古堡里有他们演出的巨幅剧照，很多游人在此合影。

在克伦古堡，可以远眺四公里外的瑞典小镇海辛堡。有段城墙很像哈姆雷特徘徊叩问的场景，不知他是不是在这里看到了鬼魂。这样一想，纵然是在烈日下，也生出阵阵寒意。今天丹麦和瑞典很友好，渡轮码头都不设海关，人们可自由来往。但在15—17世纪，两国为了争夺波罗的海巨额利益的霸权，锲而不舍地打了两百年的仗。最残酷的海上战场，就在这里。

听导游说，莎士比亚自己也演过《王子复仇记》。我们忙问他莎翁扮演的是谁。导游说："猜猜看。"有人猜是哈姆雷特，有人说莎翁没有那样高大英俊，可能演的是弑兄霸嫂的叔叔，还有人说他不会女扮男装演了美女或是皇后吧？看大家猜得辛苦，导游索性揭开谜底："莎翁在戏中演的是鬼魂。"

大家就笑起来，城墙就不恐怖了。

到现在为止，我还没有买到锡兵，甚至连一个锡兵的影子也没见到，不由得暗暗焦急。导游让大家自由活动，对我说："你跟我走吧。"

下窄窄的楼梯，台阶之险峻，估计在数百年的历史里，一定让若干宫女摔得鼻青脸肿。好不容易走到一处旅游商品销售点，推开门一看,我不由得欢呼起来。

无数的锡兵列队站在玻璃橱窗中,个个雄赳赳气昂昂,好像在接受检阅。导游说"你挑吧!"然后放下我,回去照顾大家。

这些锡兵都是朴实无华的金属色,仿佛暴雨前厚重的阴云。大的有一拳高,小的只有一厘米,戴着头盔,长满络腮胡子,目光炯炯。虽然形态不一,但每一个都精神饱满,荷枪实弹,随时准备上战场的架势。

我说:"我要一个锡兵。"

售货大妈(真的不能称之为小姐,足有50岁了)拿出一个手持盾牌的锡兵,那张盾牌上刻着海扇贝的族徽图案,很是骁勇。

我摇头说:"No。"

她又拿出了一个锡兵,这个锡兵没有拿盾牌,改成拿一柄长剑,寒光凛凛。

导游已经走了,语言不通,我用手势比画着告知她,也不是这个。

大妈脾气不错,思忖起来。我指指锡兵的武器,然后做了一个射击的动作。她看懂了,拿出了第三个锡兵。

这次对了。这个锡兵不是拿着盾牌,也不是舞着长剑,而是提了一支枪。

可惜的是,这不是毛瑟枪,而是一支花里胡哨的短枪。

毛瑟枪是德国人毛瑟发明的一种长枪,在安徒生那个时代,是一种新鲜兵器,类乎今天的手提式导弹吧。安徒生发给锡兵一支毛瑟枪,除了他紧跟世界潮流之外,也说明安徒生实在是很喜爱锡兵,给他装备了最先进的杀伤性武器。

大妈再次思忖，我拼命比画，夸张地表现着枪支的长度，简直快把毛瑟枪形容成大炮了。大妈心领神会，终于从锡兵阵营中拎出了一个肩扛长枪的锡兵。

哈哈，终于大功告成了。这就是那个坚定的锡兵，扛着毛瑟枪，等待着他如火如荼的爱情。

大妈也很高兴，拿出一个精致的小盒子，要把锡兵打包。这时，我突然发现了致命的错误——这个锡兵是健全的！也就是说，他的两条腿都完好无缺！这个锡兵——不是那个锡兵！

我急忙阻止了大妈的进一步包装，急赤白脸地说："我要一条腿的锡兵！"

看着她茫然的神情，我知道她完全猜不透我的意思。急中生智，我来了个金鸡独立：把自己的一条腿尽量藏起来，晃晃悠悠地站在那里。以我的老胳膊老腿，完成这个动作并不轻松，踉踉跄跄几乎跌倒。

大妈终于恍然大悟，口中发出"呜呜"的声音，表示她完全明白了我的要求。我以为这一次大功告成了，但老人家拿出来的还是零件周全的锡兵，嘴里还不停地说着什么，脚下还摆动着。

可惜我听不懂，也不知道再如何表演才能得到独腿锡兵。正在百般为难之际，导游来找我，这才听懂了大妈的告白。原来游人们都喜欢买一条腿的锡兵，店里刚好断货了，最快也要几天后才能供货。目前，只能向我提供两条腿的锡兵。

怎么办呢？好失望啊。要么，就永远留下这个遗憾，让那个一条腿的锡兵活在记忆中；要么，就买下肢体健全的锡兵。

大妈冲着导游说着什么，导游却不忙着翻译给我，频频点头。

我问导游:"她在说什么?"

导游说:"她还在推销两条腿的锡兵。"

我问:"她具体说了些什么呢?"

导游说:"她说,真正的一条腿的锡兵其实并没有完成他的爱情理想,还在进行中。完成了爱情理想的锡兵,已经不存在了,和他心爱的人一道化成了一颗锡心。在人们心里,他就是个健全的锡兵。"

我不知道这是不是一篇非常成功的推销词,总而言之,我被它打动了。是的,一条腿的锡兵,只是他刚刚被制造出来时的模样,之后他就面目全非了。锡兵最完美的时刻在他熔化的瞬间。

我最后买下了一个手脚健全的锡兵,肩扛着毛瑟枪。他是用那把锡汤匙做成的 24 个完整的锡兵中的一员,我猜想,在他的心中一定怀念着那个同根生的兄弟,虽然他已经变成了一颗小小的锡心。

生当做瀑布

"峡湾"是个词,是个专有名词。这名词在词典里的解释是——对不起,没有。我查的是《现代汉语词典》,手头最方便处摆放的就是这部词典,通常都不会让我失望。但这一次,例外。

只得分开来查。关于"峡",它说是"两山夹水的地方(多用于地名)"。然后再来查"湾",说是"水流弯曲的地方"。

现在,你把这两个字拼在一起,"峡湾"的意思就是:两山夹水的弯曲的地方。

现在,你明白"峡湾"的意思了吗?

我估计你还是不明白。因为两山夹水可以是长江三峡,但峡湾不是三峡。夹水的弯曲的地方,可以是漓江,但峡湾不是漓江。

峡湾究竟是什么东西呢?或者更准确地说,它不是一个什么东西,而是一个什么地貌呢?

用一句通俗的话来讲,峡湾就是海水构成的山谷。

中国的地势是左高右低,按照上北下南左西右东的标识,中国的西部高东部低，靠近大海的地势，是平坦而中庸的。这样，我们中国人就以自己的亲身体验，认为海岸线是平原和大海的渐次衔接，是一个和平过渡的交班。但这有点一孔之见，在地球的其他地方，并不都是这样。

挪威的峡湾被幽深碧蓝的海水充溢着，但源头并不是海水，而是高山上的冰川。由于气候变换，冰川时代结束，大地回暖。昔日不可一世的冰川开始融化，向大海缓缓滑去，这个过程看似缓慢柔润，实则蕴含着强大而持久的力量，犹如锋刀的切割。冰川美人，手持潺潺而化的溪流，当作微型利剑，日复一日潜移默化地将高山雄健的肌体划得遍体鳞伤。终于，高山成壑，大地分裂。成功地复仇之后，冰川之水义无反顾地向大海奔去，山麓荷满支离破碎的皱纹，在那里仰天叹息。海水不失时机地乘虚而入，它其实是爱戴和敬仰高山的，用深邃的咸涩的泪水把峡谷填平。

这就是峡湾了。窃以为，峡湾不如叫作陆海壑，这样比较清晰一点。但是，会不会有人以为陆海壑是海中的陆地呢？那就又说不清了。还是叫峡湾吧，去过的人多了，其义自明。

美国有本《国家地理》杂志，大名鼎鼎。中国人知道这本刊物，不少是来自《廊桥遗梦》故事里那位男主角罗伯特·金凯，这位漂泊四海、孤独、充满激情的摄影记者就常常在这本杂志上发表作品。该杂志独出心裁，组成了一个庞大的专家组，囊括了生态学、地理学、城市与地区发展、旅游介绍与摄影、文化自然遗产保护、考古学和可持续旅游领域的各界人士。专家们根据六项标准加之亲自体验审查，对世界各地115个旅游目的地进行了评选。这六项评选标准是什么呢？

1. 生态与环境质量。
2. 社会与文化完整性。
3. 历史建筑与文化古迹质量。
4. 美学与吸引力质量。
5. 旅游管理质量。
6. 未来前景。

一番讨论之后,专家组列出了全世界50个世界最佳旅游目的地。在这张清单上,排第一位的就是挪威峡湾。

在中国乃至亚洲大陆并没有峡湾,除新西兰、智利等国偶有所见外,世界上80%的峡湾在欧洲,而欧洲的峡湾主要在北欧,北欧的峡湾则主要在挪威。峡湾的英文名是"Fiord",有时特指的就是挪威的峡湾。

挪威南部的大西洋海岸线呈不寻常的曲折,多条宽阔的"海流"蜿蜒伸展到内陆达150公里以上。峡湾的水非常深,一般都在几百米,最深达到1200米!两岸的山峰动辄也是千米高,万丈绝壁紧紧钳住一泓蓝水,这水还会随着潮汐一呼一吸,是不是有一种诡异的壮观!

峡湾里瀑布之多到了令人眼花缭乱的程度,可以说千米之内必有瀑布,常常是一眼望去,三四道瀑布同时跌落九天,细者如银丝,粗者如白绫。从北部的瓦朗厄尔峡湾到南部的奥斯陆峡湾,车行之处,无数大小瀑布如万马奔腾,一道接一道,呼啸着、喧哗着溅入峡湾,构成烟雨迷蒙、彩虹飞架的仙境。

旅途中,不由得想到,如果我是水,做哪里的一滴水呢?做藏北高原狮泉河的一滴水吗?那里太冷了。做大海中的一滴水吗?海啸壁起的时候,杀人夺命,罪孽深重。做黄河中的一滴水吗?虽然历史久远,然携带泥沙太过劳累,不得休息。做南极的一滴水吗?虽然洁净,但万古不化的寂寞也令人怅然。

思前想后,最后做了一个决定——生当做瀑布。瀑布的前身是小溪,无拘无束地跳跃和畅流。小溪们汇聚在一起,就长了能耐和勇气。人多力量大,水丰好办事,同心协力找到腾空而下的山岩,嘻嘻哈哈地纵身一跃,快乐地自高处跌下。水珠们拿着大顶叠着罗汉,倒栽葱地撞向深处,被风扯出透明的旗帜,在飞翔中快乐地撒欢。

瀑布没遮拦地降到了谷底,反倒安静了,变成了一汪小小的泉。如果有幸在挪威做了瀑布,通常不会旅行太远的行程,就被峡湾收编了去,成为海的一部分。

我是一个很爱吃巧克力的人。在瑞士的时候,导游的一句话让我来了兴趣。导游说:"世界上哪里的巧克力最好吃呢?是瑞士。为什么呢?因为巧克力主要是由可可脂和牛奶构成的。"

我觉得这几乎是一句废话,等于说你知道今天的天气为什么好吗?因为今天是星期三,明天是星期四,所以天气好。不解决任何问题,疑团继续存在。

瑞士是一个面积只有4.1万平方公里的小国,山高水险并且冬季严寒,全国并不生长一棵可可树,瑞士也从未有过殖民地,和可可生产地如非洲、南美洲等没有任何直接关联。就是说,瑞士生产巧克力,几乎就是先天不足。然而,为什么瑞士是世界上巧克力的第一生产大国,享誉全球?

巧克力的所有制造方法都是在瑞士发明的,瑞士人使巧克力的制造流程和方法达到了几乎完美的地步。最可贵的是瑞士人并没有让巧克力长久地保持高昂的身价，而是毫不犹豫地把它从奢侈品的皇冠上拉到了平民的椅子上，成了大众化的消费品。1819 年，500 克巧克力的价钱高达 6 瑞士法郎，这在当时相当于一个普通工人三天的工资。1826 年，建立了一家巧克力工厂，所有机器设备的动力都来自水力，大大提高了效率，每个工人每天可生产 25～30 公斤巧克力，降低了成本。1830 年，勒拉赫和自己的儿子们在洛桑建立了一家工厂，并发明了欧洲榛果巧克力。一位屠户的儿子把巧克力与牛奶混合在一起，从此结束了巧克力带有苦味的历史，产品有了一个质的飞跃。同时，他发现 Henri Nestle 最新发明的炼乳方法很好，遂用来制造出了美味的牛奶巧克力。

1879 年，鲁道夫·林特在伯尔尼大教堂下的阿尔河旁建立了自己的巧克力工厂。他发明了一种被称作 "Conchieren" 的工艺，在较硬的巧克力泥中加入可可脂，使瑞士巧克力有了今天高贵、精美的味道。

瑞士是世界上巧克力消费最高的国家，最高纪录为 2001 年人均消费巧克力 12.3 公斤。以我当过医生的经验，真觉得这么多巧克力的摄入，怕容易引起血糖、血脂的增高吧。

瑞士商店里的巧克力琳琅满目，品种有几百种之多，售价也很便宜，一块简装的没有华丽外壳的 100 克的巧克力，只相当于人民币几元钱，吃到嘴里，甜香软滑，非同一般。

说了这么半天，还是没有把瑞士巧克力天下第一的秘密揭露出来。其实，谜底很简单。导游指着车窗外说，因为瑞士有最好的奶牛，最好的奶牛挤出最好的牛奶，最好的牛奶就做出了最好吃的巧克力。

在阿尔卑斯山麓，有无边的草场和自由自在的奶牛。瑞士奶牛不是黑白花的，通常是红白花或是黄白花的。它们体形硕大，乳房饱满，无忧无虑地吃着草，好像生活在远古时代。导游说："你们注意到牧草了吗？"我瞅了半天，说看不出有什么特别的，只是这里没有污染，好像格外嫩绿。导游不满意，说："你没发现牧草的品种不一样吗？瑞士精心研究牧草，培养优良品种，有时候要花费五六年的时间，才能选定某种优质牧草的种子，播撒在草地上，才会长出富有营养的牧草。吃着这种牧草长大的奶牛，才有可能挤出芬芳浓郁的牛奶，然后，才能保持世界第一的口味独特的巧克力啊！"

原来，巧克力的生产线是从牧草开始的，多么长远的谋略啊！

山色越发深了。车停下来休息，在欧洲，司机的工作时间是固定的，每两个小时必须休息，不得违背。车上有类似飞机上的黑匣子装置，只要汽车一发动，它就开始记录，包括测算司机每天的驾驶时间和休息的频率，以防疲劳驾驶。

此处景色优美，奶牛们三五成群，在牧场上优哉游哉地闲逛着，看到游客们，也不躲避，睁着好奇的大眼睛，好像在猜测这些人的来历。

有人充满善意地走过去，企图近距离地接触奶牛，和奶牛合影，抽冷子可能也想抚摸一把牛背什么的。导游赶紧招呼大家，说这万万使不得。

导游说："近几年来，在瑞士牛和人之间发生事故的比例，比过去多了许多。究其原因，可能是由于新的养殖方式造成的。过去奶牛受到人的照料比较多，现在，它们更多的时间是在牧场上散养，跟牧民接触的时间很少，已经不习惯跟人靠得很近。也就是说，在某种情况下，这些奶牛部分地恢复了野牛的天性，桀骜不驯。你别看它们好像长得很温驯，其实发起脾气来也是很彪悍的。即便是一头样子乖巧的小牛，也不可以随便触摸，否则，你就有可能被它追得到处乱跑，或者全身负伤。

再者，旅行者来自四面八方，没有和奶牛打交道的经验。看到奶牛生气了，他们也跟着惊慌失措，不知道如何是好。有些人本能地立即转过身撒丫子就逃，但这其实是最危险的举动，会刺激奶牛进一步发作。正确的做法是保持安静，慢慢地蹑手蹑脚地远离奶牛。

多出悲剧之后，瑞士徒步旅行协会发出郑重建议：别去打搅奶牛，更不要想着去触摸它们，可爱的小牛也很危险。不要试着去吓唬它们，不要死死地盯着它们看，也不要当着它们的面舞动棍子。万一发生极端的情况，你就瞄准它们的屁股来一下。

听导游这么一说，我们个个视牛如虎，再也不敢靠近。导游稍稍缓和了口气说，如果你实在太喜欢奶牛了，在离它们20米的地方看看还是可以的。

就这样，我虽然非常喜欢奶牛，但是没有留下一张和奶牛合影的照片，因为我在距它们25米之外。

山路越来越险，真不知道深山里的牛奶如何新鲜地卖出去。看来我的担心不是多余的，这个问题也逼着牧人们开动脑筋。一个名叫保罗·韦勒的牧人，每年都为他的奶酪销售犯愁。他的牧场使用太阳能，木材是用直升机空运来的，设备一流。奶酪则是牧场主按照传统方法制作的，质量绝对优等。可是因为交通不便利，他的产品就是销不出去。

头脑灵活的牧人想到了出租奶牛。他在网上刊登了奶牛的照片，一头奶牛整个夏天租赁费用为380瑞士法郎，估计可产70~120公斤奶酪，租赁人在9月份就可以来牧场收取奶酪——可以将其带走出售，也可以馈赠亲友。

多么聪明的牧人！保罗的计划大获成功，15头奶牛在网上被租赁一空。保罗还计划扩大服务范围，将周围几个牧场的奶牛通通在网上租赁出去。

真佩服保罗的好脑子，当然也佩服保罗的照相技术。想来他毕竟是主人，聪明的奶牛认得他，乖乖地让他照相，并且把自己的照片贴到互联网上，供人们评头论足。

离开瑞士的时候，有的人买了表，瑞士的手表当然是天下第一。我也买了瑞士天下第一的东西，这就是瑞士的巧克力。特别挑选了"三角"牌巧克力，因为喜欢包装上的图案——高耸的阿尔卑斯山。据说这个牌子的巧克力特意制成三角形状，就是为了纪念欧洲最高峰的身姿。也是为了立此存照，想到那些幸福的、自由自在的、偶尔发发小脾气的奶牛，它们分泌的精华就存贮在这块巧克力中。

后来，我又到过一个欠发达的国家，看到田里的耕牛目光惨淡、骨瘦如柴。它们的脊梁如悬崖般锐利，如果有什么人胆敢骑到它背上的话，牛肯定会在第一时间被压垮倒地，那个人的尾骨也会被牛背切出伤口。从此我对"骨瘦如柴"这个词，有了形象化的记忆。那不仅仅是菲薄的瘦，更是生命的干涸和死亡的引燃。

写了半天，把挪威和瑞士这两个国家生拉硬拽到一处，真是没有太多的道理。也许,连接这些文字的,就是游丝般飘荡的思绪吧。如果我是一滴水,纵是一滴普通的水,也希冀着跌宕起伏和波澜壮阔,也渴望游弋和携手,那就做一次瀑布吧。如果我下辈子变成一头牛,就到人迹罕至的山里去,吃的是优质的草,挤出优质的奶。不要被人打扰,不要留下影子,百无遮拦、自由自在地在山坡上踱来踱去,为人间的香甜贡献一点力量。

世界上最芬芳的工作

瑞士花钟，是由不同花卉组成的一个绚烂表盘。每种花卉盛开的时辰不同，于是成为钟表指针，昭示时间。据说，早年的花钟完全不设指针，花卉盛开那一刻，就蕴含了时间信息。我们抵达时所看到的钟表盘，已经设有时针。估计创立美丽花卉钟的年代，人们对于时间的精准度要求还不是很高，大概其就行了。现代人则不同，精益求精。在大自然的指示之外，只好另加了人类的注脚，花钟左右开弓双管齐下。

荷兰首都阿姆斯特丹，有世界上最大的花卉拍卖市场，我们起了个大早，乘公车向郊外赶去。公车闷头开了好半天，已超出郊外范畴，进入另外一个省。

拍卖市场门票，每人4欧元。挺佩服欧洲人这个设计，当初建造花卉市场之时，就设计到这里将成为一个旅游景点。在建筑风格上，既照顾了拍卖市场的实际需求——庞大的库房、四通八达的道路、大大小小的拍卖厅、检测花卉质量的研究所……又在所有这些生产经营性场所之外，修建了长达数百米贯穿整个花卉市场的甬道。它类似高架桥，周围都有栏杆，可供游客们漫步花卉市场，从上向下鸟瞰整个市场的经营活动。关键的花卉拍卖厅部分，则以透明玻璃窗分隔，类似烤鸭店烘烤填鸭的对外操作间，过程清澈透明。整个花卉拍卖程序历历在目，游客们一饱眼福。

从花卉甬道向下看，首先映入眼帘的是巨大花库。一个个车厢满载各色花卉，如同芬芳的彩色立体小房子，透迤而来。我们忙着识别自己认识的花卉、惊呼着玫瑰、火鹤、菊花、百合、蝴蝶兰、满天星、非洲菊、大丽花……的名字，像在召唤老熟人。不过，很快黔驴技穷，变成了哑巴。有限的花卉知识已然穷尽，五颜六色的花卉游行大军，还在兴高采烈源源不断地驶入，我们却再也叫不出它们的名字。

向花卉们致歉！

据说在我们目所不及之处，还建有更大的阿姆斯特丹花卉库房。世界各地的草木佳丽们，半夜时分悄然潜进，在鲜花库小憩。稍事休息后，鲜花市场开张的时间就到了。鲜花就像待嫁的新娘，风姿绰约地来到这里，请众多买家过目。

此地不兴隔山买牛电子商务什么的，一切秉承古老原则，眼见为实。每一车待售鲜花，都要按部就班地驶入拍卖大厅，让买主一睹真颜后定夺。

鲜花市场的组织者，同步把鲜花的倩影，即时传送到拍卖大厅的屏幕上。决定鲜花们命运的关键时刻真正来临，你是盛开在北京，还是怒放在纽约，抑或含苞在巴黎，凋零在开罗，都在大厅里一锤定音。

这里的一切都在寂静中进行。没有锤，只有频频闪动的屏幕。

屏幕由以下几部分组成。一是此刻经过大厅的那车花卉实景照片，配以文字，标明花的名称、数量、产地、供应商等资料。再有一个巨大圆钟，一根指针剧烈晃动。先是反向旋转，数字由大到小，转到"0"起点后，开始正向旋转，数字由小到大。钟面不是传统12格，是10格。随着指针移动，一旁的屏幕飞快地闪现数字，呈不断消减状态。你还未彻底看明白，钟面指针就猛地归了零。一旁的大屏幕同步也归零。之后，新的一张花卉艳照出现，一切周而复始地轮回……

大屏幕对面，是拍卖现场，如同半圆形会场，约有几百席。同型号的拍卖厅，遍布漫长的甬道两侧，估计有几十个。

同行的小王是留学生，对花卉市场很了解，说，交易过程非常透明，只是一般人闹不清其中奥秘。我是花了80欧元，专请了一位深谙此道的导游引导我一天，才把程序基本弄明白。你看到那些椅子了吗？每张椅子代表一个席位，只有花卉协会的人出资才可以享有这个席位。每张椅子上端坐着一个男人，叫花卉操盘手。在这里，世界顶级的鲜花市场，买卖鲜花的都是男人。你闻闻空气的味道，香氛很浓，这可能是世界上最芬芳的工作。不过这个活儿可不好干，劳动强度特别大，非常紧张，且须当机立断，对人的压力极大。几乎所有的花卉交易员都是男人，起码，我没在此座位见过一个女人。不是谁想来买花就能买的，在这个交易厅里，中国一定也有专用交易号，只是现在不知道具体哪一个席位代表中国。每辆花车开过来，大屏幕上会显示出相应资料。操盘手们便清楚了这些花的来历并知晓了每车花的质量评估，你看，这车花是"A"级，说明花的品质达到了某种保证。

正说着,屏幕上的大钟面开始晃动了,从正中点的位置迅速后撤。此花钟以10为大,钟面上依次出现9点……8点……7点……

小王说,正中那个10点,代表1欧元。出现的数字,比如"9",代表0.9欧元……指每枝花的单价。指针下滑到操盘手认为可以接受的价位,就要手疾眼快地按下手中按钮,表示你愿意在此价位购买此花。当然了,你还要敲入你打算购买的枝数。比如10万枝、20万枝……就在你敲下这些数字的同时,那边的总控制中心,如果认可了这笔交易,你在银行的保证金,便会在几秒钟内划归花农账户。之后你订购下的那些鲜花,会被很快包扎好,运送到你指定的地方,也许是悉尼,也许是……

我点点头,说,明白啦!

小王补充道,如果事情仅仅这样进行,的确不太复杂。不过,花价瞬息万变。有时,你可以用非常便宜的价钱买到好花。有时,你却买在了最高点上。这都取决于花卉操盘手片刻间的判断。

我在小王的悉心指教下,果然看到了他所说的杀伐景象。

推过来了一车花。这花我认识,艳丽夺目、雍容华贵,红得像滴血猩唇。它就是大名鼎鼎的玫瑰"红衣主教"。

这车花的质量很好,笃定"A"级。每一朵花儿亭亭玉立,花蕾硕大饱满,枝叶挺拔……说实话,我在花店里从未见过如此精神抖擞的"红衣主教",好像刚刚获得擢升。

标价指针开始转动。

我悄悄问小王,没有比1欧元1枝更贵的花吗?

小王说,这里是批发市场,价钱比你在城市花店看到的便宜很多。起码我来过很多次,至今没有看到批发价超过1欧元的花。

"红衣主教"从大约0.3欧元开始,有人购买。代表花枝数量的数字,在迅速滑动中消减。

片刻,指针居然断崖式下滑,掉到0.1欧元以下,还是无人接盘……

我惊讶道,已经这么便宜了,怎么还没人买呢?

小王说,这些操盘手,代表世界各地买家在下单。比如英国需要1万枝"红衣主教",他们能够接受的最高价格是0.4欧元。受此委托的交易员,要在确保给人家买到"红衣主教"的情况下,尽量节省费用。如果省下费用,估计操盘手应有提成。但如果丧失了时机,没买到"红衣主教",让买家那边的重要场合插花受到影响,操盘手就惹麻烦了。所以,手中握有需要供货的单子,风格稳健的操盘手,也不敢太求低价。看到差不多了,有得赚,马上求购,先定下来心里踏实。这就是你在最初的屏幕上看到的那一波踊跃买家。而比较敢冒险的操盘手,愿意赌一赌,有可能在更低价位买到同样优质的花……

说时迟那时快,美丽的"红衣主教",在钟面上的价位一路下滑,居然掉到了每枝0.05欧元,也就是5分钱。合成人民币,只有几毛钱。

突然窜出来一个买家,大刀阔斧地把所有剩余的"红衣主教"一股脑包圆儿了,表示花卉存量一栏,赫然出现了"0"。我看到一个报价"0.07"欧元的单子,孤零零地在屏幕上停留了一瞬,委屈地消失。估摸着这位也想兜底买下剩余的光彩照人的"红衣主教"的人,只因下手晚了也许千分之一秒,虽报的价钱还略高一些,因他人业已成交,就竹篮打水一场空了。

　　片刻之间,同样的花,卖出的价钱便有6倍之差,的确够刺激。隔着玻璃,我看到有的操盘手的桌子上,摆着咖啡和热狗。他们在紧张下单的同时,还抽空往嘴巴里填塞食物。我看看表,已是上午10点多。我纳闷地问,这到底是早饭还是午饭呢?

　　小王道,操盘手经常从半夜开始工作,难顾饥饱。下单间隙,实在扛不住了,就随便吃点,你无法准确地说这究竟是哪一顿饭,太辛苦了。

　　哦!原来我们看到的每一枝从荷兰花卉拍卖市场出发,袅袅婷婷走过来的鲜花,在理论上,都被某个男人的手指碾过。

　　我还是觉得女人和花的关系更密切。她们更能看出花朵的美丽,她们更能闻到花瓣的芳香。她们也更能体会花农的辛劳,应该让花儿有更公平的价钱,现在这法子,波光诡谲。

　　也许,这正是花卉市场的魅力?同花不同酬。

　　不知那些喷薄欲出的玫瑰花,今晚将在何处绽开?又将于何时在何方凋落?花开得灿烂,并不是为了花落的凄楚,而是为了果实的金黄。可是,从花卉市场经过的花,再也不会有果实了。做一朵花,是在这绚烂的世上风雨飘摇地走过,还是在山野里完整地结婚生子,在绿叶下酣然?

冰山和海盗们的诗

一早起来，天终于放晴。一眼望见舷窗外出现了逶迤的地平线。天啊，在几天灰色波涛中麻痹了的神经，突然像被银针刺中穴位，马上蹦起来。这些天来，航行于大洋胸腹，海平线就像一个灰暗盘子，不弃不离地包绕着"和平号"，让人把航行和静止混淆起来。现在，海平线出现了曲折，被地平线代替，让人感到变化之魅。

刚开始，我以为这是一个小岛。后来，岛屿连绵不断出现，我便自我更正为这是一个群岛。当我终于明白这就是排名世界第一、大名鼎鼎的格陵兰岛时，只好狠狠笑话自己有眼无珠。

大约在早7点时，看到了第一座漂浮的冰山。

这冰山的形状有点像天鹅，露出水面的部分约有10米高，冰体淡蓝，反射着不真实的梦幻色彩。我不由得想起那句海明威的名言——冰山还有7/8在海面以下。那是他对小说写作方式的描述，但我此时想的是——水面下的冰山到底有多大？

随着"和平号"不断向北，周围漂浮的冰山越来越多。最多的时候，我数了一下，它两侧共有 21 座冰山。颜色从水晶绿到深空蓝各具千秋。

不过它们似乎都没有像"泰坦尼克"号遇到的冰山那么大，最多也不过像一座四五层高的楼房。"和平号"开得很慢，很谨慎地避开它们，并无险情。

大约下午 2 点，经过一个冰川。从海上看，它像一架巨大无比的冰滑梯，从陆地倾斜着插入海洋。它呈簸箕状，越到入海口处，越宽广晶莹，最终与海水融为一体，船上的广播平日里很是负责，如果出现鲸鱼喷水等奇观，会招呼大家到甲板上去观看。这时恰到好处地响起来，介绍此冰川概况，长多少公里我没听清，宽度好像达几十公里。总之，巨幅冰川让我整个人都变得透心凉。

据说格陵兰海域最为著名的冰川是雅各布港冰川。它位于格陵兰岛西岸，成名的原因除了它最大，还因为它所属的冰山，一举撞沉了"泰坦尼克"号。随着气候变暖，此冰川的脚步越走越快，从 1992 年到 2003 年，运动速度从每年 5.63 公里加快到 12.55 公里。它的脚步轻健可不是什么好事，那意味着更多的冰融化并注入大海，同时中心冰盖也变得越来越薄。还有很多小块的浮冰，随着海浪在波峰浪谷中起伏，好像不屈不挠的奶油鸭子。

它们本是大冰山的一部分，随着气候变暖和洋流的漂移，渐渐地从母体脱落下来，成了冰雪孤儿。在湛蓝的海水中，没心没肺地四处游荡，越变越小，也许在某一个瞬间就隐没在浪花中，从此不知所终。冰山本身是透明的，但冰的周围弥漫着小气泡，气泡反射白光，令大多数冰山看起来是莹白色的。而非常纯净且没有任何气泡的冰川看上去是蓝色的，和天空是蓝色的原理一样。至于那些绿色的冰川是怎么回事，我也说不清楚。我不知道如果北极融化了，人们是不是在这片海域上就再也看不到冰山了？到那时候，真不知道地球将炎热到何种地步。

想起前两年到冰岛时，听导游讲过一段话。他说，冰岛和格陵兰岛的名字应该换一换。我们很奇怪，说此话怎讲？

他说，格陵兰的意思是"绿色的草地"，其实它是终年被冰雪覆盖的冻土。想当年征服者登陆时，恰逢最暖时日，有一丁点绿色，他们命名这里为"绿色的草地"，根本名不副实。而"冰岛"呢，由于有丰富的地热资源，到处热气腾腾地冒着烟，反倒是绿色草地随处可见。

这段公案，不知是否有人来翻。

看得见陆地了。陆地意味着文明，但此地是个例外，荒无人烟。大家都裹着棉衣或羽绒服上到甲板，拿着相机不停拍摄。冰山不动声色地漂移着，让人想象它们的故乡。

当人们谈论灾难性的气候变暖之时，总会提到格陵兰。没有环球游之前，我对这一点很不解，觉得那个僻远地方，和我们隔着十万八千里，如何能影响到我们呢？！

经过一路上的科普教育，我知道了地球上的每一角落，都彼此密切相关，大自然是一个整体，不可能被国境线所束缚，也不可能被人为地彻底阻隔。格陵兰的确遥远，但那里发生的事，和整个人类息息相关。科学家现在把格陵兰岛叫作地球命运的"转折点"，说21世纪人类的走向，将很大程度上取决于这个岛上的冰。如果这些冰完全融化，那么全球的海平面就会上升7米。冰盖消失，是人类首先要面对的潜在气候灾害。

格陵兰冰盖的加速融化已毫无疑问。冰川就像下水管道中的老鼠一般涌向大海，带走大量冰山。变暖让冰川表面形成漏斗状的湖泊，融水通过冰的缝隙注入冰盖内部，加速了冰川滑入海洋的速度。在过去的四个夏季中，格陵兰平均每年流失3800亿吨到4900亿吨的冰。当然，它在冬天还会得到一些冰，但入不敷出，冰赤字每年是1500亿吨，这些数字委实巨大。我们平日对冰的体积是以冰棍和冰激凌来衡量的，这惊天动地的冰体量，让人丧失了反应能力。全球变暖的效应在两极地区会被放大，全球温度平均升高2.5℃，格陵兰即升温5℃。

为了以最佳的角度来审视格陵兰的融化，科学家们开始使用卫星监测。2007年夏季，格陵兰表面温度达到了4℃~6℃，高于往年的平均温度，直接导致了5000亿吨冰的融化，这个值比2006年大了30%。科学家说，2007年是令人震惊的一年，有4万座中型和大型的冰山从格陵兰岛脱落，被冰冷的拉布拉多海流带走。

当我最终踏上格陵兰岛的土地时，阳光和煦。在一年当中难得的温暖日子中，当地的孩子把赤裸的小脚探到海水中嬉戏，笑靥动人。也许，不断暖和起来，对冰天雪地的格陵兰来说，是福音。可怕的是它代表着一个趋势，越来越快地向地球扑来，人们不知道将会发生什么。

"冰岛"这名字让人很易产生错觉，好像万古不化的永冻之地。实际上，冰岛是火山在冰川下爆发后凝聚的岛国，地热丰富。全岛有3/4为海拔400米以上的高原，1/8为冰川。70000平方公里的面积上，分布着200多座火山，其中有几十座为活火山。还有大量热泉、间歇泉、冰帽、苔原、冰原、雪峰、火山岩荒漠、瀑布及火山口,是世界上独一无二的地域环境。放眼看去,大地被狰狞的火山熔岩覆盖,仿佛到了月亮背面。

我以前去过冰岛,告别时,我琢磨是一辈子都不会再来这地老天荒之处了。谁承想,才几年工夫,便故地重游。记得上次从冰岛回国之后,想多了解冰岛,特地到图书大厦买书。电脑运行一番之后,售书小姐告诉我有关冰岛的书籍只有小说集《冰岛渔夫》,还有一些冰岛建筑图片,收在北欧建筑的合集中。关闭查询系统时,小姐很好心地补充了一句:《冰岛渔夫》只剩下两本了,您赶快吧。

我当即把一位"冰岛渔夫"请回了家,一口气看完。书不错,关于海洋的描写堪称一绝,只可惜这书既不是冰岛人写的,写的也不是冰岛人。所谓的"冰岛渔夫",指的不过是在靠近北极海面打鱼的法国人。

我固执地以为,要想真正熟悉一个民族和地域,就要去读本土人所写的小说和诗。比如我们要想了解18、19世纪的俄国和法国,你是看当时的国民生产总值的数字,还是读托尔斯泰和巴尔扎克呢?想必除了专门的研究家和学者,都会选择后者。

我不是专家,只能走俗人这条路。

百般失望之后,终于有一个朋友告诉我说,她的朋友有一本繁体字本的冰岛诗集,据说这是冰岛古诗唯一的中文译本。我欣喜若狂地借来,一口气读完。真正的诗人会笑我这种不求甚解的方法,但我此刻饥不择食先睹为快。

为什么对冰岛文字这般感兴趣?因为冰岛是海盗们开辟的疆土。

在心理学里,将那种喜好冒险、勇猛顽强、冲动和不计后果的类型,简称为"T"型性格,也叫海盗性格。据弗兰克·法利的研究,这一类型的人体内有较高的激素存在,造就了强大的生物力量,也对心理能量起到了急切神秘的呼唤。它使人表现出三种强烈的行为倾向:第一,攻击性与控制欲望;第二,强烈的冒险欲望;第三,渴望反复体验短期的紧张——释放循环。

那么,由这种性格造就的海盗们,写下了怎样的诗歌?想象中,是横刀跃马、劈风斩浪、虎啸龙吟。

北欧的古代文学经典,据说汗牛充栋。为什么用"据说"这个词,好像不很肯定似的。不是怀疑人家有没有那么多的经典,而是我看到的实在太少,译成中文的更寥若晨星。

为什么北欧古代的文学经典,译成中文的那样少?大概因它们都是用非常艰涩难懂的古文字写成的。

现代冰岛文字系北欧挪威、瑞典、丹麦的古文,也近似许多西欧国家的古代文字,比如古德文、古英文、古荷兰文等。一千多年以来,北欧和西欧许多国家的语言和文字,都发生了翻天覆地的改变,唯冰岛文像苍老的恐龙,仍在火山岩堆积的大地上穿行。

我手中这部著名诗集,冰岛文名是《高者之言》。高者是谁呢?是北欧神话中的主神奥丁,相当于希腊神话中的宙斯或是罗马神话中的朱庇特,也约略相当于咱们神话中的玉皇大帝。诗集的中译名叫作《海寇诗经》。

海寇就是海盗。

什么是海盗呢?一提到"盗",我们会非常鄙夷,但在古希腊那个遥远的年代,欧洲人通常把下海寻求生计的男子称为"海盗",并把当海盗同从事游牧、农作、捕鱼、狩猎并列为五种基本谋生手段。"海盗"一词在当时并无贬义,海盗活动也不被认为可耻,

《荷马史诗》中对此有十分明确的记载。

《海寇诗经》起源于公元 700 年至 900 年之间，相当于我们的唐朝。是当年北欧海盗在漫长而艰险的大海航行中，奉为座右铭的精神食粮。在漫漫无际的大海上，正是这些箴言教导给海盗带来了勇气和智慧，鼓舞着他们冲破重重险阻、层层骇浪，去寻求一个又一个的新大陆。

浅薄受人讥，
智慧得人敬。
居家万事易，
出门知重轻。
相处世人中，
多智多光明。

这首诗的名字就叫作《见世面》，当时的海盗们把见世面当成人生的必修课。

嘉宾若进门，
排座不可轻。
位置偏而远，
不乐怀闷情。
上座促膝谈，
主雅客来勤。

这首诗的名字叫作《如何待客》。本以为海盗们是不懂礼貌的窃匪，不想乃是如此注重礼节的雅盗。或许海盗们在实践中执行起来会走样，但起码在教育中一丝不苟。

再如：

求知诗

知识是海洋，
宴席亦课堂。
用耳细听取，
用眼学榜样。
君子慎言语，
聆教乃有方。
智者天下行，
钱财存脑中。
愚者行囊重，
困时无所用。
穷汉有头脑，
力量胜富翁。

海盗们非常尊重知识并且热爱学习，做一个合格的海盗也不是一件容易事。在许多国家把"维京人"称作"海盗"的代名词。一千多年前，体格高大英俊、满面虬髯、胆识过人的维京人，驾驶着龙头船，手持矛、剑、战斧等武器，以山呼海啸之势，攻略从英格兰到苏格兰、爱尔兰、比利时、荷兰、意大利、西班牙、葡萄牙、法国、俄罗斯直至君士坦丁堡的广大地域。他们常年漂流在海上，波涛汹涌、气候恶劣、险象环生，如果没有广博的关于天文、地理、气候、人文等方面的知识，大海就成了最天然的坟场。所以，在贪财、勇猛、喜欢冒险的天性之外，维京人在血液里非常强烈的征服嗜好之中、也必然注入了对科学和知识滚烫的渴求。

独 立
人生幸福事，
受人宠与赞。
人生不幸事，
处处得依赖。
为人不独立，
沦为小奴才。

有一首诗名叫作《不良之举》：

赴宴总唠叨，
话多头脑贫。
瞪眼呈傻态，
说话语不清。
酒盈蠢相露，
枉做文明人。

窃以为将不良之举为原材料入诗较少见，北欧海盗大大方方咏叹起来，透露出他们原本就是不拘常态自成体系的人。特别是被翻译成五言绝句，看着有趣。

《永恒的友谊》录在这里，和大家共享：

> 宝剑酬壮士，
> 霓裳赠佳人。
> 华服显友谊，
> 乡里美言频。
> 礼尚来而往，
> 至情万年春。

有一首诗名字叫作《知道命运》：

> 天才多早夭，
> 聪明适中好。
> 命运顺自然，
> 强求是徒劳。
> 内心明事理，
> 安然到老耄。

还有一首诗实在聪慧，叫作《三人知，全民知》：

> 巧妙应答问，
> 人视为聪明。

秘密若分享,
最多只一人。
泄露三人知,
绝密传全民。

此诗高明处——通常强调保密时,一般是主张"一个都不告诉"。这在理论上当然是保守秘密的最佳上策,可惜极少有人做得到。秘密在适宜的温度下,会像不断膨胀的发酵面团,如果找不到适当的出口,会把盛面的盆子掀翻,流淌一地。秘密力量之大,超乎想象。所以,尽管有那么多指天盟誓,还是差不多有同样数目的泄露和背叛。寻找一个情感出口,告知一个朋友,就不会把享有重大秘密的人憋炸了,这方法别有策略。

人各有所长
瘸子善骑马,
独臂能牧羊。
聋了勇丁战,
眼盲有思想。
身死悲无用,
残者却无妨。

名　誉
人死万事空,
唯名传四方。

万灵谁无死,

长生求无望。

存世流美誉,

不朽万年长。

好,我暂且引用到这里。也许朋友们会问,这些古诗为什么都是五言六句啊?有没有其他格式呢?据翻译者王超先生在冰岛首都雷克亚未克所述,《海寇诗经》的韵律,是按照北欧古代诗歌韵律完成的。每节诗由6行组成,前两行诗以押头韵的方式连在一起。

什么叫押头韵?就是指后一行诗重复前一行诗中重音节的元音或辅音。若大声念起来,诗句余音袅袅,像有回音似的。译者特别指出,北欧古诗的韵律,朗诵方能更好地体会它的奥妙。押头韵,音色跌宕起伏,重音节和非押韵的重音节,形成抑扬顿挫的效果。

可惜咱不懂古冰岛原文,也未曾有幸听到谁吟诵《海寇诗经》,只能以文字揣摩海寇们的智慧和风采了。

最后,以海盗吟咏智慧的诗来做本文结尾。

论智慧

以火点他火,

两柴共燃烧。

以智启人智,

相磋出高招。

顾步知识浅,

谦虚心智昭。

想不到吧？海盗们的诗竟然是这般温文尔雅、笑容可掬，既不像英雄史诗，也不像神话传奇，反而充满了谆谆教诲，甚至有些仿处世格言。也许，由于他们攻城略地在行动上自有取之不尽的彪悍与残酷，轮到诉诸文字流传千古的时候，反倒是波澜不惊的从容和安宁了。这在心理学上，叫作"补偿"。温和的民族在诗歌中多愤懑和幽怨，刀光剑影的斗士们反倒全力彰显柔和。

不同国度和时空的智慧共同燃烧，行路和读书杂糅一处，就是旅游和阅读的快意。旅游使我们虚心，阅读使我们安静。

粉红色的玫瑰城

"无花果包裹着远逝的繁华,洞窟里的虹色(就是这'虹'字,藏有五颜六色之意),闪闪发光。高地曲线的回廊,铁树正在开花。看亮起的灯光,如同青蛙的眼。"

这是到过佩特拉城的"和平号"上的客人发表在船报上的创作。按说听了去过某地的人的描述,对那儿多少会有一些了解。我见了此类日本俳句的绮丽词语之后,对佩特拉越发不得要领。

"和平号"经过中东之时,我下船回国送为汉川地震募集的捐款去了。客人们游览佩特拉古城时,我正在北川中学做代课语文老师。

与佩特拉擦肩错过。

一个人能为国为他人所做之事,各式各样。有人顶天立地力挽狂澜,有人沧海一粟微不足道。于我,只是放下了一段蜿蜒旅程。

航海回来一年多后,我去了约旦、叙利亚,把这一段旅程补上。

走近佩特拉,才明白语言为什么会在这粉红色岩石上,碰得粉身碎骨，腾起莫名其妙的烟雾。

佩特拉沉睡在约旦沙漠峡谷中，荒诞一觉，长达千多年。

它距约旦首都安曼约260公里，隐没于死海和阿克巴湾之间的山峡中，以岩石的色彩闻名于世，常常被称为"玫瑰红城市"。实际上，这里的岩石不只呈红色，还有淡蓝、橘红、黄色、紫色和绿色等，百怪千奇。

"Petra"一词，源于希腊文"岩石"。石头是嶙峋骨骼，也是筋脉和血肉。此城始建于公元前6世纪，那时我们中原地带，正处在春秋晚期。它是纳巴泰人的首都，鼎盛时期，帝国疆域从大马士革一直延伸到红海岸边。佩特拉如同帝国生机勃勃的强健心脏，在群山围绕易守难攻的古堡中跳动。

此地得天独厚，位于亚洲和阿拉伯半岛赴欧洲的主商道附近。来自世界各地的商人们，押运满载货物的骆驼队，都要从佩特拉门前经过。阿拉伯人满载的印度香料，来自埃及的灿烂黄金制品，自中国远道而来的华美丝绸和醇香茶叶，如接受佩特拉检阅般一一走过，再运往世界各地。扼守商道生命线的纳巴泰人，做向导，提供食物和水，收取过路费和保护费，提供古代的有偿服务，财源滚滚，好一个车水马龙、喧哗繁盛的巨型客栈。

公元1世纪，罗马人控制了佩特拉周边地区。106年，罗马人夺取了佩特拉城。

此后，这里创造的经济效益，占罗马帝国经济收入的1/4。

遗憾的是，佩特拉的贸易之便，渐渐发生了令人悲哀的变化。亚历山大城抢走了佩特拉的大多数生意，罗马人又在佩特拉以北兴建了一条大路，打通了叙利亚的大马士革与美索不达米亚的联系，商队改走新路，不再途径佩特拉。到了公元3世纪，佩特拉"人老珠黄"，实力和财富急剧缩水。人祸之外，再罹天灾。大地震让佩特拉伤筋动骨，从此黯淡与萧条。"十字军"东征期间，佩特拉再次短暂兴旺，公元12世纪后，佩特拉又一次被遗弃，从此渐渐湮灭于黄沙中。只有游牧的贝都因人，放牧牛羊时，将宫殿和墓地的遗址，当作自己和牲畜们遮风避雨之所。

既然历史辉煌，贝都因人坚定相信，城池中一定藏有巨大宝藏。16世纪大航海时代到来，西方探险家的脚步，开始在全世界游荡。他们灵敏的鼻子，刺探和搜索着感兴趣的任何地方。游牧的贝都因人，警惕性极高，他们怀疑每一个涉足佩特拉的西方人。所有试图接近这里的外人，都可能为他们招致杀身之祸。

佩特拉被废墟掩埋的日历，在1806年轻轻抖动了一下。

德国考古学家尤尔里奇·西特仁，从当地居民口中得知有一座神秘古城存在，奋不顾身地试图溜进去。伪装被识破，贝都因人毫不留情地让他陈尸大漠。

探险者前赴后继、锲而不舍的传统，让他们不会善罢甘休。1812年，名叫约翰·路德维格·贝克哈特的瑞士探险者，又一次悄然靠近佩特拉。此人非常聪明，改变战略，隐没身份，说流利的阿拉伯语，化装成阿拉伯人惟妙惟肖。他对当地向导说，想到峡谷里看一看，没有什么其他意思，希望能在某座墓前敬献一头山羊。向导被说服了，带着贝克哈特，沿着西克峡谷前进。那如同肠子一样曲折的小径，走得人头晕目眩。突然之间，在阳光照射下，一座巨大宫殿的正面赫然显现，鬼斧神工、惊世骇俗。贝克哈特是个老练的探险家，掩饰住内心奔涌的激动，面无表情，不动声色。他知道，如果对神殿露出非同寻常的注意，脑袋瓜就有可能不保。他匆匆巡看了被称为"法老宝库"的卡兹尼神殿后，心中已断定这里是传说中的佩特拉古城。他不敢久留，只待了一天，赶紧离开。贝克哈特先生不单是近代第一个证实了佩特拉古城真实存在的人，而且是在证明之后还存活的西方人。

贝克哈特目睹了佩特拉的壮美，回国后写下他的见闻，引起了巨大轰动，吸引了络绎不绝的观光客。佩特拉的大门，终于被强硬敲开。

"令我震惊的唯有东方大地，玫瑰红墙见证了整个历史。"这是英国诗人约翰·威廉·贝根在《致佩特拉》中的著名诗句。其实他写这句诗的时候，并没有到过佩特拉古城，只是听说过而已。有点像范仲淹写《岳阳楼记》，写时老范并没有见过岳阳楼。

历史斑驳沧桑，唯可安慰的是——今天进入佩特拉古城所走的道路，还同当年被杀的德国考古学家尤尔里奇·西特仁和活着出来的瑞士学者贝克哈特走过时，一模一样。古城不但依旧掩藏在峡谷里，也凝冻在历史缝隙中。

从售票亭到峡谷入口处约1000米，道路尚宽，之后就到了闻名于世的西克小道。陷于深峡中的小道，还有个耸人听闻的名字——蛇道，并不是说有毒蛇出没，而是形容它的险峻弯曲，如毒蛇蜿蜒，易守难攻。它长约1500米，最宽处不过7米，最窄处仅2米，高度却有100米左右，形成峭壁高耸、幽暗曲折的细胡同。很多地方，你仰望苍穹时，脑后勺基本上要打到后背。两侧岩壁不单峭拔险峻，颜色也千奇百怪，匪夷所思。它的主色调是玫瑰粉色的，其中还夹杂着黄、白、青、紫各种色彩，斑斓若蛇。这些色彩只应属于花朵,而不应出现于石头。石头因此显出了丝绸般嫩滑的光泽,令人忍不住想用指尖戳它一下,蹭磨一番,以触觉证明它确实是石头,而不是其他什么东西伪装的。岩石天然形成的条纹,五色杂糅,仿佛它们曾被煮化过、沸腾过,在尚未凝固之时,被一双巨手打成了麻花,无规则地挽在一起。这双手还不甘心,又在天地间将这石头阵铺排成瀑布,肆无忌惮地抖,石料便成了五光十色的锦缎。其后便悠然撒手,让七彩波浪盘旋上升,直到被猎猎风沙吹凉,凝固成现在这副模样。

蛇道峭壁为何如此形态?

同伴说,当然是水磨出来的。你看那花纹,多细腻和光滑!简直像人的口腔黏膜。我大笑,深感这比喻神似。除了温柔的水日复一日、年复一年地打磨,任何力量,也无法让岩石形成如此柔美的图纹。

可是,这是什么水呢?我自言自语。

当然是河水了。朋友道。

我说,西克峡谷,高约百米,最窄处只有两米。你见过这样的河流吗?河床的冲刷,似不是这等模样。

朋友疑惑地说,那你的意思,难道是用球磨机打磨出来的?光滑程度倒可以解释,可谁又是这倒海翻江的工人呢?

我觉得这像冰川遗址。远古时期可能存有巨大冰川,覆盖在西克峡谷高山之上。它慢慢融化,水滴石穿,才雕刻出如此惊人的杰作。(很可能是谬论)

在蛇道上东张西望久了,容易产生某种错觉,好像这不是人间景色,而是通往天堂的小径。正想着,眼前豁然开朗,人们不约而同地惊叫了一声，然后万籁俱静。

一面巨大的石刻，宽约30米，高约43米，从峻峭的、暗玫红色的岩石上，威严而绚丽地凸现出来，带着铺天盖地的压迫力量，扑面砸来，正向你倾塌。周围所有的东西，天空、树木、骆驼和马车，当然还有我们，都在这宏大辉煌的建筑面前，草芥般萎缩。

这是使人惊畏的体验。无论你之前看到过多少摄影作品和图画，做了多少思想准备，当玫瑰红宝库凌空一炸，你必战栗到膝盖发软。

它叫哈兹纳，雕凿在一块完整的巨大石壁上，仿佛天成。它上下垂直陡峭，共分两层，横梁和门檐上都雕有天使以及带有雄健翅膀的武士像。

人们鸦雀无声，一时都说不出话来，惊讶于它整体的不可一世和局部的精巧秀美，也惊讶于它在风沙和岁月中屹立了这么多年，依然完好簇新。

门口有哨兵把守，我探头张望，一窥内里。如刚才巨大的惊喜一样，巨大的失落接踵而来。外表华美的宫殿内部，竟山洞一般狭小粗糙，石壁暗淡，毫无装饰。

导游说，这是法老的坟墓。我心中暗想，把陵墓外面装点得如此不可一世，内里却因陋就简到极致，不知是法老特立独行的风格还是后来财力不济草草收兵？又一想，也许在古时信仰中，死亡只是通往来世的一处栈道，法老在此打个转身就走，马上回到人间再次繁华。此小憩歇脚处，用不着大动干戈。

时间有限的客人，走到哈兹纳宫就往回返了。当年，"和平号"的旅行者们，正是从这里打道回府，写下了莫名其妙的诗句。

他们所受震惊真切，只是稍嫌浅尝辄止。我继续前行，完成了剩下的旅程之后，深深感到仅仅到哈兹纳，粉红色的城郭刚刚撩起盖头。

如果把西克峡谷比作佩特拉的咽喉和食道，哈兹纳可说是佩特拉的胃。之后，佩特拉一下子变得大腹便便，开阔且平坦。

哈兹纳之远，是约1500米宽的大峡谷，悬崖绝壁拱形环抱，仿佛天然城墙。四周山壁上凿有无数建筑物。有些很简陋，不及通常一居室大，是卫士或是穷苦人住的吧，相当于那时的经济适用房？有一些延续着哈兹纳宫外表的奢靡风格，巍峨精致，有台梯、塑像和多层柱式前廊，内里若何，未能深入不得而知。无论是达官贵人的豪宅，还是贫苦人的陋室，都雕筑于红粉色的岩壁间，经过岁月冲刷，已和山壁黏合，浑然不分，仿佛佩特拉的山屋，生来就带着雕琢建筑，体面地从地壳里爬出。

据说，这也都是墓地和庙宇。我纳闷，佩特拉到处是坟，活人住哪儿？这儿只是亡灵国度？

路边不时出现水池遗骸，收集泉水和雨水的破碎陶管残骸随处可见。相传，摩西曾经用手杖敲击峡谷，泉水便喷涌而出。此地水系像蛛网似的四通八达，水渠上甚至还装有过滤装置，足见那时的人们多么精致地生活并尽情享乐着。

凡罗马风格的建筑，只要保存完好，必有列柱大道。由列柱大道的长短，可约略估计此地当年的繁华程度。佩特拉现存的列柱大道，长近800米。路的左边，是古罗马剧场遗迹，依山凿成。我约略数数，30多排座位，大约可坐6000人。

古罗马人爱修建规模宏大的剧场。原以为他们对歌剧和斗兽，到了成瘾的地步。你可以说他们懂得艺术和享受，但也可有另外一种解释，就是百无聊赖。剧场是寻求刺激和彰显权势的舞台，所以人们才如此如醉如痴地建造剧场，且越造越大。以上是我自以为是的想法，却被佩特拉击碎。半圆的剧场空地，可见捆绑牲畜的凹洞，凹洞里原本栽着木桩或石柱，用以拴牢动物。还有类似祭坛的石堆。当地人说这是举行祭典，宰杀献祭的地方，非一般剧场。那么，在这里举行的活动，并非娱乐，而是盛典。它是人与上天对话的平台，是传达意志和期望的圣地。剧场担当如此使命，当然是无论在哪里，都唯此为大。

在世界各地行走，经常看废墟。同行旅伴说，几乎到处都是废墟。古罗马废墟、古希腊废墟、土耳其废墟、叙利亚废墟、印度废墟、柬埔寨废墟，当然还有圆明园废墟……

是，观看废墟，是旅行的必修课。废墟初看是混乱衰败的，很可能产生一种压榨感，四周麇集着生的荒芜和死的稠密，让人忍不住想逃离。不过，请千万别走开。你要盯着废墟，看到泪眼模糊。真相就像海的女儿从月亮照耀的海面浮起，废墟之上有原生态重现。当你了解有关历史后，时间和往事就会在你面前栩栩如生地活跃起来，如同一丛干菜在泉水浸泡之下，舒展枝叶。哈！古代的幻象从草莽走来，时间在停留千载之后眉飞色舞，向凝然不动的你一诉衷肠。

为登佩特拉古山，和赶驴马的当地人，商讨诸事。

山上可看见什么？我问牵骆驼的贝都因人。

有佩特拉最大的宫殿——德伊神庙。小伙子龇着雪白的牙回答，报以自豪且带诱惑的微笑。

通往山顶的小路，似乎从没正经修整过。天然巨石，交错成陡直的台阶，至少有1000级吧。

如果时间充裕，自此古道攀缘，会和年迈的神灵擦身而过吧？可惜我等匆匆，只能像攻打山寨的丁勇，慌不择路地向上。本着穷家富路和抓紧时间的策略，我们每人都雇了头毛驴。

等我骑上毛驴，才发现它是一匹小型马。我问牵马的小伙子，马叫什么名字？

祖祖。他说罢吆喝着祖祖上路了。

我本应该问"祖祖是什么意思"，我琢磨这是贝都因语。

可惜，没有时间容我发问。不但那一刻没来得及，在整个登山过程中，我都没有机会问出一句话。路途险象环生，不单我须高度集中精力，贝都因小伙也根本就没工夫搭理我。他目不转睛地盯着祖祖，指挥着祖祖，在狭窄的山道上艰难行进。

我后来方才醒悟，这条路堆满成心设计的苦难。攀登的辛劳和坠落的危险，也是修行的一部分。你要抵达圣洁所在，必须经历刻骨铭心的艰辛和危难。

一边是犬牙獠齿的山崖，另一边是深不见底的渊薮。下山的客人很多，估计是黎明登山的人，现在返程。不管上行下行，人们并不遵守靠右或是靠左的规矩，而是一律尽量贴着内侧走。给祖祖留下的路面十分狭窄。祖祖聪敏，它在所有可能坠崖之地，都耐心等下山的人错开后，再小心攀登，绝不冒险。它紧靠里侧岩石，以避免跌落山崖的悲惨遭遇。可惜祖祖并不是光滑的汽车外壳，在它身上还驮着我，双腿垂在它身体两侧。祖祖毕竟是牲畜，它只了解自己的身体有多宽，没有达到把我的体积也算在内的机谋。便出现如下惨状：越是陡峭山崖和狭窄的路面，祖祖就越谨慎和畏缩，越把身体贴近内侧山崖。结果我的腿会在毫无预警的情况下，毫无商榷地擦碰岩石，被锋利的山石撞得鲜血淋淋。

剧痛，隐忍。山路陡峭，若高声号叫，惊了祖祖坠下山崖，我就成了佩特拉烈士，不宜。

周围景色不错，被祖祖吓出的一身身冷汗，瞬忽被山风吹干，然后再湿再干，九蒸九晒。巡视四周，并未看到比哈兹纳更雄丽的殿宇。

贝都因小伙子停下脚步说：山势太陡峭了，祖祖爬不上去了。如果你想看那座神殿，只能爬上去，我在此处等你。

我只得告别祖祖，手脚并用，终于到达山顶宫殿。它仍是那种仿佛是从山岩上长出来的风格，室内空空。门前有一片辽阔空地，万分萧索。我坐下，身体中充盈着来自远古的安宁，无一丝瑕疵扰动。

山景带着洪荒韵调，不真实的杏黄色彩和空洞氛围，在渐渐西沉的落日映照下，每一刻变幻着风景。极目远眺，峰峦起伏，万物寂寥，更觉出自身的渺小单薄。西边天际线临近约旦和巴勒斯坦疆界，东南面是何珥山，山顶上的白色标示，是亚伦的墓。远处还有摩西泉。据说许多跋涉者，专程到这里朝圣。

沉思让人感知生命是万分真实的存在，它在一分分流逝和久远传承。听到祖先模糊不清的呼唤，觉得自己是链条上的精致小环。闭上眼睛，中东的夕阳照在面庞上，好像温暖的披肩簇拥脖颈。金彤彤的光亮，随波逐流地晃动着。我知道这是上眼睑微细血管中的红细胞，在摩肩接踵地移动，好像还看到一个个扁圆的细胞，由于兴奋而轻轻颤抖，又由于微风吹拂，渐渐安静下来，手拉手排队缓行。

依依不舍地离开山顶,半途中的祖祖经过休息,抖擞精神,等着送我下山。

听同伴说,她的牵马人告诫她,要她向我学习,说我很有技巧地把身体后仰,重心后移,有利于马匹下山。最可贵的是我一路上无论怎么受惊,从不发出任何声音。殊不知这种姿势让我的骶骨处磨破,在几日后的死海漂浮中,剧烈吃苦。

下山的路颇冷清,所有的人都走光了。在山顶时金光灿烂的太阳,由于我们背道而驰,也消失了。山谷暗淡,幽深到恐怖。

看到一怀抱孩子的贝都因妇女,在兜售石头和类似仙人掌的植物。她的货物并不便宜,一块橡皮大小的石头,要价1欧元,合人民币10块钱。没想买,钱尚在其次,主要是石头重,难携带。但最后我还是买了她的石头,看到那么小的孩子在荒郊野外陪妈妈谋生,心中怆然。刚要离开,那女人突然高声叫住我。她说的是贝都因语,我一时弄不懂意思,愣在那里。

看着她急切的眼神,我说,她要再送我们一块石头。

同伴半信半疑,说,你怎么听懂了她的话?

我说,猜的。

正巧来了位会说英语的贝都因人,把她的话翻译出来,果然正是送石头的意思。

为了不拂她的好意,我们连声道谢,又在她摊子上挑了一块最小的石头,带走了。

此刻,那块石头就在我的电脑桌旁。它并无蛇道的光彩和美丽,带着生涩和拘谨的锐角,远不圆融。每逢我的眼神和它相遇,就有一种微尘样的感动,撩拨眼睑。其实,修道院漫山遍野的石头，都和贝都因女人出售的石头一模一样。可能是她随手从岩石上砸下来的吧。不过，这一块已足够好。不仅因它来自那个神奇山谷和古老城寰，更因它来自贫苦母亲和她可爱的孩子，来自心意和劳作。

凡来过佩特拉的人，都会对贝都因人留下深刻印象。之前，我以为贝都因人是一个特别的民族或种族，如同印第安人、因纽特人等。到了中东才知道，贝都因，是对一种生活方式的描述。此称谓最早来自约旦南部，阿拉伯语"搭帐篷的人"之意。他们至今保留着自己最纯正的语言和最传统的生活方式，在沙漠里赶着羊群奔走，找到有水和草的地方，就搭帐篷休养生息。过一段时间，又继续出发，寻找水草肥美的地方。逐水草而居，开始新生活。

贝都因人这个名称，像一滴靛青色染料，遇到蓬松棉纱，一圈圈从约旦扩散开来，漫延到利比亚、埃及、阿拉伯半岛和整个撒哈拉区域。不过，随着社会发展，贝都因人数开始缩减。有人定居了，用汽车取代骆驼。为了让子女就学，有些贝都因人放弃过去的生活，转而选择在学校附近落脚、安居、就业。现在，只剩不到10%的贝都因人，过着传统的游牧生活。

等我们来到山下，祖祖的主人和我们告别。我们说，愿意继续出费用，请他把我们送到大门口。祖祖主人说，不可能。我们以为是钱出得不够多，表示可以商量。祖祖主人说，不是钱的问题。当地人把峡谷分成几段，每段的人都只能挣自己应挣的钱，不能到别人地盘上抢生意。所以，很遗憾了，只能送你们到这里，剩下的路，你们自己想办法吧。

目送祖祖和它的主人走远，我遗憾没有问明白"祖祖"到底是什么意思。此刻,目所能及的幽暗峡谷中,只剩下我们几个人。凡是进入佩特拉城的游客,必须在傍晚之前离开,否则城中遭遇的一切危险自负。

为了尽快赶到集合地,我们一路狂奔。先是换乘另外马匹,在古老的佩特拉街道上疾驰。我以当年在西藏阿里骑兵支队服役的经验,夹紧马肚,用脚镫轻叩马腹,阿拉伯骏马一路疾跑,寂静的峡谷中回响着清脆的马蹄声。头上裹着头巾的贝都因男子,骑马与我等迎面而过,他们已将最后的客人送出了西克峡谷,正在返程。道路曲折,很多急遽转弯处,某些特定角度,真是"前不见古人,后不见来者",只有你一人和一马,在百米深峡谷底挺进。想那2000年前的某天,也有人这般策马经过吧?时光僵凝,屈从历史。

独自骑马奔跑,让人遐思。猛然明白了佩特拉的奥妙,正是在此处扼守伟大丝绸之路的咽喉,尽享了千年尊荣。历经又一个千年磨难之后,万千建筑依然栩栩如生。佩特拉自我保护有三大法宝:第一,便是脚下既美丽又险恶的西克峡谷,形成了易守难攻的格局。第二,佩特拉周边在远古时代,资源丰富。环抱城市的高地平原,曾经生长繁茂森林,物产丰富,牧草肥沃,能够供给庞大的佩特拉城衣食住行之需。第三,佩特拉有良好的供水灌溉系统。包括摩西泉在内的诸水源,水量充沛。再加上高超的供水系统,让佩特拉人安居乐业。

然而,佩特拉还是无可救药地衰敝了。

很多史学家,都把佩特拉的凋零归结为"丝绸之路"的改道。可这还是让人疑惑。纵使佩特拉失去了对商道的控制权,存在下来应该不成问题。规模缩小点,也能苟延残喘啊。

有人说，导致佩特拉城彻底废弃的原因是天灾。公元363年，一场地震重创佩特拉城，许多建筑被夷为废墟。绝望之际，人们放弃了濒死的佩特拉。

天灾固然可怕，但某些火山爆发后，居民还会毫不惧怕地在火山脚下再把故乡建设起来，怎么轮到玫瑰城佩特拉，这一震，就万劫不复了呢？

1991年，美国亚利桑那的科学家们写了一本书，名叫《贝冢》。这批科学家另辟蹊径，不辞劳苦地在佩特拉研究了鼠、兔和啮齿类动物的巢穴。要知道这一类动物，都惯于收集棍子、植物、骨头以及粪便等东西，藏在自己的巢穴中。这还不算，它们是窝里吃窝里拉，久而久之，它们的巢穴被自己的尿水所浸透，结成一个大疙瘩。尿这种东西，是一种复杂的有机混合物，其中的化学物质遇到空气硬化后，形成胶状物、近似天然防腐剂，可防止穴中物质腐烂。从这种意义上说，这些动物生前的寝洞，成了特殊坟墓——"贝冢"。

研究这种遗存，可以了解过往时代的地质和文化变迁等。

在佩特拉发现的贝冢，有的时间已距今天40000年之久，盛满了那个年代的植物和花粉标本。从这个角度说，每一个贝冢，都是奸细，出卖着关于它形成年代的生物和气候机密。如果嫌奸细这个词不好听，咱们就打一个文雅的比方——每一个贝冢，都是夹在史书巨著中的时间书签。

科学家们在佩特拉贝冢中发现，早期纳巴泰人时代，橡树林和阿月浑子林，遍布佩特拉四周的山地。

橡树林，熟悉。这阿月浑子树，到底是什么植物？

阿月浑子的小名是咱老熟人，就是开心果啊！

今天佩特拉满目疮痍，如今干燥的山麓，那时候青翠欲滴、绿意盎然，高大的橡树和羽叶纷披的阿月浑子小乔木，满山遍野。田鼠和野兔，吃得肥头大耳，巢里也填个盆满钵满。

到了罗马时代，环境就不那么令人乐观了。茂盛的森林消失了，人们为了建筑房屋和引火做饭取暖，大量砍伐树木。围绕佩特拉这一带的林区，退化成了灌木林和草坡带。

到公元900年，环境衰退恶化的势头愈演愈烈，大量放牧的羊群干脆把灌木和草地也吞噬得一干二净。佩特拉四周，逐渐沦为不毛之地。

科学家们终于痛苦地认定：环境恶化是导致佩特拉衰亡的主要因素。当贫瘠的山野再也承载不了庞大人口的吃喝拉撒之消耗，当足够的食物和燃料成为一种奢侈，人们只有逃离佩特拉。佩特拉从此了无生气，成为死寂荒漠。

这是简单到残酷的结论。周围环境不堪重负，再也养活不了佩特拉，精美的石刻不能吃，宏大的陵墓不能住，曾经缔造的灿烂辉煌，在脆弱的现实面前不堪一击。佩特拉只有低下高昂的头，在黄沙中销声匿迹。

一位阿拉伯学者说，传说中，佩特拉遁去，是因为上天收回了佩特拉的水。他说，干旱的中东，没有水，就没有了生命。因为佩特拉的雄伟和美丽，佩特拉人自高自大，看不起别人，不尊敬商旅。上天要惩戒佩特拉，就让佩特拉的泉眼干涸了，佩特拉从此走向灭失。

上天发怒，收回了佩特拉赖以生存的水，玫瑰城从此失去活力。神的答案，和科学家们的研究结果，异曲同工。人为因素，使佩特拉的环境变得不适合人居住了，佩特拉陨落于历史的星空。

它一睡不起，因为人类的攫取太过分了。佩特拉的悲剧，但愿不要重演。

赶到集合点时，夕阳马上就要沉没。夕阳是被放了血的太阳，如同佩特拉周围贫瘠的山岭。太阳用鲜血濡养了天堂，要休息了。

告别佩特拉，繁星满天。走出去没多远，一切都隐没在黑幕之中，好像刚才的所见所闻，皆是梦幻。

彩虹布和龙舌兰酒

墨西哥导游是个美丽的中国姑娘,我称她妮妮,活泼可爱。

妮妮问,您从墨西哥买点什么特产带回国呢?

当时我正在病中,咳嗽得天昏地暗,脑浆成了一锅玉米糊。勉力说,听你的吧。你觉得墨西哥……有什么好东西……带回中国做纪念?

妮妮说,银制品吧,墨西哥是世界上最大的产银国之一,我给您讲讲鹰洋的故事。

1990年5月,时任中国国家主席杨尚昆要启程去墨西哥进行国事访问,带什么礼物给墨西哥主人呢?杨主席想到了19世纪在中国流通过的墨西哥银币"鹰洋"。有关方面开始找,在北京找了一大圈,一无所获。后来不知谁想到那时天津是通商口岸,就到那儿去找。嘿,还真在天津的银行金库里找到了这种银币。5月15日上午,杨主席在墨西哥国家宫里与墨西哥总统萨利纳斯会谈时,首先把带去的5枚"鹰洋"送给墨西哥政府。大家传递着这几枚漂洋过海到中国去的墨西哥银币,看它们如今又回到故里,感慨万千。要知道,这是墨西哥造币厂1893年铸造的银币,距当时已经整整97年了。再往前说,1973年,当时的墨西哥总统埃切维利亚访华时,周恩来总理也曾向他赠送过"鹰洋"。

明代万历年间(1573—1620),墨西哥铸造的银币首次由商船带到中国作为支付手段,这是输入中国最早的外国货币。当时,墨西哥铸造的银币还带有西班牙国王的头像,中国民间称之为"本洋"或"佛头"币。

1521年,西班牙殖民者占领了墨西哥,并于1535年在美洲设立了包括墨西哥与美国南部总共450万平方公里的第一个总督辖区,称之为"新西班牙总督区"。西班牙殖民者征服墨西哥后,曾试图使用西班牙银币。但是,他们很快发现,西班牙银币完全不能满足这个庞大殖民地的需求。同时,为了便于把殖民地的贵金属运往宗主国,西班牙王室决定在殖民地设立造币厂。1535年,根据西班牙国王卡洛斯五世的旨令,在墨西哥城市中心宪法广场西侧,建立了美洲第一家造币厂。当时主要铸造银币,因此,开采和提炼的银子越来越多,铸币业 度成为当时最有活力的产业。古代印第安阿兹特加人受到部落神的启示,在雄鹰叼着蛇站在仙人掌上的地方建立家园。直到现在,墨西哥铸造的所有硬币上都刻有这种图案。中国19世纪铸造的"龙洋"(光绪通宝)和1914年铸造的"袁大头"(带有袁世凯头像的银币),都受到过"鹰洋"铸造工艺的影响。

到16世纪中期,墨西哥的白银使用量已占全世界耗银总量的1/3。1536年,墨西哥首次铸造、发行的银币命名为"卡洛斯与胡安娜"，与西班牙银币完全同质同价，印记也相似，只是略厚一些，并在币面上打上"M"的标记。这一标记是用榔头手工打上去的。1569年，墨西哥城的造币厂搬到现今国家宫的北侧。墨西哥铸造的金币，是最早的世界通货。18世纪到19世纪，墨西哥铸造的银币大量流传到印度、日本、中国等远东国家以及北美英属殖民地。1823年，独立战争结束两年以后，墨西哥铸造的币上开始刻上国徽上雄鹰的图案，进入中国市场成为流通货币。

我佩服道，妮妮啊，小小年纪，这么博学啊。

妮妮不好意思地说，我这也是从书上和资料里看到的，现学现卖啊。

我说，卖得好啊，要是你自己自产自销……我还不敢都信呢。

鹰洋重且贵。妮妮最后建议我买块彩虹布带回中国。

彩虹布是用龙舌兰纤维织成的布。龙舌兰是仙人掌科的亲戚，粗犷坚硬，想象一下——它织成的布，接触皮肤可能像砂纸吧？当年学医的时候，知道龙舌兰是有毒的植物，每天给小兔子喂几勺它的汁液，3天之后，兔子就中毒而亡。估摸着它的纤维也类似铁线，强韧有余，绵软不足。

所有的想象，都有局限。当我第一次摸到以龙舌兰纤维为主加少量棉纤维织成的布单子时，立刻被它浓艳的色彩和舒适的手感所折服。

我们来到一家纺织作坊，很多土法织机困倦而疲倦地蹲在那里，诉说无奈。有织了一半的布匹架在古老的织机上，经纬分明。我以为他们会让我们看织布，不想工人却先把我们引领到一株茂盛的龙舌兰面前。那人先是飞快地摘下一片龙舌兰的叶子，三下五除二撕开叶片外层，露出莹白内芯。接着变戏法似的把内层叶片揉搓两下，纤维就松散破开了，好像我们把玉米穗最贴身的包皮一缕缕扯裂，看到的结构便类似破衣烂衫的褴褛下摆。工人继续剥离龙舌兰的叶片，一直把纤维束捋到了龙舌兰的叶尖处。这时，奇迹出现了，龙舌兰叶尖有一枚坚硬的刺，长三四厘米，褐黑色，十分坚固。它的身下垂着刚才破开的龙舌兰叶脉纤维，像极了一根纫着长长麻线的钢针。

我刚开始只是惊叹这一柄绿色叶子，何以在片刻之间就变成了钢针穿着白线的造型，以为只是一个形似的把戏。那工人拿起龙舌兰针线，随手一刺，这枚植物针，就轻而易举地穿透了他的衣袖布料，可以想见针尖的锋利程度，绝不亚于真正的钢针。想想也是，你在野外被植物的利刺所伤，那份快捷和深入，都不比人工制造的利器逊色。

我想，这针的质量是没得说，但纤维的韧度如何呢？可能看出了我的疑惑，工人把手中的龙舌兰针线递给我，让我抻拉。我要如实报告，这种纤维的坚固性，简直堪比钢丝。当它们聚集成束的时候，单凭人力，根本没法子将它们揪断。

墨西哥工人很开心地看着我败下阵来，说，古代印第安人就是用这种针线来缝补衣裳、编织渔网、搓绳子……他们用龙舌兰纤维染上色，然后随心所欲地搭配线束，织成布，就叫"彩虹布"。因为是纯手工制作，并没有现成的图案，所以，几乎每一块布都是独一无二的，颜色鲜艳无比，绝不重复。

你想啊，在亲眼看见一片生机盎然的龙舌兰叶子，摇身一变就成了纺织品的雏形，又听了这声情并茂的解说之后，你难道还能抑制住买一块美丽彩虹布的渴望吗?

某天,妮妮拿来两袋奇怪吃食。装在塑料食品袋里的果实,有小马铃薯大小,个个剥了皮,汁液横流。一袋血红色,仿佛放大了的樱桃。还有一袋是翠绿色,如同裸体猕猴桃。我检索记忆,从来没见过这种水果。就问妮妮,这是什么?

妮妮说,图纳。

回答虽然很清晰,可我还是不知道它是什么东西。

妮妮说,这是仙人掌果。果子个头不大,水分却很大,又香又甜,很爽口。图纳籽有点像石榴籽,可以吐出来,也可以吞下去。刚来的时候,是吐出去,后来看到这里的人们都是连籽吃,据说可以强身健体,她也入境随俗了。

我从袋子里挤出一个仙人掌果,吞到嘴里,果然非常好吃,带有一种难以言表的清香。至于籽嘛,先是吐出了一半,后一半就都咽下去了。

我父亲曾经做过新疆吐鲁番军分区的政委,我在那里吃过世界上最美味的瓜果梨桃。瓜自然是哈密瓜,它的名字虽然叫哈密瓜,其实最甜的瓜出在鄯善,而鄯善是吐鲁番的一个县。果就是沙果,那叫一个沙啊,好像被蜜渍的粉红沙子,一粒粒饱满晶莹口感极佳。梨是库尔勒香梨,真是人间极品。桃就是指葡萄了,吐鲁番的葡萄举世闻名,我就不在这里为它的甘美大肆煽情了。(原谅我玩了一个偷天换日的小花招,把桃和萄通用了)我曾经沧海的舌头无比挑剔,难得轻易向某种水果臣服。比如,人们都说莲雾这种热带水果好吃,但我觉得它徒有虚名,嚼开来,空洞无物,味道寡淡不说,果肉也虚囊松散,完全是个纸老虎。(我在台湾吃到过最正宗

最新鲜的莲雾，所以不要说我没吃过好莲雾，随口冤枉好人）

墨西哥仙人掌果美味异常，像一颗颗大号红玛瑙。我乖张而挑剔的舌头，在此向图纳致敬。仙人掌果实如同它的花朵一样，艳丽清香。这话说得有一点毛病，仙人掌的花其实是非常娇媚的，有倾国倾城之貌。它的果实淳朴，貌不惊人，味道却不同凡响。证据之一是芦淼在大快朵颐之后，问妮妮，你干脆不要干导游了，就用集装箱把仙人掌果贩卖到中国，我在北京接应，开个小店卖图纳，一定大受欢迎。

世界上的仙人掌科植物有2000多种，半数以上都以墨西哥为家。更有200多种仙人掌是墨西哥独有的。这里到处都可以看到成片种植的高大仙人掌，如同牧草。墨西哥人栽培的仙人掌叶子、果子都可以吃，在超级市场或普通的菜市场里都能买到。把仙人掌叶的刺和皮削去，切成块状或条状，不论凉拌、热炒、做汤，都很可口，且含有丰富的植物胶汁。墨西哥人常常用来凉拌，做成风味独特的色拉，配上辣酱、葱头，用来卷玉米面小饼吃。

不过，仙人掌果很难储藏，远方的人们难以一饱口福。这果子剥起来也不容易，浑身都是刺。芦淼在给仙人掌果实照相的时候，手上被扎了一根刺，回到北京两个月后还隐隐作痛，估计这刺有毒。小贩售卖图纳的时候，都很周到地替买家把皮剥掉，才能让人从容入口。

我问妮妮，为什么红色绿色图纳各买一袋？妮妮说，红色和绿色的仙人掌果实，味道略有不同。她个人喜欢绿色的，觉得它更甜一点。但她吃不准我们的口味，所以就都买来了。

多么善解人意的姑娘。

就我个人体验来说,妮妮说得不错,绿色的仙人掌果实,的确更美味。不过要论起美貌来,红色果实更胜一筹,像大号红珊瑚珠。

妮妮也是 1978 年生,和我儿子芦淼同年同月,比芦淼要小两天,我对她真是生出一种女儿般的亲近。我病倒墨西哥,妮妮对我照料十分周到。大家处得融洽,分手的时候,妮妮的丈夫——一位英俊的电脑工程师,特地送了一瓶龙舌兰酒给芦淼。

龙舌兰酒,是墨西哥的国酒。妮妮又给我们讲这酒的故事。

墨西哥的土著人是印第安人。在古代,印第安人已经会利用龙舌兰的纤维织衣,用块茎酿酒,取其汁液解渴。中国古代《梁书·扶桑国传》中写道:"扶桑在大汉国东二万余里,地在中国之东,其土多扶桑木,故以为名。"

至今人们仍不能确认,扶桑国到底是指日本还是墨西哥?《山海经》中所谈到的神木"扶桑",是否就是龙舌兰呢?

公元 5 世纪,中国和尚慧深就在《扶桑国记》中描述了"叶似桐,初生如笋。国人食之,实如梨而赤"的扶桑。

这种奇怪的植物究竟是什么东西呢?它强韧、耐腐的叶子纤维,可以制绳织衣。它"如梨而赤"的果茎可以酿酒……这些特征都与龙舌兰一拍即合。

龙舌兰是仙人掌科的植物,在咱北京,是精心养在花盆里的,弱不禁风的样子。如果对龙舌兰的印象来源于此,那你可就大错特错了。在墨西哥广袤的土地上,到处生长着灰绿以至翠绿甚至带点蓝色的龙舌兰,它们高大巍峨,肥厚多汁的叶子如巨兽的舌头,酣畅淋漓地伸展着、翻卷着,所向无敌哄向天地。如果碰到龙舌兰开花,就会从一条条龙舌聚集的中心部,挺拔出一株钻天的花茎,在高约 10 米以上的顶端，麇集浓密细碎的花朵。

不过，生长着的龙舌兰如何酿成了酒？

相传，很早以前，人们从野火燃烧后的地里，偶然发现龙舌兰的根茎被加热发酵后会产生一种奇特的滋味，于是，开始人工加热龙舌兰，得到了一种液体。这种酒，后来就被称作"特吉拉"。1997 年 9 月 15 日，墨西哥驻香港总领事馆邀请回归后的特区首长董建华出席墨西哥独立节招待会。董建华特首在致答词后，提议为墨西哥人民的幸福干杯。然后礼貌地接过东道主递给他的酒杯一饮而尽。想不到，酒杯里不是通常在这种场合喝的香槟酒或葡萄酒，而是浓烈的特吉拉。董特首大吃一惊。他低声问左右："好家伙，这是什么酒，这么辣?"他私下里的话，却通过开着的扩音器，传遍会场，引起宾主一阵开心的笑声。原来，东道主事先没有告诉董建华杯子里装的是什么酒。这时，墨西哥东道主才得意地笑说："它叫特吉拉。"

在墨西哥有上千种龙舌兰。但是，只有哈利斯科州及其毗邻地区的龙舌兰，才可以酿出真正的"特吉拉"。这一带的龙舌兰很特别，颜色也不同，是一种特别深沉的蓝，墨西哥人称之为"蓝色的阿加维"。

用来酿酒的不是龙舌兰的叶子，而是那形状像菠萝，也被称作"菠萝"的主干。每棵龙舌兰的主干都有三四十公斤，要生长 8 至 10 年才能酿酒，而且只有一次收成。熟透的根茎呈深红色，含糖 32 度，闻起来有股酸味。先要把"菠萝"切块，装进密封的炉窖里蒸熟，然后榨汁、自然发酵。不用任何添加剂，在常温下经过 5 至 6 天，有时要 7 天，榨出的汁就自然发酵了。装入橡木桶里窖藏一段时间,通常是 8 至 10 个月。陈酿要窖藏两年,然后才装瓶出厂。

我喝过龙舌兰酒,奇怪而辛辣的味道(或许因我当时在病中,感觉完全失灵)。据说要喝出龙舌兰酒的妙处,需将蘸着盐粉的手掌,面向着燃烧的火焰猛地击响。在盐末飞腾探过火焰后的那一瞬,飞快地吸入口中,然后再缓缓饮下一口龙舌兰酒,其味绝佳。我没有看到过这样饮酒的场面,想来一定很富有表演性,要眼疾手快,嘴巴和舌头还要高度配合,有点技术含量。

这样的龙舌兰酒,你可曾喝过?

玛瑙人

中国人对宝石，有一种与生俱来的向往与神秘。我们的正史、野史、诗词、传说，像一块巨大的黑丝绒，其上缀着无数星光闪烁的宝石：和氏璧、隋侯珠、杜十娘的百宝箱、水晶宫的白玉床……最珍奇的是那块来无影去无踪的通灵宝玉——假如没有它，中国文学史上最伟大的著作将无处落笔。

俗话说，玉不琢不成器。这话说得太滥，我们已习惯于径直去理解它的引申义，反倒忽略了它本身所描述的过程。琢玉是很残酷的——在一块成功的饰物之后，壅着一堆碎屑。在许多年代里，它们只是彩色的垃圾。

三月的桂林，烟雨如画。在参观了广西宝石研究所璀璨的宝石之后，主人热情相邀："再去看看我们的宝石画吧！"

知道漆画、铁画、羽毛画、麦秸画，不知道天下还有宝石画！

很小的一间房屋，普通的两张台案。见不到什么绘画器具，只有几十只素白的碗碟摆在桌上，盛得鼓尖，好像好客的乡亲摆下的丰盛宴席。

　　碟子里的菜可不能吃哟！每只碗里，盛一种宝石的碎屑，翡翠、密玉、红蓝宝石、紫晶、碧玺、蔷薇石……粗粝的如同火柴头大小，细腻的就是彩色的富强粉了。

　　因了那份毫不混淆的纯粹，因了那份无可挑剔的晶莹，宝石的粉末成了一种绵里藏针的绮丽之物。

　　凝固的鸽血一般的红，南极洲冰下海水一般的蓝，大漠一般焦灼的黄，原始森林初生嫩叶的绿，若有若无的轻粉，袅袅婷婷的弱紫……目光在五颜六色中沐浴，我疑心自己的眸子要被染成彩虹。

　　所有的语言都显出一种笨拙，所有的比喻都像窄小的床单，覆盖不了宝石给我们的感觉。词汇被宝石吓住了。我们已习惯说雨后的天空蓝得像一块宝石，待我们看到真正的蓝宝石时，再湛蓝的晴空也无法达到那种晶莹。在真正的宝石面前，只能悄然不语，凭借心中久久的惊讶，记住它的神秘。

　　几乎是世界上最小的加工厂了，只有两名艺人，都是年轻的女子，在默默地作画，仿佛怕惊动玉石的精灵。

　　宝石画其实是以宝石粉末颗粒为笔锋，以石为墨，将天然色泽和花纹各异的宝石碎屑粘贴镶嵌在麻布或瓷盘上，形成一幅幅独特而诡谲的画面。

　　最初的构图是用透明的胶水勾勒而出的。一位艺人拿着牙膏似的胶管在画布上蜿蜒，有轻微的醇味在空气中游蛇似的窜动。胶似干未干之时，她纤巧的手指捻一撮极渺细的蓝宝石粉末，像抚摸婴儿面颊似的在布的上空一抹，一条波光粼粼的漓江便晃动起来。

　　另一位艺人在点染黛玉。腮上涂了胶，像是终日洗面的泪痕。

芙蓉石粉撒上去，这娇美聪慧的女儿便有了永不消退的红颜。

椰子树婆娑摇曳的叶片，是用翡翠镶嵌而成，春夏秋冬长绿；史湘云的石榴裙，是用真正的石榴石拼接连缀，日晒水洗不旧不残。

画出漓江的女艺人，像烹调大师一样忙碌着。从碗碟中拈出原料。灰蓝色的贵翠铺出一片宁静的土地，阿富汗的青金石叠出桂林骄傲的象鼻山……最后用棕黄色的虎睛石粘出一叶小舟……

"您说，这象鼻山上是不是还该有点什么？"女艺人问。她并不回头看我，只是看画，一会儿凑下身去端详，一会儿又端起画布，像火车铁轨似的伸直双臂，脖子尽量往后仰，拉开距离打量……

"空荡荡的山，终是有点冷清……"我思忖着说。

她点点头，捏起一把女人修眉毛的小镊子，像挑食的孩子，在碟子里急促翻检起来。好容易挑中一粒宝石，往画布上一比量，啪地丢回碗中，发出清脆声响，仿佛两粒子弹相撞。

终于，女艺人夹起一粒粟米大的黑玛瑙，把它精细地粘在象鼻山的山洞里，又挑选了一粒更小巧的红宝石，挤在一旁。

噢，好一对亲热的情侣！这一幅宝石画，因了这一双依偎的彩粒，漾起了浓浓的春意。

女艺人们作画是没有底稿的，全凭目光在宝石堆里搜寻，看到个什么，想到个什么，就画出个什么。由于天然宝石原料的可遇而不可求性，每一幅创作都是孤本。

"你们总共画了多少幅？"

"上千幅了。"她俩说。

"那怎么周围一幅成品都不见？"我巡视一圈，除了一台远红外取暖器，别无长物。

"都叫人买走了啊!粘好一幅,拿走一幅,有时站在一边催,催得你心慌慌……有一次,我俩一起画了幅大型花卉,好富丽呀!因为太贵,暂且没人买,我俩好喜欢,天天看,都不敢相信是自己粘起来的……可惜呀,还没喜欢够,只看了七天,就被外国人买走了……该买个照相机把它照下来……"两人抢着说。

她们俩的美术都是自学的,然而天分极高,作品销往港台一带,很受欢迎。我同她们聊着天,很融洽。

"我的一个纸包,你看到没有?"画黛玉的女子对画漓江的女子说。

"没有啊!别着急,我帮你慢慢找。"

两个女子便在碗碗碟碟中翻拣,似乎把我忘了。

"我那日在玛瑙碗里发现一块黑色的,像极了一个女人的胸,我就把它留出来。过了些日子,又看到一块羽毛条纹的白玛瑙,像一条裙子,就是跳芭蕾舞短而泡起的那种……后来又寻到了淡红玛瑙的胳膊和腿……我把它们都藏在一个纸包里,很小心地收起,怎么会没有了呢?"画黛玉的女子把白碟子敲得仿佛要碎掉。

粘漓江的女子不作声,细细寻觅,轻声说:"找到啦!你怎么就不看看眼底下!"

"我们画个玛瑙人送给你!"两人说。

我深深感谢这份温馨的情意,只是定睛看去,心中又暗暗失望:这哪里是美丽的玛瑙人啊?只是一堆零碎的半透明小石片!

这就像是哪吒的莲花身,看看每一截儿都不像,合起来就稳是那个人了。画黛玉的女子在一张白纸上随笔勾了个图,果然是翩翩欲飞的舞蹈形象。

"我给你胶,你回去照这个样子一粘就画出来了。"她说。

"我可是个笨手笨脚的人……"我没把握地说,心中半信半疑,"这把碎屑真能变成那般婀娜吗?"

"我帮你粘起来吧。"画漓江的女子说。

她找来一块白布,敷在一块纸板上,一个简单的画框便出来了。她灵巧地抹着胶,把碎玛瑙按在上面……仿佛她的指尖有魔力,那个舞女轻盈地飘落在画布上:起伏的胸,雪白的裙,挺拔的腿,高昂的头……尤其是她的双臂,像展开的翅膀,仿佛在向苍天祈求着某种祝福……

"好吗?"她俩歪着头问我。

"好,极好。"我由衷地说,惊讶于这两个山野中的姑娘对于石头的想象力。

"好像……单薄了些,她张着两只手,像在求什么,求什么呢?什么……"画黛玉的女子自言自语。

她俩便一齐静默了,你望着我,我望着你,彼此的瞳孔里却都没有对方的影像,一片空茫。

我不敢插言,怕打破了她们的想象。

"让她祈求月亮吧。"画漓江的女子怯怯地说,好像怕惊飞一只鸟。

"好!就找一颗紫月亮!"画黛玉的女子叫着,把盛满紫牙乌宝石的碟子搅得翻江倒海。

"紫月亮?"我轻轻地讶异!

"对!紫月亮!在最晴朗的夜晚,你久久地盯着月亮看,直到眼睛酸了都不要眨,就会看到月亮透出紫色……"画漓江的女子说。

她俩配合得真默契。我想,是宝石给了她们相通的灵犀。

"那么是初月,残月,还是满月呢?"画黛玉的女子问。

"满月!是满月!"我们三个几乎一块儿喊出。无论从画面的构图重心,还是从玛瑙人企盼的虔诚,那里都只能悬挂一轮满月。

我们像秋风扫落叶一般寻觅每一个角落,把宝石的盆盆碗碗翻得一片狼藉。我们终于找到了两个备选月亮,一个是滴溜溜圆的紫牙乌,规整的形状仿佛用圆规画过,圆得不可思议;一个是锆石的,好像浸在水中,略椭了一些,然而极其晶莹透亮。

紫色的月亮啊,哪一轮更圆?哪一轮更亮?

她俩费了斟酌,反复商量,几乎吵了起来,又征求我的看法。我说了,她们却又不听。

最后,终于照画黛玉的女子的意见办了:在玛瑙人的上方,粘了一轮皓月——用真正的锆石所剪裁的月亮。

"月亮可以不圆,但月亮必须要亮。"她说。

"谢谢你们!"我发自肺腑地说,"回到北京以后,我一定把玛瑙人挂在桌前。祝你们画出更多更好的宝石画。"

"我们一定要画得更好,只是,不可能画得更多。"她们说着,打开远红外取暖器,烤自己颀长而冰冷的手指。桂林的三月,阴雨连绵,空气中有一种潜移默化的寒意。

"为什么呢?"我不解。

"因为宝石是很稀少的。选料要很严格,颜色、质地、花纹都是天然的,要把它们搭配在一起,显出一种美,是马虎不得的……"她俩对我说。

手指烤热了,她们又在冰冷的宝石粉屑中翻拣……

此刻,玛瑙人正立在我的案头,仿佛在向皎洁的月亮祈求什么……每当我写作困顿的时候、慵懒的时候、敷衍的时候、畏葸的时候,我就想起两个创造它的普通女工。

我便振作起来,不敢懈怠。

莎草纸

到埃及旅行的时候，我带了一个电话号码——3488676。别人以为是一个好友或是某个机构的联系电话，其实否，它是一个售卖莎草纸的商店。到了开罗之后，我对导游说，我要找到这个商店，据说它是在一条船上，叫作莱凯布博士莎草纸研究所，位于吉萨谢拉顿饭店南面。

导游是一位永远戴着头巾的阿拉伯女性，由于热带阳光的直射，皮肤黝黑，看不出年龄，名叫丽达。丽达的墨绿色头巾包得很严实，用一种带着彩色珠子的大头针把头巾的边边角角都别在鬓间，锱铢必较地把每一根头发都深藏起来。没有一丝头发露出的女性让人感觉到寒冷和严厉。我总怕那些大头针会伤了她的脸，但她自己毫无畏惧的样子。丽达毕业于埃及大学中文专业，没到过中国，中文说得不大好，但我们略为思索一下，听懂是没有问题的。比如她介绍神庙壁画上一位女神用"胸前的奶粉"喂养另外的神，我们就愣了，不知"胸前的奶粉"是个什么东西。再瞅瞅壁画，原来女神是用乳房哺育小猫头鹰，恍然大悟。她说，莎草纸啊，哪里都有，我会带你们去买的。

可能是因为常常写字的缘故，我对纸有一份特别的尊敬，约略相当于老农喜欢好骡子、好马、好镰刀。

莎草纸在英语中写作"papyrus"，它是希腊语"papuros"的拉丁文转写，也是英文中"纸（paper）"一词的词源。出发之前，看了很多有关莎草纸的资料，但还是没法想象莎草纸的模样。也许是对蔡伦造的纸印象太深，无论怎样琢磨，纸依然只能是我们平常所见的A4纸的架势，至多把它想成早年间用的草纸模样，也许因为都属"草"系，私下里又觉不敬。在古埃及，莎草纸是很神圣的，将莎草纸尊称为"pa-per-aa"，意思是"法老的财产"，表示只有万能的法老才拥有对莎草纸的专有生产权。带有皇室"胎记"的纸张，应该骨骼清奇、法相庄严才对。

在丽达的带领下，我们走进一个院子。水塘里生长着一些碧绿的草梗，初看起来有些像芦苇，但是比芦苇要粗壮和挺直。丽达说，这就是纸莎草，阿拉伯音译为"伯尔地"。听说在尼罗河谷野生的纸莎草，茎秆可高达三米，长得比甘蔗还要粗，简直像丛林。我们看到的家养纸莎草远没有那么彪悍，高约一米，直径和大拇指相仿。无论粗细，纸莎草的茎秆都是三角形的，属多年生绿色长秆草本植物，切茎繁殖。茎中心有白色疏松的髓，茎端有细长的针叶，如披头散发的小号松树。

现在，允许我把两个名词说清楚一点。纸莎草是一种草，就是能做成莎草纸的草。莎草纸是一种纸，是用纸莎草做成的纸。有一点像绕口令，是不是？

第一眼看到成品莎草纸的时候，有些许失望，没有想象中的珠光宝气，不像完整的纸，像一种编织物，平凡而暗淡。

要具体形容它的长相，容我把话荡开一点。丽达曾经说过，埃及到处都是卖莎草纸的，不要随便买，不然你们会上当。

我们就好奇，说，一张白纸，还有什么猫腻呢？

丽达听不懂"猫腻"是什么，就说，这和猫没有关系，和香蕉有关系。

我们就更不明白了，说，纸和香蕉有什么关系？

丽达说，也不是和香蕉有关系，是和香蕉皮有关系。假冒的莎草纸，是用香蕉皮的内层做成的。

在丽达的解释下，我们终于明白了。香蕉皮被剥下来之后，内皮有一种丝缕样的网状结构，好像一些年代久远的旧白绸糊在香蕉外皮之内。把这些香蕉的内皮叠加在一起晾干，就大致完成了假冒莎草纸的造型。真的莎草纸在外形上和香蕉皮莎草纸非常近似。

现在，你能否想象出莎草纸的样子呢？

在这家店铺中，除了种植有纸莎草的样本外，还展示莎草纸的制造过程。先将纸莎草茎的硬质绿色外皮削去，把浅色的内茎切成40厘米左右的长段，再把里面的芯剖为竖条，然后一片片切成薄片。切下的薄片要在水中浸泡至少6天，以除去所含的糖分和胶质。之后将这些竖条并排摆成一层，然后在上面覆盖上另一层。记住啊，两层薄片要互相垂直，类似经纬相交的编织工艺。再然后，将这些薄片平摊在两层亚麻布中间，趁湿用木槌捶打，直到将两层薄片打成一片，并挤去一切能够挤去的水分。现在，纸莎草的膜片已经相当干燥了，但是还远远不够，要用石头等重物压（以前是手工,如今多半改为机器压制)。压后再晾干,等到彻底干燥后,用浮石磨光,此时就得到莎草纸的成品。为了使墨水不至于洇开,还要在书写的那一面施胶,让莎草纸更臻完美。

莎草纸和蔡伦造纸之间最大的不同,是蔡伦纸要经过多种介质的发酵和搅拌,然后还要把纸浆晒干,蔡伦纸其实是一种混合的物质。我记得授课时老师讲到蔡伦造纸要用旧渔网,以增加纸的韧性。我曾举手提问,说是如果旧渔网用完了怎么办?蔡伦是停产还是改用新渔网?老师斥责道,真是没脑子!蔡伦不会用新渔网的,那太浪费了。再说,新渔网没有旧渔网好用,捣不烂的。那时候到处都是江河,旧渔网多得很,根本就用不完。一席话如醍醐灌顶,至今想起来,还觉得老师硬是英明,那时候到处都是江河啊!

莎草纸是单纯和唯一的,它只用一种原料,也不搅拌和发酵,只是把水分沥干。利用植物纤维进行编织,没有制作纸浆的步骤,因此不是造纸。从这个意义上讲,莎草纸更天然和纯粹,虽然不是很洁白,但泛着柔和的象牙黄的光泽,有着永不重复的纵横交错的纹路,柔韧而抗压。纸莎草在古埃及是象征永恒的神草,用来造纸已经有了五千多年的历史。它不怕折卷,不怕水浸,如同一种不死的精灵,在几千年后,色彩依然鲜艳如初。

古埃及人对纸莎草十分崇拜,把它当作王国的标志。在壁画中,你常常会看到国王手持纸莎草茎状的权杖。莎草纸后来成为地中海地区一种通用的书写材料,希腊人、罗马人以及阿拉伯人都曾经用它不倦地书写过。和子孙昌盛的蔡伦纸相比,莎草纸命途多舛。它被使用到8世纪左右,就渐渐消亡了。从阿拉伯传入的廉价纸张代替了制作烦琐的莎草纸,在此之前,羊皮纸和牛皮纸已经在很多领域取代了莎草纸。它们来源广泛，在潮湿的环境下更耐用。

在欧洲，幸好教会对莎草纸独有青睐，直到11世纪左右依然在正式文件中使用莎草纸。现在留存下来具有确切年代的莎草纸实物文件是一份1057年的教皇敕令和一卷书写于1087年的阿拉伯文文献。

莎草纸消亡以后，制作莎草纸的技术也因缺乏记载而失传。后来，跟随拿破仑远征埃及的法国学者虽然收集到古埃及莎草纸的实物，也没能复原其制造方法。直到1962年，埃及工程师哈桑·拉贾（Hassan Ragab）利用1872年从法国引种回埃及的纸莎草，重新发明了制作莎草纸的技术。

我们看到的就是这种死而复生的莎草纸制作方法。除了制造工艺之外，这家店铺的墙上、玻璃框内陈列着各色各样的莎草纸画，尺幅从一本书大小到一丈见方应有尽有。题材大多取自流传几千年的神庙壁画，也有埃及的风土人情和阿拉伯文字，所绘人物有一种特殊的生动。如果脸面是侧向的，身体就是正向的。或者相反，脸面是正向的，身体却是侧向的。不知为什么，古埃及人的身体和头颅好像总是不屑于完全统一。画以线描为主，勾画准确，线条中间填满了饱胀的颜色，多以金、蓝、红为主，颜料是由动植物和矿物为原料特制而成，色彩夸张而浓烈。可惜我们对古埃及的历史不是很了解，搞不清画中人物的起承转合，只有目瞪口呆的份儿。在二楼售货处，摆着用纸莎草编织的篮、罐、鞋、帽、绳等各种工艺品，售货员们穿着传统的阿拉伯袍子，和满墙满地的画张交映在一起，更让人眼花缭乱。看看标价，很不便宜，就和丽达讨主意。丽达说，买这里的，别的地方常常是假的，没办法识别。你们要选好的，这里的最好。

但我们还是不愿轻易掏钱包。看起来工艺并不是特别复杂，一张画就要几百块钱，是不是太贵了呢？丽达说，你看墙上。

我们就看墙上。丽达说，墙上有你们领导人的照片。我们果然看到了出访埃及的领导人在这里参观时的微笑照片，于是便放下心来。

买了几张画之后，我看到一张绚烂的莎草纸，四周的图案是雄赳赳气昂昂的太阳鸟，中心写满了字。我问丽达，这是什么东西？

丽达永远是言简意赅的，说："文书。"

我说："什么文书呢？"

丽达说："契约。"

这基本上和没回答差不多。我也能看出它好像是一份证书，但证明的是什么呢？是尼罗河上的某一块土地的归属，还是金字塔下某一群骆驼的主人？

我穷追不舍地问，丽达终于说："结婚证。"

我说："谁的结婚证呢？"

丽达说："谁的结婚证都可以的。"

看来，丽达是没有法子说得更清楚了，我站在地当中，独自猜想这张纸到底是怎么回事。售卖此物的盛装小姐看我迷惘的样子，拿出一支蘸满了金粉的笔比画着。这可不是一支普通的笔，是纸莎草茎削成的三角形短棒，笔端蘸着金粉，熠熠闪光，好像一支魔棍。小姐手舞足蹈，不停地用魔棒在契约上笔走龙蛇。我问丽达："她要干什么？"

丽达说："她在问你的名字。"

我奇怪，说："我的名字和她有何相干？"

丽达说："你和谁结婚了，她就用古埃及文字把你们的名字写上去，万古长青。"

原来是这样。我想告诉丽达，这里用"白头偕老"可能比"万古长青"更相宜，想了想，没说。这是一种用法老的文字复制的结婚证书，款式完全是复古的，和从木乃伊身边挖出来的结婚证书一模一样。只要告诉这位小姐你需要填写的名字，现场办公，她很快就可以把夫妻的名字写好，交到你手中。

当然，收费也不菲。

写到这里，我介绍一下古埃及的象形文字。

在埃及漫步，你总是会不期然遭遇这些古老而神秘的符号。它们镌刻在石碑上，描画在神像旁，在金字塔，在法老墓，到处都有它们魔幻般的身影。它们不像是字，像是一些绘画和咒语，讲述着绚烂而复杂的历史。

资料上说，古埃及的象形文字，真的就是一种绘画形式的文字体系。前身基本上就是图画，是一种靠想象描写的象征符号，被古埃及人用来记载事件。它用一定的图形表示一定的事物或概念。画三条波浪的横线表示"水"，画两座夹峙的河谷边的山峰表示"山"，画个中间加点的圆圈表示"日"。后来有了表意字，如画许多小蝌蚪象征成千上万的"多"字，牛在水边奔跑表示饥渴的"渴"字，这多少有点抽象的含义。要是写成一个句子，表达一个比较完整的意思，就把这些单个的图画符号组合在一起，构成一个复杂的表意图形。初时常用的象形字有五六百个。用这样的图画符号记录发生的事，显然不太方便。写一个字就需要画很多画，遇到复杂抽象的概念或事物，有点少慢差费。后来，古埃及人把象形字发展成为表音字，放弃原来的字义而赋予其一定的声音，甚至连声音也不全部采取，只采取第一个音节。例如：埃及人把猫头鹰叫作"姆"，它的图形既表示猫头鹰，又表示"姆"这个声音。这样的表音符号有 24 个，都是辅音，没有元音。

这种象形文字（又称圣书体，或碑铭体、正规体）的文字体系，同苏美尔文、古印度文以及中国的甲骨文一样，都是独立地由原始社会最简单的图画和花纹衍生出来的，它们仿佛是寓言，甚至是魔术。这种神秘的字体由于形体复杂，书写速度太慢，所以那些经常要使用文字的僧侣逐渐将其简化，并采用速写与圆笔的形式创造了一种草书体，这就是人们所说的僧侣体了。僧侣体文字先是用来抄写文学作品和商业文书等，大约到了第二十一王朝前后，僧侣体才开始用于书写宗教文献。

公元前 525 年，古埃及被波斯人征服。此后，埃及人被迫使用波斯文字来记载发生的事情。而记载古埃及历史的那些图画和图形，随着掌握这种技术的祭司逐渐去世，后来竟没人能识，成了天书。

历史踽踽向前，当马其顿人、罗马人在金字塔和狮身人面像下面徘徊时，只能惊叹眼前建筑的辉煌灿烂，却对其他情况一无所知，因为完全读不懂古埃及的文字。灿烂一时的古埃及象形文字，湮灭在历史的荒凉萋草之中。

1799 年，拿破仑率军远征埃及。他手下的一名军官布夏尔带领士兵在罗塞达城附近修筑防御工事时，发现了一块黑色玄武岩断碑。碑上用两种文字、三种字体刻着同一篇碑文。最上面用的是古埃及的象形文字，中间是古埃及的草书体象形文字，下面是希腊文字。这就是著名的"罗塞达碑"。

发现"罗塞达碑"的消息在当时的《埃及通讯》报上发表后，立即引起各国学者的浓厚兴趣，他们纷纷试图译解碑上的文字。碑上的希腊文很快就被读通了。碑中间的那段文字也很快就被确认是古埃及的草书体文字。但是，尽管学者们能借助碑上的希腊文领悟到象形文字和草书文字的含义，却依然没有解开古埃及的象形文字之谜。

年仅11岁的法国少年商博良决心揭开"罗塞达碑"上古埃及文字的秘密，让石碑说话，告诉人们古埃及的秘密。为了读懂埃及象形文字，他勤奋工作了21年。商博良发现，古埃及人写国王名字时都要加上方框，或者在名字下面画上粗线。"罗塞达碑"上也有用线条框起来的文字，是不是国王的名字呢？经过不断探索，商博良终于对照着希腊文，读通了埃及国王托勒密和王后克里奥帕特拉这两个象形文字。它们可以从右到左，也可以从左到右，或者从上到下拼读出来。商博良由此确信，象形文字中的图形符号，总的来说，代表的是发音的辅音符号。经过不懈的努力，到了1822年，这个在一千多年间始终令人茫然不解的埃及象形文字之谜，终于被商博良解开了。

原来，"罗塞达碑"上的碑文是公元前196年埃及孟菲斯城的僧侣们给当时的国王写的一封歌功颂德的感谢信。这位国王就是第十五王朝法老托勒密。他登上国王宝座后不久，取消了僧侣们欠缴的税款，并为神庙开辟了新的财源，对神庙采取了特殊的保护措施，给僧侣们带来了一系列好处，很快赢得了僧侣们的敬仰。僧侣们写了这封感谢信,并把其内容用三种文字刻在这块黑色玄武岩碑石上。

小小的罗塞达城,由于有了这块借以解开埃及象形文字之谜的碑石而举世闻名。不过,这块著名的碑石如今并不在埃及,而是被收藏在伦敦的大英博物馆里了。

埃及象形文字与汉语所不同的是,它们依然保持单独的图形字符。这种文字可以横写,也可以竖写,可以向右写,也可以向左写,到底是什么方向则看动物字符头部的指向来判断。至于在单词单元上则怎么匀称美观怎么写,只要不影响意思,上下左右,天地自由。

我们一下子从开罗的售卖莎草纸的商店,跑到了几千年之前的古埃及象形文字,罗列的这些资料有点枯燥,请原谅。简言之,古埃及文字是充满了想象的自由散漫的文字,它们花哨而饱含着魔法的意味。比如,和现代字母"A"相对照的古埃及象形文字,大致像一只神态自若的鸟。和现代字母"F"相对应的好像是一条蜿蜒的蛇。和"B"相对应的近乎一只向左撇着的脚。和"U"相对应的仿佛是一圈盘起来的绳。"Z"则像两把背道而驰的匕首……

当然,以上的描述,仅仅是我在对照着商店里发给我们的字母表匆匆一瞥所得出的粗浅印象,很不准确。未曾请教过专家,甚至也没有和丽达核对过,丽达此刻正忙着呢,被大家东拉西扯地砍价,根本没工夫理会这样枯燥的问题。

一位朋友可以用法文和售纸小姐交流。我说,古埃及文字能书写咱中国人的名字吗?

朋友说,这还不简单嘛,你的名字是由哪些字母组成的,她在表上一对照，依样画葫芦地把象形文字填到莎草纸上，不就大功告成了？

我有心想买，说，你帮我问问，价钱可否商量？

朋友如实翻译过去，售纸小姐很优雅地摇着头，不停地说着什么。不用朋友翻译，我也知道没戏。果然，朋友说，小姐告知我们，莎草纸本身的价钱虽然并不是很贵，但所用的颜料都是由矿物质提炼的，很珍稀。特别是书写名字的金粉，用的是真金，可以保证永不变色。人们当然希望自己的结婚证书能够长久保存，以象征爱情的永不褪色吧。所以，不能便宜。

得，缄口吧。在这样的攻势之下，你甚至觉得如果继续讨价还价，就是对姻缘的大不敬了。

我在国内的一对朋友正准备结婚，我决定为他们置办一张法老的证书，当作独特的贺礼，婚礼时拿出来也许会震惊四座。我正在一笔一画地书写他们的名字时，站在一旁的朋友悄声对我说，建议你还是不要这种古怪的结婚证。

我一惊，停了笔，说，怎么啦？

朋友说，一个已经覆灭了的王朝，一种已经消失了的文化，一份已经无人能识别的文字，这吉利吗？

哦，哦！我还真没从这个角度想过问题。我说，你的意思是……

朋友说，反正要是我结婚，就不喜欢这种东西。

我看着这位朋友年轻的脸，心想也许她说得有自己的道理。我已经上了年纪饱经风霜，对兆头之类的东西就趋向麻木淡然。但年轻人也许比老年人更在意呢，还是尊重他们的意愿吧。

我就放下书写名字的笔,对售纸小姐说,对不起,我不要法老的证书了。小姐惊异地扬了扬眉毛。眉毛很细很弯,轻轻抖动。

我对朋友说,可我还是非常想要莎草纸。

朋友说,你的意思是要一卷空白的纸吗?

我说,是的。我喜欢这种以几千年前的古老工艺制出来的纸,喜欢它能够经历几千年的风霜依然洁白柔软。

朋友说,这很简单,我来跟她说,就买几张空白的莎草纸吧。

我也以为这是很简单的事,不想朋友却和售纸小姐好一番交涉,小姐还请示了一个长胡子的中年男子,可能是他们的领导吧。最后好不容易才成交,价钱是彩色画的80%。我说,什么都不用画了写了,为什么打折并不多?

朋友说,我也是这样和他们论及的啊。我说,不是说颜料很贵吗?不是说金粉很贵吗?现在我们不要这些东西了,为什么价格并不便宜?他们说,从来没有人单独买过空白的莎草纸,这等于让他们售卖原料。他们如果很便宜地把莎草纸卖掉了,就没法经营了。本来他们只同意打九折,现在还是优惠了呢!

我说,谢谢你了,就这样吧。

待我付完钱之后,兴冲冲展开看着空白的莎草纸往外走时,小姐还和朋友喋喋不休地说着什么。朋友只是微笑,也不答话,和我一道挽臂走出。

我随口问道,她和你说什么呢?

朋友俏皮一笑,说,我不告诉你。

我好奇起来,说,售纸小姐虽然长得俏丽,可你也是个漂亮的中国MM(网络用语,"妹妹"的变体),也没法向你施展美人计。

到底是什么意思呢，还不可告人吗？

朋友说，她说你没有购买法老的结婚证书，都是因为我向你说了什么。她希望我以后再来的时候，不要破坏他们的买卖。

我说，小姐的眼睛够毒的。

朋友说，她还看出你非常喜欢空白的莎草纸，说哪怕是9折，相信你最终也会购买。她对我说，为什么要这样拼命地为了别人讨价还价呢？如果最终以9折成交，他们会只收8.5折扣的钱，把那0.5的折扣让给我。这样他们能多赚一些，我也可以有点小收入。她还说，如果我不习惯从他们那里拿回扣，也可以在我购买他们货物的时候，把这点钱折算进去……

为之绝倒。这家店的人会做生意，由此让我深深佩服。

还是对法老文耿耿于怀，觉得一定要带走一件铭刻着古埃及象形文字的纪念品，才算来过埃及。

我对丽达说，哪里还有法老文的东西？除了莎草纸画以外。

丽达说，我会告诉你的。

我就死心塌地地等着。这一天终于等到了。一只小帆船带着我们到尼罗河上冲浪。护送我们的水手，是两个当地的土著黑人。他们几乎不说话，只是露出雪白的牙齿微笑。帆船到达尼罗河上游的河口，丽达指着远处一座红色小楼对我们说，这就是英国惊险小说女王阿加莎·克里斯蒂住过的地方。我们说，就是那个写作《尼罗河上的惨案》的阿加莎吗？丽达说，就是她。我们说《尼罗河上的惨案》是在这里写的吗？丽达很实在地回答：这我就不知道了。但是，她住过这里，尼罗河的风光一定给了她灵感。

这话肯定对。

写到这里，让我介绍一下尼罗河。在埃及走动，你就是围着尼罗河转，甚至在飞机还没有降落的时候，你就能在空中看到它庞大的水系。这是一条如此浩渺博大的河流，让你不由得敬畏和爱戴。

通常我们面对地图是"上北下南"，但面对尼罗河方位的时候，称呼就恰好颠倒了过来。尼罗河是从南方流向北方，所以当人们说到上尼罗河的时候，指的是南方；说到下尼罗河的时候，指的是北方。

尼罗河是世界第一长河，全长6670公里，流域面积334.9万平方公里，起源于非洲中部的乌干达和埃塞俄比亚，往北途经尼罗河三角洲后注入地中海。

几千年来，尼罗河每年6—10月定期发洪水。尼罗河流经埃及的那一段，只占全长的六分之一。河流泛滥，一般来说是坏事，但对于埃及来说，是大大的好事。每年，当尼罗河发源地埃塞俄比亚山区进入雨季的时候，尼罗河河水就上涨。从7月中旬开始，洪水滔滔，开始淹没埃及的盆地。8月河水上涨最高时，河岸两旁的大片田野被完全淹没，成为沼泽，人们纷纷迁往高处躲避。10月过后，洪水消退，留下了肥沃的淤泥，大自然给埃及的土地普遍施了一次肥料。在这些一把能攥出油的土壤上，人们栽培了棉花、小麦、水稻、椰枣等农作物，大获丰收，在干旱的沙漠地区形成了一条生机勃勃的"绿色走廊"。富饶的尼罗河河谷的收成足够全国人民的吃食，剩下的财力就去修建金字塔，也成为产生古代文明的一个摇篮。想想那神妙的象形文字，就能体会到当年得天独厚的埃及人过着怎样异想天开的日子。只有富足与闲暇，才能产生出如此匪夷所思的复杂文字，直到今天还令人叹为观止。

丽达告诉我们，埃及的旅游收入占到了国民收入的70%以上。埃及人称尼罗河是他们的生命之母。而开罗是尼罗河送给埃及的礼物。

开罗位于尼罗河三角洲的顶部附近，东、南、西三面都被撒哈拉沙漠包围，气候炎热干燥。公元969年，美洲大陆还没有被发现之前，开罗已是阿拉伯帝国法蒂玛王朝的国都了。"开罗"在阿拉伯文中是"胜利"的意思。

开罗的市区分布在尼罗河两岸，尼罗河是开罗新旧城区的分界线。东岸，有着建于11—16世纪的老城，开罗的名胜古迹大都集中在这里。其中有建于12世纪的萨拉丁城堡和许多著名的清真寺，还有具有阿拉伯古代风貌的大市场，市场上陈列着铜器、纺织品、地毯、琥珀、香料等物品，空气中都弥漫着奇异香料的气味。老城区的房屋比较低矮，街巷狭窄，保持着古代风貌。尼罗河西岸，是19世纪以来迅速发展起来的新市区。新市区内高楼林立，187米的开罗塔高高地俯瞰着全城。在宽阔的新区马路上，到处奔驰着电车和汽车。而在老城的街道中，不时可以看到古老的马车和沙漠特有的骆驼在往来。

我们的小帆船停在了尼罗河的中心，这里水天一色，让你生出航海的感觉。两个黑人突然拿出很多木雕和石头的项链、耳坠等，向我们兜售。丽达说，他们很辛苦，工资也很低，如果买一些他们的货物，就是帮助他们。我买下了一串木制的项链，是由十几只木雕角马组成的，算不上精致，但自有一种野性的韵味让你感动。每只角马都是寥寥几刀，就雕出了奔跑的英姿。你不得不承认，这些无名的工匠并不是有多么出众的手艺，只是他们的眼睛无数次地遭遇过角马的奔驰,所以哪怕是最蹩脚的手艺人,也沾染了角马魂灵的神韵。

买完黑人的物件之后,丽达很严肃地对大家说,在埃及,导游向客人私下兜售旅游纪念品,是犯法的。如果被举报,就会面临很严重的处罚。但是,我不忍心看你们买到伪劣的产品,埃及人向游客售卖不良的物品,是很有本事的。

我们就笑起来,这些天的经历,证明丽达所言不虚。但是,丽达说这些,是什么意思呢?有点自曝家丑的意思,让我们无法贸然回应。丽达说,有人希望得到一些有法老文的纪念品,我认识开罗一家很好的银饰店。他们可以为客人定制手链,用皮和银来制作。在银饰上,可以用法老文把你的名字刻在上面,还有一些美妙的吉祥的图案可以选择,比如猫头鹰、太阳鸟、生命的钥匙等。

风帆落下来了,小船在尼罗河的中心好似一片树叶,随着尼罗河的水波微微荡漾起伏,让人有一种微醺的昏昏然。

我问丽达,什么叫生命的钥匙?

丽达说,在古老的埃及传说中,每一个生命降生之后,并不是马上就打开的,需要生命的钥匙。只有用生命的钥匙打开的生命,才会更有意义和幸福。

哦哦,古埃及人可真是聪明啊!他们把生命分成了两种,被钥匙打开的和没有打开的。想来这两种生命的质量和结局也应是不完全相同的。本想和丽达问个清楚,无奈当时丽达忙着收钱,不忍心坏了她的买卖,心想以后再问吧。

我对丽达说,那我就要一只手镯吧,用法老文写上我的名字,再要一把生命的钥匙。

丽达很仔细地记下了大家的不同要求，有的人要太阳鸟，也有要猫头鹰和鳄鱼的，反正在古埃及的神话中，世上万物皆有灵性，都有丰富的寓意和祝福。她又拿出一卷小尺，说手腕的粗细是不同的，特别是皮革制品，要稍微宽松一点。我就让她量了手腕，并特别把尺码放大了一些，以防老年越发富态的时候套不进这生命的钥匙了。

离开埃及的时候，包囊里多了一卷无字的莎草纸，一串非洲木雕角马的小项链，一只用法老文雕刻着我的名字的手镯，银饰中央是一把生命的钥匙。

轰先生的苹果树

第一次听说此次日本之行，要在长野县大豆岛的农民轰太市先生家住一天时，半是欣喜，半是忐忑。高兴的是可以由此深入普通的日本人家中，体验一下他们的生活，真是难得的好机会。不安的是，想象中的轰先生是一个很严厉的人，因为"轰"这个姓总使我联想起夏天的暴雨和闪电雷鸣。

一见到轰先生，我就乐了。他是一个非常和善的老人，矮而健壮的身材，好像北方的橡树。他的大脑门亮晶晶的，在明媚的秋阳下，闪着汗珠。他不像常见的日本人，嘴角总是抿得很紧，仿佛时刻都在思索，而是经常忘情地哈哈大笑，好像一个快活的大孩子。

轰先生的家是一所古老美丽幽静的和式住宅，斗拱飞檐，显出一种历史的沧桑感。院落里林木苍苍，各色常绿植物修剪得异常精致，仿佛放大了的盆景，表明了主人不同凡俗的雅趣。

轰先生一家为我们的到来，真是忙坏了。你想啊，一下子来了五个外国人，吃喝坐卧，不是一个小工程。轰先生的妻子绿女士和他的妹妹、儿媳扎着浆洗一新的围裙，为了我们不停地忙碌着。我们品尝着精美的日式菜肴，吃得非常开心。吃完饭，轰先生招呼我们沐浴。

我心中有些嘀咕：天这么凉，要是冻出感冒，再转成气管炎，异国他乡的，岂不麻烦？

没想到，轰先生一家为我们想得周到极了，先是大小浴巾，再是和式睡衣，最后干脆抱来了两大摞长短袖的棉睡袍，堆在地上，好像两座小山。我们全副武装穿在身上，面面相觑，不由得开怀大笑。打趣说，男的都像鸠山、女的都像阿信了。

我们在轰先生家度过了非常愉快的一天。老人家自己种稻田。他招待我们吃的米饭，就是亲手种出来的。我敢肯定地说，这是我平生吃过的最香的米饭了。

我们都夸老人家的米好。他笑眯眯地说，我种的柿子那才叫好呢，全日本第一。我们听了频频点头，心想这样善良勤劳的老人种出的柿子一定出类拔萃。

轰先生接着骄傲地宣布，他种的富士苹果是全日本第二。他说得是那样肯定，我不由得问：是不是进行过正规的全国评比，您的苹果得了银牌？

老人眨着眼睛笑起来说，全日本第一的苹果还没有长出来呢，因为没有第一，所以，我的苹果树就是日本第二了。

我们愣了一下，明白了老人家的诙谐与幽默，也会心地笑起来。不管怎么说，看轰先生的自豪样儿，他的苹果树百里挑一那是没得说了。

吃了午饭，我们和轰先生的文友欢聚座谈。轰先生是作短歌的高手，又是短歌同人刊物《原型》的主编，亦农亦文，深受大家爱戴。

座谈会开得非常成功，但我心里一直惦记着轰先生的苹果树。说起来惭愧，从小到大，我吃过无数的苹果，但还从没有自己亲手从树上摘过苹果。没想到东渡扶桑，到日本的果园来摘苹果，这苹果又是全日本第一，真是一件有趣而又有意义的事情。

我们沿着乡间的小路，缓缓地向轰先生的果园走去。10月的日本晴空万里，干燥凉爽的秋风，带着苹果的甜香扑打着我们的衣襟。远处山峦上最初染红的枫叶，像拍红的手掌，在招呼着我们。

这一带是苹果产地，果然名不虚传。一株株精心培育的苹果树，迎风而立，硕果累累。小路四周的地面，银光闪闪。果树下的土地上都铺着雪亮的金属箔，好像无数面巨大的镜子，用以反射阳光，普照苹果的各个部位。这样结出的苹果不但颜色像玫瑰一般艳丽，而且含糖量高。果园的上空还罩着结实的尼龙网，刚开始我们还以为是防盗，后来一问，才晓得是为了防鸟啄食苹果，这样才能保证每一个苹果都无褶无疤，玉润珠圆。

我一边走一边想，轰先生的苹果树既然是全日本第一，那他树下的银箔一定最亮，他树上的尼龙网一定最大，他的苹果一定像红宝石一般美丽。

正想着，轰先生停下脚步说，喏，到了，你们可以尽情地摘苹果了。

我定睛一看，吓了一跳。这实在是一片太平凡的苹果园。咳！甚至连平凡也算不上的。苹果树上没有遮天蔽日的尼龙网，苹果树下没有银光闪闪的金属箔，树不高大，果不繁密，在周围一大片人工精心雕琢的果园中，显得简朴而随意。树上的苹果因为没有受到阳光各方面的照射，半边青半边红，远没有想象中那般夺目。

轰先生，这是您的苹果树吗？我半信半疑地问。

噢，我也不知道这是谁的苹果树。不过，你们摘就是了，保证没有人来管你们。别看这树上的苹果不大好看，可它的味道可好了。它里面有蜜！轰先生摇着他聪明的大脑袋，眨着眼睛说。

我们走进果园，七手八脚地开始摘苹果，站在苹果树下大吃起来。平心而论，轰先生的苹果还是相当优良的，甜脆爽口。但因为没有尼龙网和金属箔的养护，果皮上有小鸟啄过的黑斑点，味道也略略有点酸。

人真是不知足的动物。我一边大嚼着轰先生的苹果，一边紧盯着邻居家的果园，心想别人那边像红灯笼一样鲜艳的红苹果，该是更好吃吧。

我们吃饱了苹果，又摘了一兜，才迎着暮色回到轰先生的家。真应了那句中国老话：吃不了，兜着走。

丰盛的晚饭后，轰先生拿出纸笔，文人们开始舞文弄墨了。

我写诗是外行，站在一旁伸着脖子屏息欣赏。

轰先生写下他的一首短歌：

我闭着眼睛，四周一片寂静，
沿着阶梯，走向湖泊的深处，
那里，
有什么呢？

那一刻，四周真的变得十分寂静。听了轰先生的诗句，我的心灵深处有一根琴弦被触动，有一种温暖的感动壅塞喉头。

大家笑着追问老人，在湖底到底会有什么呢？

恰在这时，轰先生的妻子绿女士来为我们送茶，轰先生遂一本正经地回答，那里有美人啊！说着，亲热地拍了绿女士一下。

我们大笑，为了轰先生的风趣和他美满幸福的一家。

在轰先生家的榻榻米上安睡一夜。清晨，要告别了，大家恋恋不舍地分手。我为轰先生写下了这样一句话："您使我想起了中国神话中的山野仙翁。"

到了东京，在车水马龙的城市人流里，在扑朔迷离的霓虹灯下，我又拿出轰先生的苹果端详。它朴素天然，携一种大自然的清新空气。这其中又注入了轰先生对中国人民的深情厚谊，越发显得沉甸甸了。

我坚信，它是日本第一的苹果。

陇西行

陇是甘肃的简称。夏天,我从兰州出发,沿古丝路西行约1500公里,抵达敦煌。电视里曾疯狂地普及过丝路和敦煌的知识,我窝在城市里,以为自己已无所不知。真到陇西一走,才发现再大的电视屏幕也代替不了我们的眼睛,更不消说每个人的心灵都是特定的频道。别太相信那块20英寸的玻璃板,它在扩大我们视野的同时,也扼杀我们的想象。

那么多人写过丝路,写过敦煌,好像一个插满针的针插,已无从下手。西行的时候,我已决定什么都不写,让心灵毫无负载地飘向蓝得令人眼晕的天空。回来后,忙忙碌碌地做别的事,我以为已彻底遗忘了敦煌。突然有一天,我发现自己常常同别人讲敦煌,讲那些属于我自己的记忆和感觉。朋友们会津津有味地听,好像他们从未看过那些介绍丝路的风光片和旅游指南。我检查记忆之壁,看到当时思维留下的痕迹,有的已被抚平,有的仍像甲骨文痕,虽然浅淡,却难以消失。

我写的绝不是一篇系统的丝路游记，只是时间之筛无意中留给我的大点的石头子儿。

白兰瓜

听说我要西行，所有的朋友第一个反应都是："你可以吃到白兰瓜了!"

北京的街头也常见到白兰瓜，并不白，像个磕碰过的篮球，也不甜，带有青草的气息。不过，这并不影响我对白兰瓜的仰慕希冀之情。城市是个坏地方，能让所有带有乡土气息的东西走味。

兰州果真是白兰瓜的大本营，十步之内，必有瓜阵，白的如同一张张女儿面，黄的像金牌一样灿烂。据说，黄色的白兰瓜叫"黄河蜜"，是改良品种。我们馋馋地想：黄出于白而胜于白，想必更甜。

西北人出手大方，刚住下就给每人发三个白兰瓜。堆在一处，俨然一座瓜山。

"先杀哪一个?"大家摩拳擦掌。

"一样宰一个吧!"

刀锋倾斜着刺入，浓郁的香气沿着刀柄淌淌流出，光凭味道就知道同北京的赝品不同。每人抢一块，吞进嘴里，像喝粥似的往下咽。

向导笑眯眯地看看大家的贪婪，很为家乡的特产自豪。西北方言形容这种吃的局面，叫作："吃了一个不言传!"

终于有人言传了:"闹了半天,白兰瓜也不过如此嘛!"

"比黄瓜也强不到哪儿去!真是空有其名!"更多的人附和。

向导的脸色难看了,忙解释:"今年雨水多……"

平心而论,白兰瓜真是盛名之下,其实难副,闻着还可以,尝尝却不甜。

白兰瓜原籍美国。1944年,美国土壤学家和水土保持专家罗德民趁美国副总统访问兰州的机会,托他把"蜜露"甜瓜种带到中国。"蜜露"移居中国后,改名"白兰",现在已成为甘肃特产。

一路西行,哪里都要款待白兰瓜。刚开始还总想给白兰瓜恢复名誉的机会,心想兰州的瓜不甜,别处的可能甜,然而总是失望,哪儿的白兰瓜都不甜。以后,就连尝的兴趣也没有了,除非渴极了,拿它顶水喝。

辜负了我的信任与渴望的白兰瓜啊!

"到嘉峪关就有好瓜吃了,那儿正在举办瓜节。"向导为大家打气,他总想给家乡的瓜正名。

只知道嘉峪关是长城的一端,不知道它还是瓜的盛市。西北各省市的瓜,像陨石似的降落在小城,满载的瓜车还在源源不断地涌入。前面一个急转弯,几个硕大的甜瓜被车甩了下来,摔碎的瓜把香气像手榴弹烟雾似的塞满街道。真担心这么多瓜,吃不完可怎么办!

瓜节隆重开幕了。白兰瓜形状的氢气球飘浮在碧蓝的天空,远处是银箔似的祁连雪峰。孩子们头上戴着白兰瓜形的帽子,街上的社火队成员打扮成瓜的模样……真是一个瓜的世界。

张老作为瓜节贵宾,被邀上主席台。美丽的迎宾小姐敬上一个扎着红缎带的白兰瓜。好像瓜也有精灵,像东北的人参娃娃似的,不系住就会跑掉。散会后,我赶忙跳进张老的房间,想先尝为快。别处的瓜不甜,瓜节上的瓜王还能不甜吗?没想到,张老摊着两手说:"忘了把瓜带回来了!"

唉!于是想,美丽的迎宾小姐也许会把瓜送来。痴等了许久,才想到女孩并不知道瓜是谁丢的,况且这里的瓜极多,人们并不会格外珍重这个瓜的。

没有吃到瓜王,其他的瓜也仍旧不甜。向导为了给白兰瓜平反,一个个地杀,狼藉一片。我们忙说:"挺甜,这个就不错,别杀了。"他拈起一块尝尝,说:"怎么瓜节上的瓜也不甜?不要紧,到了安西,就能吃到好瓜了。"

过安西时,正是午后沙漠上最热最寂寞的时光。黑蓝色的柏油路蛇蜕似的蜿蜒着,天空中弥漫着看不见却无处不在的尘埃,仿佛一杯混浊的溶液。太阳在空中发出幽蓝色的光,却丝毫不减其炙烤大地的威力。铁壳面包车成了真正的面包炉。我们关上车窗,是令人窒息的闷热,打开车窗,火焰般的沙漠之风旋涡般地卷来。口唇皲裂,眼球粗糙地在眼眶里转动,全身像烤鱼片似的干燥无力。

突然,在大漠与公路相切的边缘,出现了一个木乃伊似的老人。地上铺一块羊皮,上面孤零零地垛着一小堆瓜。他出现得那样突兀,完全没有从小黑点到人形轮廓这样一个显示过程,仿佛被一只巨手眨眼间贴到苍黄的背景上。也许是因为他同大漠的色泽太一致了。

司机停下车说:"就买他的瓜吧!"

"瓜甜吗?"我们习惯地问。卖瓜的人没有说瓜不甜的,但老人慢吞吞地回答:"这里是安西呀!"安西的瓜就一定甜吗?

安西就是白兰瓜的免检合格证吗?国优部优产品还有假的呢,世界上徒有虚名的事太多了!

因为别无选择,我们买了老汉的瓜,记得狠狠砍了砍价。老人树根一样的脸上没有表情,算是同意了。极便宜的价钱。

车上地方窄,又颠簸。到了远离安西的地方,我们才停车吃瓜。安西的白兰瓜外观上毫无特色,第一口抿到嘴里,竟然是咸的!

过了片刻,才分辨出那其实不是咸,而是一种浓烈的甜。

甜到极处便是蜇人的痛,嘴角、舌尖都甜得麻酥酥的,仿佛被胶粘住了。抓过瓜缘的手指,指间仿佛长出青蛙一样的蹼,撕扯不开。手背上瓜汁淌过的地方,留下一道透明的痕迹,仿佛一只流涎的蜗牛爬过,舔一舔,又是那种蜂蜇般的甜。

真不知如此苦旱贫瘠的安西怎么孕育出如此甘甜多汁的白兰瓜。

安西古称瓜州。总觉得古代人很会起地名,比如武威,原来叫凉州,透着荒远僻地的苍凉。张掖叫作甘州,有一种安宁平和的感觉。安西地处荒沙,日照极强,非常适宜种瓜,自古以来,以瓜闻名天下,故称瓜州。

美国的良种甜瓜"蜜露"移民到了中国,在安西扎下根来,比在老家长得还要好,白兰瓜的盛名,其实是靠瓜州的瓜打的天下。

也许,白兰瓜要正名为"安西瓜"才更符合历史的真实。

我也想过,是否因为那天的极度干渴才使这沙漠之中的瓜显得格外甘甜。后来遇到过几次同样的情形,才知道唯有安西的瓜无与伦比。

想想这瓜,很有感触。它原本来自大洋彼岸,却在这块古老贫瘠的土地上繁衍得如此昌盛。它入乡随俗，褪去了娇滴滴的洋名字，也不计较人们以讹传讹地称它白兰瓜，寂寞然而顽强地在沙漠之中生长着，以自己甘饴如蜜的汁液濡润着焦渴的旅人。

啊！瓜州的瓜啊！什么叫特产，什么叫真谛，它只限于窄小的区域。好比一个石子丢入湖中，涟漪可以扩散得很远，但要找到石子，必须潜入那最初的所在。

蓝色太阳下的沙漠老人，教给我这个道理。

铜奔马的疑阵

铜奔马是我国的旅游标志，也是甘肃武威的市徽。这匹足下踩着鸟的铜马，最初叫"马踏飞燕"。

这匹马轰动过世界。一位美国学者曾询问："这匹马是地震摇撼出来的？是洪水冲刷出来的？是暴力主义者强挖出来的？是文物工作者保存下来的？"

到了武威，自然想去看铜奔马出土的地方。

1969年，到处在深挖洞。在武威城北两华里处，有一座高8米、长100多米、宽60米的长方形夯筑土台。台上建有雷祖观，故名雷台。挖地道的人们掘出了一座东汉晚期的大型砖室墓。

我们沿幽暗冷寂的墓道沉进墓穴，有汉代的风在脖子后面飕飕掠过。满身的热汗倏地缩回去，终于走到蒙古包一样的拱形墓室。一块块青灰色的汉砖，在昏黄的灯光下，显出宁静幽远的坚固。也许因不见天日的缘故，砖像青萝卜一样新鲜，敲弹起来当当作响，仿佛含有金属的颗粒。"这种汉砖，每平方厘米可以承受500公斤以上的压力。而我们仿制的砖，承重不到200公斤压力就碎了。"管理人员指着一块新砖说。相比之下，现代人的产品像伪币一样菲薄。

"这古砖是用武威的土烧的吗？也许是从外地运来的呢！"我问，想起现时的贵人们常用舶来品，若是后世的考古学家以为这是寻常百姓家也能享有的玩意儿，岂不带来学问上的不严谨？从这墓穴的规模看，死者生前显赫。

"化验过了，这就是用的我们的土。两千年过去了，我们还烧不出老祖宗烧过的砖。"介绍者长叹一声。

在墓穴的穹隆上，有一块脸盆大小的不规则区域，被色泽浅淡的新砖填塞着。"主人"介绍："这是盗墓者留下的痕迹，我们修补了。但是很奇怪，墓内的随葬品保存完整。我们推测，也许盗墓贼刚挖开洞穴，便发生了一件不可捉摸的意外，他匆匆掩住破口就离开了，但永远没有再次打开。"

想想在一个月黑风高的夜晚，这里曾发生过谁也无法知晓的恐怖故事，墓室的灯火也摇曳起来。

墓穴很干燥，没有特殊的异味。遗骸是一罐烧焦的骨殖，其中还有一段未经焚化的羊腿骨。

这是怎么回事？我们都极感兴趣。

向导说，这是考古界争论不休的难题，涉及学术，不可妄谈。他讲了一段野史：汉代凉州有一家要添丁了，算命瞎子对他们说："第一，你家要添一个男孩，这个孩子将来会成为凉州刺史。第二，这孩子生于这座楼上，也将死于这座楼上。第三，他将被烧死。"

我觉得不管灵验与否，这瞎子还是很大无畏的，敢说好话，也敢说歹话。

后来，这家的女人果然在高楼上产下一子，长大后弑主自立，成为不可一世的凉州刺史。刺史对占卜之话笃信不移，特命照他家的楼阁烧了一座陶楼，置于早已修好的墓穴之中。后来，因为他拥兵反叛，遭人征伐，自焚于那座楼阁之上。占卜之人的三条预言都惊人地应验了。

汉代兴厚殓，所以他死后还是享有了非凡的排场。骨殖已烧得不完全，尽孝道的后人便补进一块羊骨。那座陶楼也完整地保存下来了。毕竟是做过刺史的人，陪葬物中，除了金、银、铜、玉等珍宝外，还有99件精致的铜车马武士仪仗俑。率队驰骋的，就是举世闻名的铜奔马。

这故事几乎天衣无缝。在凄冷的古墓中听这残酷而又带有宿命色彩的解释，难免生出人生无常的悲凉。

还是来看美丽的铜奔马吧！它昂首嘶鸣，风驰电掣。要在绘画中表现马的神速并不难，只需添些翻卷的云霓就行了。比如飞天脚下的飘带，曲曲折折，便显出无限的高度与速度。然而在铜坯上制造这种扶摇临风的英姿，十分困难。那位敢于犯上作乱的刺史手下的能工巧匠，把支撑马体全身重量的右后足放到了一只鸟上，既表示其奔腾的速度超过飞鸟，又巧妙地利用飞鸟的躯体，扩大了着地面积，保持了奔马的稳定。

将近两千年后，这位智慧工匠的子孙们，开始复制这一杰出的工艺品（它可以换回高额外汇）。但仿制的铜马无法站立，在柔软的红丝绒上，它们毫无例外地栽向一侧。技术人员做了许多实验，进行了繁杂的计算,终于使现代的铜奔马同老祖宗的铜奔马一样,也能取凌空之势了,因此还得了科技成果奖。我想,这个奖应颁给两千年前那位无名的工匠。

铜奔马率领的仪仗队披一身凛冽的清光,肃穆地布列于墓室之中,仿佛有车辚马萧之声传来。

"这是按照我们的方案布列的。""主人"说。

"难道还有什么另外的方案吗?"由不得人不追问。

"有啊!日本人的布阵法、美国人的、欧洲人的,各有各的高招儿。"

这 99 件铜兵马俑,仿佛一把凌乱的军棋子。除了铜奔马率先没有疑义外,其余的棋子被随心所欲地组合。

"那么,最初发现时是怎样布阵的呢?"

"没有人记得了。当时正在战备,挖到这个墓坑,大伙儿找来一个大筐,七手八脚地往筐里捡文物,像地里收山药蛋似的。旁边蹲着一个会计,拿个小本记着:铜人一个、铜马一匹……"

又是一个千古之谜!铜兵马们原来是井然有序的,它们携带着两千年前的一种思维、一种文化、一种风格,是有机的整体。现在牌被打乱了,黄、白皮肤的学者都在洗这把被打乱了的牌,彼此争论不休。

丹麦的赛马协会主席曾写信说,他们专门买了铜奔马的复制品,以奖给每年获胜的欧洲冠军。他还说,这匹马的姿势,不是"奔马",而是"跃行马",走对侧步,速度更快。

两千年前那位篡权的凉州刺史,大概绝没有想到他的死、他的砖、他的铜马构成了这许多难以破译的密码。

鸠杖·独角兽·千金不传方

何谓鸠杖？从字面上难以想象，其实就是一端刻着斑鸠的木杖。

那斑鸠像一只鸽子大小，利用木质的自然纹理，勾勒出羽毛一样的细密层次，显得肥硕。口微微张着，博物馆的讲解员说，当初那里是含着一粒玉雕的谷米，因为年代久远，已经遗失。

鸠杖是汉时宫廷颁发给老人的拐杖。

《后汉书·礼仪志》里记载，每年8月，朝廷按户查选，凡年满70岁者，授予鸠杖。年满80、90岁者，还发给一尺长的玉制鸠杖。汉宣帝还规定：授杖的老人，可以随便出入官府；可以在供皇帝专行的道路上行走；在市场上做买卖可以不收税；触犯刑律，如果不是首要分子，可以免诉。

真不知道，历史上还有这样一个尊老的朝代。

只是，为什么要在杖上雕一只斑鸠呢？

史书上也有记载："鸠者，不噎之鸟也。欲老人不噎。"

真是我们这个"民以食为天"国度的思维逻辑。只要能吃，就象征长寿。我不知鸠的食道是否特殊，可以永远通畅，但欲要高寿，第一条强调的是"不噎"。我想，汉代一定是"噎食病"——也就是我们今日所说的食道癌——高发的时期。或皇帝的亲人中有死于此疾者，故刻骨铭心地希望天下老人不噎。不管怎么说，斑鸠是用心良苦的吉祥物。

受鸠杖的人还有相当于六百石的俸米，类似今日离休的县团级了。在一处小型土洞葬里出土了一根鸠杖，死者是一位老翁，单棺薄葬，只有几件陶木器。可以想象，他生前是一个孤寡的平民，因年高受赐鸠杖，才有了唯一的生活来源。死后，他把它当作勋章带入墓穴。

西北多旱，千百年前的木头挖出来，不朽不糟，像新劈出的柴火，木纹明晰。

木雕独角兽，颇有非洲土著的韵味。一是简洁到近乎模糊，只有一个大概的轮廓，仿佛一团未经细镂的泥巴，却饱含灵动的立体感和勃勃生气。二是独角兽很像犀牛。它全身努劲儿，腰部弓弹，尾直立似虎，头低拱如豹，大步流星，仿佛正待迎接一场决斗，充满锐不可当的英勇。它既不像牛也不像熊，是一匹人造的怪兽。但又不像同是人造动物的麒麟和凤凰，富贵而吉祥，它是狞厉而迅猛的。据说，这就是我们传说中的"年"，所谓"过年"，就是为了要躲避它的伤害。

但讲解员另有一番解释：独角兽是公正之神。若有了断不清的案子，就把独角兽请出来，它的独角兽抵向谁，谁就是罪人。像西方的天平，独角兽是古代司法公正的象征。

看着像拓荒牛一样奋蹄掘进的独角兽，觉得它任重而道远。这世上有多少扑朔迷离的案件，有多少道貌岸然的罪人，人们自己断不清，便用木头锯出这样一种实际并不存在的兽类，在寄托一种美好愿望的同时，也表达着思索的困惑和意志的迷失。

又疑到"过年"原来是恶人们的发明。躲过了独角兽，便可以依旧故我，所以过年时便喜气洋洋。

"年"原来是恶人们的节日。

在纸还没有问世之前，人们记事，把文字写在大约一寸宽、一尺来长的薄木片或薄竹片上，用绳子按顺序串联起来，称为木简或竹简。

在祁连山下出土了一批汉代"医药简"。曾经做过医生的我对此自然极感兴趣，瞻仰时的心情仿佛见到一位活了两千岁的医生。

药简是松木剖制，毛笔字墨迹灿然，仿佛主人刚刚搁笔入寰。一简大约有几十个字，抄录得很工整。于是心中愈生崇敬，好像两千年前的药方也有使人活两千年的效力似的。

仔细端详后，深切地失望了。简上不过是些普通的病名、病状、制药方法，还有几十个方剂，平平淡淡，绝无长生不老的秘诀，不禁暗笑自己的天真迂腐。待看到最后，对这位两千年前的古人竟强烈地不满起来。在那些不过是甘草、绿豆配起的药方之后，写着"诸种药物煎汤，每早空腹服"，再之后，写着"此乃千金不传之方"。

每一方剂之后均是"千金不传"。

医药原是救人的，生命是世界上最宝贵的，千金难买。所以，有胆识、有气派的唐代医学家孙思邈，才将他的医著命名为《千金要方》《千金翼方》，共收进方剂7000余个。

孙思邈是汪洋浩渺的大海，而这祁连山下的古人不过是一汪浅水。他守着千金不传方，还是倒毙在苍莽黄沙之中，孙思邈则成为千古医圣。

博物馆服务部里，有仿制的医药简出售，惟妙惟肖，足可乱真。几位衣冠楚楚的日本人在挑选。假如是我的国人，真想对他们说：不要买。无论是从医学还是从社会学的角度看，这药简都不足取，只单单剩下一个古老。因是仿制品，便连古老也不存在了，一无是处。想到这普通的松木可以赚外汇，终于什么也没有说。

沙漠公园

"明天，我们到武威沙漠公园去。小徐，你不是一直嚷嚷要游泳吗？带上你的游泳衣。"向导说。

小徐从北京出发，果真带了游泳衣。往西走，一片瀚海，游泳衣成了我们取笑她的口实。没想到在腾格里沙漠、巴丹吉林沙漠环绕的武威，竟然可以——游泳！

乘车沿武威城东南走40里，一片绿色漫浸而来。这绿不是江南那种晶莹软滑的糯绿，而是艰涩粗糙苍老的劲绿，仿佛在绿色之上镀了一层金属的粉末。

沙漠公园最瑰丽的景色是树。杨树、柳树、榆树、桃树、椿树等共有100多万棵，还有梭梭、红柳、花棒等沙生植物500多万株。

单是有树，只能叫林带。虽然这些树在荒凉的大漠背景下，却显示出生命的悲壮与倔强。

于是，人们便在粗粝中糅进了人造的玲珑。有了桃花亭、鸳鸯亭等模仿江南秀色的楼台，有了跑马、滑沙、赛驼的游戏。

在游览过苏杭美丽清新的园林之后，突然在原始洪荒的沙丘背后，看到一个红男绿女般鲜艳的小亭子，觉得不协调，有股东施效颦的味道。

我悄悄把这想法对一位来自水乡的同伴讲了,并不是想讨好他的故乡。我以为大漠之上应有铁马金戈、碧血黄沙,这才是借造化之功,浑然天成。不想他却说:"这些亭台若在江南,自然是算不得什么。但这里是大漠,有了这些景致,便使那些永远去不了苏杭的人也领略一回不同的风光,用心也很良苦。"

我无语。有时要求正宗,有时也须仿制,世上有许多规则,都有各自的道理。

游泳池其实是一个小型人工湖,水泥砌成曲曲折折的湖岸,还有几簇柳枝。在干燥得冒火的沙原上,突然看到一池真正的碧水,真是惊喜交加。大家齐声问:"这水是从哪儿来的?"

"抽的地下水。再往远里讲,是祁连山的雪水渗过来的。"公园的管理人员笑眯眯地告诉我们。由于蒸发量极大,需要不停地注水。

"但渗漏怎么办呢?"记得小时见过干涸的游泳池底,布满甲骨文一样的裂隙,每年都要修补。这沙漠中的池塘,漏起来像个筛子,有多少水也供不上的。

"我们先挖了这个人坑。底下都是沙,糊上水泥也禁不住漏的。用车从远处拉来胶泥,胶泥你们都知道吧?"主人问。

"知道的。"小时候我用胶泥捏个小碗,啪地摔在地上,胶泥的密闭性极好,空气逸不出去,小碗就像玉米开花似的炸裂了。

"把胶泥卸在池底铺开,再吆喝来一群牛马骆驼,让它们在泥巴上踩。踩实了,再铺上水泥,这池子就不怕漏了。"

原来是这样!这骆驼蹄子上的游泳池,这大漠上来之不易的清波!

看到一个游人笨拙地在水中嬉闹，撩起一簇簇水花，这是一位牧民。我感觉到了江南同伴的宽容和智慧。他设身处地地珍惜这粗糙的楼台和简陋的水池。并非每一个居民都有机会浏览江南，永远停留在大漠的人，也渴望那清凉涓透的世界。而我太狭隘了。

小徐终于没有游泳。她俯下身去，将两根手指探进水里，说"太凉"。

毕竟是祁连山积雪融化的水啊！

高台兄弟冢

高台是河西走廊中部的一个小县。匆匆经过高台，唯一的安排是瞻仰高台烈士陵园。

烈士陵园也许是最统一规范的建筑，都有队列一样整齐的墓地和巍峨高耸的纪念碑。走进这座烈士陵园，却只见森森的林木。

墓，墓在哪里？我们环视。

一座巨大的水泥构件突兀地显现出来，仿佛紫金山天文台半圆形的屋顶，凝望着中国西部9月湛蓝如洗的天穹。

全园仅此一处坟茔，像一座孤零零的水泥城堡。1937年1月12日到1937年1月20日，西路军红五军3800名将士，血战高台，全军覆没，遗骨尽收于此。

我从未见过比这更大的坟墓，像一座土黄色寸草不生的山丘。但对于3800名不死的英魂来说，它太拥挤了。手抚着被太阳晒得温热的水泥壁，觉得它充满即将爆炸的张力。烈士们人不分老幼、地无论南北,在这水泥穹顶下肌肤相亲、相濡以沫,这是一座名副其实的兄弟冢啊!

这坟墓使整个烈士陵园风格简练而主题突出,使人深思3800人命运的琴弦为何同时喑哑。

烈士纪念堂内垂满挽联、挽幛,觉得自己也变成一朵素白的纸花。墙上挂着红五军军长董振堂毕业于保定军官学校时的相片,英俊潇洒。眼光从年轻的面庞下移,突然像冰柱似的凝冻。

又是一张董振堂的相片,额头、眉棱、嘴角,都与年轻时的影像轮廓相符。对于一个成熟男子来说,时光只是使他神气更坚毅而果敢。一切都像是同一张底板又加洗了一张,唯一的不同是:1925年的董振堂严谨地扣着军装风纪扣的地方——1937年的董振堂脖颈以下,是一片迷茫的苍白。仿佛有一场漫天而降的风雪,掩去了董振堂的身躯。在这一片迷茫的苍白之下,我看到一圈浅浅的阴影——那是一个碟子。董振堂年轻而高傲的头颅,就坐落在碟子之上——这就是敌人残害他之后所摄的相片!

1937年,西路军孤军深入,兵败祁连。匪徒们得以从从容容地宣扬他们的战绩。纪念堂里展示着大量敌人当年所摄的相片,惨烈的血雨腥风,扫过半个多世纪的时间隧道,鞭笞着我们的心。

一组连续的相片。第一幅是一群被俘的西路军战士,衣衫破碎,弹伤累累。第二幅是一棵枝叶繁茂的大树。从叶子的轮廓和枝杈过早分披的树形看,仿佛是棵古槐。在槐树惯有的树洞里,像蜘蛛一样钉着一个赤裸的人体,瘦骨嶙峋,仿佛是用灰白色的铁丝编织而成。我看到了干瘪如两片枯叶的乳——那是一个年轻的女人。图片下的说明中写着她是西路军的一位护士长。第三幅是匪徒们将她的尸体丢弃在地，一群群豺狼狂笑的合影，一幅又一幅……

脉搏在手腕处像出膛的子弹一样跳动，我感觉到了那个不知名姓的女人在死亡以前所承受的全部屈辱与痛苦……

9月的中国西北部将近正午的骄阳，把到处都烘烤得像麦秸垛一样松软喷香。我们站在明媚如金的烈日下，脸色铁青。

往日，我们每经过一处，都要喧嚣地议论抒情。今天，无话。所有的人都缄默在这肃穆的园林里。

我们到街上买来九米白布。中国人尊崇"九"，这是一个表示最高敬意的数字。同行的老书法家大笔泼墨：历史和人民永远不会忘记你们！

后来，我对朋友说："假如有一天我去打仗，我一定英勇地战死。死后请你们把我的尸体扔进火焰，烧焦。"

地下600米处的餐厅

没到金川之前，不知镍为何物。到了这号称"镍都"的地方，才知道每个普通人都拥有这种美丽的银白色金属。不信，伸手摸摸你的裤兜，掏出几枚钢镚儿——这就是镍币。

镍号称"工业维生素"，著名的不锈钢就是因为含有镍。在国际上，一个国家拥有镍的数量，成为科技发达的标志。中国原来是个贫镍的国度。在没有发现金川这个世界第二大镍矿之前，镍完全依赖进口，据说那时动用一公斤镍，要经过国务院副总理的批准。1958年在大炼钢铁全民找矿的口号下，一个放羊的孩子把在龙首山上捡到的一块矿石交到了地质学家手里。从此,一座巨大的矿山从这块孔雀绿的矿石里萌生。

我们参观了壮观的露天矿坑,它像一个锲向地心的巨大圆锥,又如火山喷发的遗址。蜿蜒的汽车道像炮膛里的来复线,镌刻在开掘而形成的人工峭壁上。看坑底的汽车甲虫似的蠕动,有一股魔幻般的感觉。

这是老矿坑,经过几十年的开采,已经基本停用了。但那锥子似的刺入山体的气势,仍叫人生出稍含恐惧的敬意。

"我们开始进行矿山的改造工程,挖掘了亚洲最长的主斜坡道,可以深入到地下600米。待全部完工后,镍的产量将大幅度地提高。"总工程师介绍说。

"能到矿井下面去看看吗?"我提议。太想钻到地底下去看看,如今有了飞机,上天并不难,有幸进地球皮肤下面去试试温度的人却不多。

这是一个计划外的安排。由于我们的不安分和主人的热情,终于成行,成为此次西游中辉煌的一章。

先运来一批下井的服装——长衣、长裤、长筒胶靴,还有天蓝色的安全帽。我穿戴齐全,却发现致命的一击:因为来时穿着裙子,没有皮带系裤子。搜索四周,捡了一根尼龙包装绳,还是粉红色的,兴高采烈扎在腰间。胶靴也太大,像副舢板,每走一步,脚趾前都有一块方形鞋底不肯随之起落,仿佛在给大地盖印章。靴筒很高,直箍到膝盖以上,行进时像木偶一样机械。不知这副行头别人观感如何,自己觉得很威风凛凛。在主斜坡道口留影,刚摆好一个英勇的姿势,同伴提醒我最好解掉腰间扎的粉红尼龙绳。于是跑到一位男同胞面前,说:"把你的裤腰带借我使使。"他便很大度地用双手扶起自己的腰,让我雄赳赳气昂昂地留下了这难忘的一瞬。

坐一辆面包车,开进主斜坡道,缓缓地向地心滑去。主斜坡道其实就是一条长长的隧道,中途有分支通往开采矿石的工作面,它仿佛是叶片的主脉,又是地下交通干线。因尚未完全竣工,没有照明,汽车好像往深海下潜,只有车灯像黄熟的竹竿,在前方扫出比车身还细的通道。拐弯时,灯柱便猛地打在嶙峋的山石上,倏忽又转移到更幽暗的远方。

总工程师示意停车,他要检查掌子面的进度情况。我们下了车,才知道山的表面干燥严峻,内里却像草莓浆汁般丰富。滴滴答答的泉水敲在安全帽上,仿佛头上岩缝中匍匐着一位少年鼓手。脚下一片泥泞,黄浆互相攀缘着爬上胶靴高处,一股瘆人的寒气穿透脚心的涌泉穴⋯⋯

走着走着,开始气喘,好像这里是高原。其实这里已是地下400米,主要是通风不良。想到我们偶尔一次还觉辛苦,那些最初的开拓者,曾经历过怎样的艰难!

运送矿石的车从我们身边隆隆驶过,随手抓到一块镍矿石。漆黑的断面上,密布着星辰一样闪烁的银斑,这就是神秘而宝贵的镍了。山川之精英,每泄为至宝;乾坤之瑞气,恒结为奇珍。后来在太阳下,总工程师掂着这块沉甸甸的矿石说,含镍量当在3%以上。按照标准,含镍量为1%就算富矿,这块石头,要算特富矿了。

在岩石阴冷森严的气息中,突然闻到肉炒柿子椒的香气。这毫无疑问是错觉。人在这亘古沉寂的地心潜藏着无以排遣的恐惧,冥冥中总觉得山会毫无征兆地塌下来,自己会变成亿万年后的琥珀或是煤。潜意识会使感官混乱。但是我看到别人的鼻翼也在抽动,难道幻觉也会传染吗?

"现在,咱们去看看地下餐厅。"总工程师轻松地说。

明亮的、灿烂的、暖洋洋的、像玫瑰一样鲜艳的火,三个丰腴而洁白的女人,像黝黑底色上的油画,出现在我们面前。

金属矿是不禁烟火的,于是在地下600米深处,有这样一个整洁的餐厅。它位于主斜道一侧,像一个平静的港湾。一排原木钉成的餐桌,简陋,但干净,看得清涡轮状的木纹。厨房里,巨大的发面团把一个沉重的锅盖顶得颤颤巍巍晃动。一个女人在择豆角,嫩绿的汁液像露水似的从断端沁出,一缕柔曼的绿须像少女的发缕卷成"8"字……

我们怔住了。多么安宁、平和!一份不属于地下、不属于黑色、不属于镍、不属于男人的温柔,像薄暮时的雾霭扑面而来——我们在这一瞬间都想起了家!

同女人们聊天,问她们自己的家在哪儿。女人们那沾着面粉的手指笔直地竖起。她们头上是龇牙咧嘴的岩石,再往上,是山峦厚重的肌肤,共达600米。

"这里苦吗?"我悄声问。

"苦。"她们垂下眼帘,好像不好意思承认,"不过,也有比地面上好的地方。

"哪里好呢?"

"在这儿做饭没有苍蝇!"她们一起回答。

我们坐罐笼回升地面。那是一间极窄小的铁皮房子,四处漏风。还从不知什么地方爬进凉毛毛虫似的冷水。耳边鸣笛似的飞过风的尖啸,四周是墨鱼汁似的黑暗。只有铁器运行时吱吱嘎嘎的摩擦声,才提示你身边的这一处黑暗已不是那一处黑暗。终于,有奶一样的天光自头顶笼罩下来,那光像浪花湍急地明亮着,直到迸溅出灼目的光芒。周围的人像浸泡在显影液中,迅速显示出从轮廓到细微的差别。啊!到地面了。

这才知道阳光、干燥、流动的风……都是无比宝贵的东西。

黑牛引路的民族

凡是人数极少的民族,我都以为他们生存在西南的十万大山里。不少人以为只有偏远闭塞,才能保持住他们特有的习俗和文化,若在通衢大道旁,便很容易不再保留古风。听说整个民族尚不到一万人的裕固族,邀请我们到他们的民族饭店做客,我在深刻检讨自己孤陋寡闻的同时,由衷地高兴。

裕固族现有9145人,绝大多数居住于甘肃张掖地区肃南裕固族自治县,以畜牧业为主,有自己的语言,没有文字。

裕固族的宴席很丰盛,烧羊羔肉脍炙人口。据说当地流传着"宁吃一顿羊羔肉,不坐三请六聘九家席"之说。我因不吃羊肉,失去一顿好口福。其他的菜就没有什么特色了。席间有两位裕固族女郎,身着鲜艳的民族服装,为大家敬酒。

她们一边用裕固族语言唱着悠扬的祝酒歌,一边用手指将酒虔诚地弹向高空,洒下大地,这大概是一种古老的习俗,然后双手将酒捧给客人。在这种不加解说的热情面前，由不得你不喝。不一会儿，席间的气氛就像火焰似的沸腾起来。

两位姑娘是表姐妹，一个叫银杏，一个叫月亮，都是极美好的名字，人也长得像名字一样美丽。我与同行的一位女友争执到底谁更漂亮。我喜欢姐姐银杏灼目的冷艳之美，女友喜欢妹妹月亮清澈的纯真之美。总之，裕固族姑娘有一种东西交融的迷人风采。

在我们的要求下，她们演唱了裕固族古老史诗的片断。歌声古朴苍凉，仿佛一只鹰在草原上空盘旋。大意是：

> 我们是来自遥远西方的旅人，
> 祖先告诉我们：故乡在西直哈赤。
> 黑色的神牛引路在前，
> 来到八字墩下。
> 站在八字墩上瞭望，
> 沙漠中有一丛玫瑰色的红柳花，
> 这里是一个吉祥的地方。
> 从此我们留在了这里，
> 成为今天的裕固人。

"那么，西直哈赤又在哪里呢？"席后，我问两姐妹。对于这样一个曾经漂泊过的民族，你会激起强烈的寻根愿望。

"西直哈赤大约在新疆喀什或吐鲁番一带。我们的祖先是一个强大的部落，后来战败了，开始逃亡。有一年我到新疆去，突然发现那里的一切都非常熟识，好像我在梦中曾无数次游览过这地方……"银杏说。

后来查了资料,才知道裕固族属于中国的古民族,公元6世纪时,游牧于阿尔泰山一带,曾经建立过东至辽河、西达里海、北到贝加尔湖的政权。

姑娘们的父母都是牧民,父亲是草原上著名的歌手。妈妈领着小银杏去挤牛奶,这对孩子们来说,是个枯燥的活儿,妈妈就教她唱歌。最初的歌就随着洁白的乳汁渗进她幼小的心田。后来,作为裕固族排名第一位的歌手,她到了北京,获得了少数民族节目会演优秀奖。她到处演唱裕固族的歌曲,有一天接到一个奇怪的邀请——匈牙利国家电视台邀请她去访问。

匈牙利大使馆的人听到了裕固族的民歌,觉得同匈牙利的民歌有那么多的相似之处。他们把银杏邀请到电视台,与一位匈牙利歌唱家对唱。你唱一首,我唱一首,一共录了一百首。

"真的很像吗?"我问,这太不可思议了。

"真的很像。"银杏肯定地答复我。

"那这是怎么回事呢?"我陷入迷惘之中,肃南和匈牙利,这中间的距离太遥远了!

"我也这样问过匈牙利人,他们说,他们就是以前的匈奴。"

据说,匈牙利的语言学家考察过裕固语,也发现了两者之间惊人的相通之处。

面对这两个漂亮的裕固族姑娘,你突然发现仿佛面对历史与地理的迷宫。

465窟

陇西行的终点是敦煌。一路上看了那么多景观，我们都以为自己的兴趣像无以补给的内陆海水，水位越来越低。不想，当敦煌从远处地平线像飞鸟一样扑来时，内心仍然激起喜悦的狂潮。

敦煌、莫高窟这些名称，都带有字面上难以理解的含义，让人联想到异域的古奥。我爱刨根问底，便搜集来许多种说法。我也不是史学家、文物学家，便依了自己的好恶，只取最喜欢的一种解释。

敦煌：汉代曾有人解释为盛大辉煌之意。原来这还是一个形容词。

莫高窟：因为千佛洞石窟修造在沙漠中鸣沙山崖壁之上，别处的沙漠地形都低，唯这一处沙漠高兀、故称漠高窟。因沙漠的"漠"与莫名其妙的"莫"古时通用，所以传为莫高窟。

莫高窟还有一个解释，说是乐僔和尚首先开凿洞窟，因道行"莫有高过此僧"的，故云"莫高窟"。我愿把这说法隐匿起来，向大家推荐"沙漠高处的石窟"之解，它在雄伟峭拔的自然力之上，又镀有人工雕琢的精巧之感。

如今的敦煌似乎当不起盛大辉煌这个词，是座县级小城。全城都在买卖旅游商品，像一条文物街。

到了敦煌，仿佛进了另一国度，流行一套陌生的术语。弄不清它们的确切含义，就无从了解敦煌。

比如"窟"，就是山洞的意思。莫高窟坐落于敦煌城东南25公里处鸣沙山东麓，共有492个洞窟，4.5万多平方米壁画，3000多身彩塑，故称千佛洞。再通俗些讲，一座窟就是一座庙，内塑神像，莫高窟就是庞大的庙群。远远望去，窟群像密集的蜂巢，排列于峭壁之上。窟都按顺序编号，不按年代，也不按大小。从左至右，像门牌号似的一字排下去，很平等公正。工作人员熟练地称呼着"xx窟"，就像我们描述家庭住址一样。窟是分等级的，我们最后参观的465窟，是特级窟中的绝密，对海内外游人都从未开放过，任何一本游览手册中都没有对它的描述。

比如"经变"，就是把佛教经典用绘画、文学的形式表现出来。画出来就叫作"变相"，用文字写出来，就叫作"变文"。敦煌壁画大多数是经变故事，看起来像一幅幅连环画。

再比如"藻井"，看画册时，我怎么也弄不明白它指的是洞窟的哪一部分。其实它就是洞顶的天花板，不过它不是平坦的，而是一直拱上去，好像一口挖向苍穹的井。

好了，我们现在已经掌握了浏览敦煌的基本术语，可以向莫高窟进发了。

正是夏末秋初大漠上的黎明，朝日蓦然跃上三危山，将其庄严神圣的金光洒向鸣沙山，遍地流光溢彩，宛若仙境，给人留下刻骨铭心的记忆。

一千六百多年前，从大漠深处走来一个和尚，身披玄色袈裟，手持齐眉禅杖。他也看到了这奇异灿烂的金光，被这奇妙宏大的景象眩惑，在断崖上凿开第一座洞窟，修造了第一尊佛像。这位和尚就是莫高窟的创始人乐僔。

因为我们一行中有德高望重的长者，管理人员为我们打开不少轻易不开放的洞窟。说是这几年才严肃起来的。当地人说，前些年，有些洞连门都没有，人们可以像山风一样自由出入。如今，特级洞窟要经敦煌研究院院长亲批，而且每窟每人次参观费用要100元以上。

也不能怪敦煌的管理者故弄玄虚。据说用进口的仪器测定，一批游人进窟后，洞内的温度、湿度、二氧化碳浓度顷刻间便上升。游人走后，所有异常指标在几天内都无法降下来。人们在满足自身求知欲、探险欲、游览欲的同时，给这古老的窟院带来了难以挽回的破坏。

太阳渐渐蒸腾出热浪，走进洞窟的第一个感觉是清凉如水。朦胧中见许多紫髯碧眼的北欧游人，赖在洞里不出来，他们更怕热。第二个是黑。所有洞窟为了避免损坏，都不装灯。于是大家摩肩接踵，围着导游的大手电筒转。

开凿洞窟的鸣沙山断崖，为赭灰色半风化的砂岩，表面像橘皮似的粗糙，仿佛用手指一抠，就能抠下岩石的颗粒。我想，这座天造地设的山是莫高窟得以伟大和久远的先天之宝。若是极坚硬的石山，开凿起来就太困难了，洞窟就一定没有这么多，木小力薄的施主也就知难而退了。若是极酥的山，开凿起来容易，塌起来也容易，就保存不到今天了。这山石只易于打洞，却凹凸不平，只好在洞壁糊上泥巴，因此诞生了莫高窟仪态万千的壁画。又因石头无法雕镂，只得以木胎绳麻泥土为塑，因此便留下千佛洞鬼斧神工的塑像。

古丝路曾经很繁华，这给莫高窟的修造提供了强大的物质基础。后来战乱频生,这一带又极荒凉,给莫高窟的保存维持了最宜环境。若一直繁华下去,善男信女们会不断粉饰洞窟,我们如今哪里还能看到魏晋盛唐时的真迹?荒凉杜绝了人为的破坏,西北干燥寒冷的气候,又似一台冰箱,奇迹般地将莫高窟掩埋在流沙之中,完整地保存了下来。

昔日的敦煌已淹没在历史的长河之中,屡屡袭来的边塞烽火,使长城坍塌、阳关毁弃。历史祸福相依,莫高窟像台风眼中的一叶扁舟,载着千余年前的辉煌,成为中国的骄傲。

我们一个一个洞窟参观,沿栈道攀缘不止。关于敦煌,已经有了那么多专著,我不再重复他们的话,只写属于我自己的那一份感受。

所有的人都说壁画精美绝伦,但十个指头还分长短哩!那时的工匠有技术精绝的高手,也有技艺平平的一般工程人员。看到一幅经变图,开头画得很宽松,想象得出画工从容不迫优哉游哉的样子。但显然计划不周,故事没完,后面的地方不够了。他匆忙起来,人也小了,画面也挤了,总算把结尾安排进去。这肯定是个边设计边施工的新手,没个统筹安排。他的粗疏连同他的业绩一起流传下来。

佛教的经变故事看得人荡气回肠,但看得多了,便发现人物性格十分单一,实属艺术世界的扁平人物。

比如296窟,建造于北周。此窟顶为覆斗形,四周藻井为华盖式,井心为水池莲花,四角画飞天,藻井外围由忍冬、莲花、禽鸟、宝珠、宝瓶等组成图案,窟顶四周是此窟的主题画,其中之一为《微妙比丘尼缘品》。

微妙是一个女子的名字（多有特色的名字），她婚后回娘家生孩子，没想到半路上就临产了。血腥味招来了毒蛇，咬死了她丈夫。过河时，她怀抱婴儿，没想到儿子又被狼吃掉了，自己被水冲走。好不容易苏醒过来，碰到娘家报信的人，说她娘家失了火，父母全被烧死，微妙已无家可归。没办法，她改嫁第二个丈夫。再次生子之时，丈夫喝醉了回到家，把刚出生的婴儿煮熟了下酒，还逼她一起吃。微妙只好逃出家门。在路上碰到一个丧妻的男子，微妙又嫁给了他。婚后才七天，第三个丈夫又暴病而死，按照风俗，微妙被殉葬。半夜里盗墓贼扒墓，微妙获救后，被强迫与贼首结婚。婚后，第四个丈夫被抓住，判罪处死，微妙再次殉葬。这一次是狼扒坟救了微妙，后来微妙见了佛，佛把她度为比丘尼……

多么悲惨的命运，中国的祥林嫂见了微妙，也要自叹弗如。但微妙完全是听凭命运摆布的人物，看不到她的性格与色彩，更谈不到发展。这样的故事看得多了，便觉单调。

我特别留意 16、17 号窟，因为这就是著名的藏经洞所在。这是一座晚唐时的新型大窟，高大宽敞，像个小礼堂。在洞窟主室中心，设有马蹄形佛坛。四周饰有团凤壁画，是宋代绘制的。19 世纪末，一个名叫王圆箓的道士雇人维修千佛洞。当他清理到这个洞窟时，扒开流沙，突然听到轰鸣之声，并且发现窟甬道北壁墙面出现裂缝。王道士将耳朵贴近裂缝并用手敲了几下，发现是空的。他试着打掉壁画，看见里面出现一扇小门，打开小门后发现一间密室，其中堆满数不清的经卷、文书、绘画等，共计五万余件，这就是后人所称的藏经洞。

藏经洞现在称为 17 号窟，面积约十平方米，相当于城市中两居室单元中的那一小间，供有河西晚唐时僧统洪辩的塑像。这座小窟原是洪辩的影窟（纪念窟），公元11世纪时，由于河西地区动荡不安，寺院的僧侣们为使经书免遭战火，就把各种佛典和其他文书藏在这座小窟中，封闭了窟门，又在外面糊上泥巴，画上壁画。当年藏宝的人不知为什么再未打开这个窟，秘密便保存了九百多年。藏经洞被发现后，遭到了帝国主义分子肆无忌惮的掠夺和盗窃。沙俄、英国、法国、日本等国的探险家共攫走四万余件敦煌文书，我国仅存一万余件，而且绝大多数为外国人挑剩下的佛经。

一座普通的坟墓从车窗外一闪而过。"那就是王道士的墓。"导游说。我急忙回头，已看不仔细，它已湮没在一片黄尘之中。

该如何评价这个人？很奇怪，怎么当年让一个道士管理佛家寺院？他曾以极低廉的价格将敦煌文书卖给外国人，该是中华民族千古不赦的恶人，但据说他为人十分清廉，所得款项均用来维修濒临倒塌的千佛洞。

据盗买文物的俄国人奥布鲁切夫在《中亚僻地》里回忆：王道士保存古写本的地点是洞窟中的一个陈列室，依次通过三个房间，才能到达洞窟的最深处，那里几百年未换气通风，而且绝不见阳光。王道士说自己平时极少进去，纵使进入也只限于寂静的清晨之时。首先在第一窟室祷告数分钟，继而在第二窟室也依法从事。进入最后一窟室也要先等待数分钟而不能马上接触经书，为的是去掉入密室前，人身上所带的热气、潮气及邪念……

王道士在保存敦煌文书方面是虔诚甚至是科学的。他出卖文物，更多的是出于无知。

探险家们如取自家之物，将中华民族的瑰宝——敦煌文书，运回了各国的博物馆。后来,英国和法国率先公开了所有的古文书,这不仅对中亚历史,而且给整个东方学研究领域都带来了莫大的冲击。今天,世界范围的敦煌热、丝绸之路热,也许同敦煌文书的广泛流布有着不可分割的关系吧。

傍晚时分,我们参观此次敦煌之行的最后一座洞窟——465窟。

它位于石窟群最北的山崖上,用一把专用的钥匙开门。这把钥匙掌握在敦煌研究院相关领导手里。

窟前有专人警卫,饲养着两只纯种狼犬,虎视眈眈。因为465窟曾经失窃,故格外严加防范。

465窟供奉的是藏传佛教秘宗本尊神——欢喜佛,即佛教中的"欲天""爱神",做男女二人裸身相抱之状。

攀上扶梯,打开铁锁紧闭的重门,神秘莫测的气息扑面而来。随着导游昏黄的手电灯柱,我们看清这是一座中等大小的洞窟,四周斑驳古旧,显得很荒凉。当中原本塑有一尊欢喜佛雕像,20世纪50年代初期就被捣毁了,现只遗有一个空台座。四壁画幅全为男女相拥图形,由于年代久远,色彩剥脱,轮廓已湮没不清。只见交叉的人体中伸出许多手脚,好像某种奇怪的生物。有一壁顶天立地画着很多这种形态的人体,仿佛一套广播体操的图谱,却看不出具体所指。据说曾请来秘宗的许多高僧,希望他们能做出一番科学而合理的解释,但高僧们研究许久,也终于没说出个所以然。我细细观察一番,觉得那似乎是某种功法或是修炼的图解。同别人讲这看法,人家说你可能是武侠小说看多了,以为这是秘诀呢,也许只是当年的匠人随笔勾勒出的,倒成了千古之谜。

墙上的壁画有被刮去又复原的痕迹。465窟的失窃曾使国内外舆论大哗。窃贼是从周围山崖上打了洞潜进的,用心可谓深也。不过很快就破了案,壁画重新完整无缺。

走出465窟,正是当年乐僔和尚看到三危山放射灿烂金光的时刻。三危山"三峰耸峙,如危欲堕,故云三危"。它横亘于广袤无垠的瀚海之上,恰如三根直插云天的桅杆,它给予莫高窟的创建者以最初的灵感:在一片金碧辉煌之中,三峰奇迹般地化为庄严肃穆的三世佛,重重拥卫的小峰,顷刻间化为弟子、菩萨以及天龙八部。湛蓝的天穹中,飞舞着彩云、宝带,还有那美妙的箜篌、琵琶、羌笛……飞天漫舞,千佛拂空,一个富丽堂皇的仙境展现在面前……

敦煌莫高窟是人类想象与智慧的结晶。在这大自然的胜景与人工艰苦卓绝的创造之间,我们被深深地震撼了。

前面就是阳关

关于鸣沙山,关于月牙泉,关于白佛黑佛,关于卧佛立佛,我都不准备再写什么了,虽然它们都是敦煌的骄傲,我只想再写一写阳关。

"西出阳关无故人"——一句古诗,让一座城池在记忆中永存。

一个绝早的清晨,出发游览阳关。它位于敦煌西南约80公里处,乘车走了近两小时。大漠苍茫,薄雾轻风,莽莽荡荡的流沙砾石,闪烁着妃色的光芒。一座高大的烽燧,碉堡一样突兀地矗立在面前,向导说:"阳关到了!"

我们忙着在烽燧前留影,心想,烽燧如此雄伟,阳关更应气象万千,催着向导快领我们游览阳关。

向导领我们登上一处高坡,用手一指:"前面就是阳关。"

前面——浩渺的沙海，绵延无际。巨大的沙包，仿佛光滑的屋顶，参差起落。遍地金沙，像一匹波光粼粼的锦缎，抖动在蒸腾而起的蜃气之中。没有人烟，没有城池，甚至连一棵草、一片瓦都没有，只有死一般的寂静。

我们辛苦跋涉来看阳关，阳关早已不存在了。

阳关建于西汉，是汉唐时代向西域输送军队的最后大本营，故而留下许多亲朋别离的千古绝唱。唐以后，逐渐废弃。随着世代久远，流水冲击，风沙淹浸，关城破败，城垣灭迹，故历史上留下了"阳关隐去"一说。

据说从烽火台处往沙漠腹地走上几小时，可以到达一个叫作古董滩的地方。当地民谣说："进了古董滩，空手不回还。"你可以捡到铜钱、箭镞、陶片或其他文物。那里就是当年阳关的具体所在。面对浩瀚的沙漠，心中充满世事变迁的苍茫。看周围熙熙攘攘的游人，都在念叨着"西出阳关无故人"。听说这句诗在日本也很有名，许多日本人就是为了看看阳关才到敦煌来的。

阳关湮没了，但人们并不悲哀，不存在的阳关依然在人们心头耸立。因为人们是从王维的诗里认识阳关的，只要这首凄清悲凉的诗一代代流传，阳关就永远不会消失。

从阳关走出去的，是征战的将士；从阳关返回来的，是思家的游子。告别阳关，我们踏上归途。大漠戈壁，绿洲关山，边墙烽塞，古道驼铃，画工青灯，石窟佛陀，悲壮的征战，凄婉的别离，开拓的艰辛，辉煌的功业，传奇的故事，豪迈的诗篇……像鸣沙山下的五色沙，沉甸甸、滚烫烫、色彩斑斓地混淆在脑海中。

听说，千佛洞的壁画就是以五色沙为颜料画出来的。

告别啊告别

船马上就要靠岸了，人们都站在甲板上，眺望陆地。这种对于土地的期盼和向往，可能是来自人类远古以来的潜意识吧。我想到了国内汶川大地震。回国送捐款、到灾区中学讲课，我能从孩子们身上，体验到那种深层安全感的毁灭之痛。像一个正在哺乳的母亲突然抽出一把尖刀，刺向自己的婴孩，那孩子的惊恐和迷惘，必撕心裂肺。人们历来把大地比作母亲，在古老的神话中，大地是我们力量的源泉。地震的发生，彻底颠覆了这种拟人化的美好比喻。大地是没有意识的，它不是有情感地供养着人类，也不是成心要毁灭人类。对大地这种无条件的依恋，只是人类的单相思，是一种自以为是的错觉。

以上文字摘自我的航海日记。

"和平号"一路抵达 20 多个港口，相应也就有 20 多次出港入港。入港一定要和出港次数一样多喽，不然就意味着我已入虾兵蟹将之列。

出港的时候，会奏响特定的曲子，入港的时候，却是静悄悄的。

环球蓝色之旅，始于日本的横滨港。那一天，烟雨凄迷，虽说已是 5 月中旬，但一场台风让气温降到 10℃，冷雨潇潇。出港大厅黑压压一片，挤满即将出海的人和为之送行的亲朋。空气里，弥漫着跃跃欲试的冲动和依依不舍的离愁别绪。

有点陌生的感受。这年头，由于交通工具的迅捷和便利，人们越来越不拿出远门当成一回事了。

讲到远，就要说说这个词——对跖点。"跖"，是脚掌。"对跖"就是"脚掌对脚掌"。

刚刚知道地球是个圆形球体的时候，孩子们会想：如果像挖井般一直挖下去，应该可以把地球打穿，就能看到地球对面的人了。理论上似乎可行，实际操作却无法完成，因为地球内部是炙热岩浆加坚硬地核。借用这个幼稚想法，可以解释什么叫作"对跖点"：地球另一面和我们脚对脚处，是与我们相距最远的地方。

有人可能脱口而出：脚掌对脚掌，人会不会掉到地球外面？这个担心可以收起来了，地球有引力，把你我和对跖点的人，都牢牢吸附于大地，大家都平安无事脚对脚站得笔直。

北京位于北纬 40 度，东经 116 度。一般人以为美国是咱们的对跖点，因为咱这里是白天，那边是黑夜。仔细查一查，并非如此。北京的对跖点在西经 64 度，南纬 40 度。它位于南美洲东南沿海内侧，在内罗格河畔，是一望无际的潘帕斯大草原，著名的旅游胜地。你或许嫌它不简明扼要，难记。可惜没办法，北京对跖点附近没有大城市。

我们这次旅行不是到对跖点去，而是航海一周，从哪里出发，还会回到哪里去。基本上相当于两个对跖点那么远。

现代交通工具的轮胎和翅膀,还有无所不在的通信网络,加上短信和电子邮件,在文学上的最直接体现,就是化成凌厉魔爪,掐死了告别的凄美诗文。想当年,多情自古伤离别,不知今宵酒醒何处。一叶扁舟,寒蝉凄切。汪伦踏歌而来的急匆匆,阳关前觥筹交错的醉醺醺。孤帆远影碧空尽,江入大荒流……

人们如今清淡了离别,就算你在地球的对跖点,只要买张飞机票,最多几十小时之后,就解了相思之苦。

这一次的横滨离别,有了一点复古的味道。人们执手相送,海路迢迢,风雨莫测。如果不是旅途半途而废,那么再次相见就要到100多天之后。

安顿好行李,我也上了甲板。到处都是人,特别是靠近外侧扶手的地方,里三层外三层相叠。岸上也是人挤人,大家都想最后看一眼自己的亲人,还有很多人打起了横幅,写满了祝福的话语。

不过,我们却终是外人。从北京出发时,已同家人告过别,我们已经算是在路上了。面对别人的依依不舍,倒像是局外人。起码,我没有挤到前面去,觉得最好的位置,应该让给岸上有亲人的人吧。

汽笛响了,"和平号"缓缓开动。很多人哭泣,泪珠滚滚。男子可能不习惯于当着众人流泪,就半仰着脸,雨滴打在他们脸上。雨滴顺着脸颊流过,水珠变大。

一位日本男子一手拿照相机,眼睛死死瞄着镜头,另一只手握着手机,叽里呱啦说着。直到"和平号"驶出很远,岸上的人影如同米粒大小,在烟雨中迷蒙一片,他还盯着相机看。

他终于无奈地放下相机，我不由得盯着神奇的相机多看了几眼。在如此远的距离和这样差的光线之下，它仍能工作吗？

看出了我的疑惑，他说，他并没有照相。

我说，那您一直拿着相机做什么？

他说：相机配有倍数很大的镜头，可以当望远镜用。我一直在看我的女儿，她在为我送行。我看着她，用手机和她通话，就好像近在咫尺。

我朝他手指的方向望去，越下越大的雨丝织成雨帘，什么也看不到。

别离横滨港时，我有一种奇怪的感觉，好像回到了一千年前的长安。古朴、原始、忧心忡忡又壮心不已。古诗词的片段，好像活泼的小鱼儿，排名不分先后，披着锦鳞蹦出了水面。念去去、千里烟波……执手相看泪眼……万里送行舟……此去经年……骤雨初歇……兰舟催发……

李白、柳永……抱歉，请原谅我把你们的杰作都一锅烩了。实在是人在江湖，且这江湖还是外国的江湖，且称它为江湖还小了一点，应该说是公海。此情此景，念及你们。中国广人，历史悠远，曾有无数惊心动魄、肝肠寸断的离别，先贤们的名句，已将万千思绪道尽，现今我等俗人，再也想不出新奇的表述，只有拿来一用才是正途。

我自横滨出发，无人送行。我的启程源自梦想：看这颗星球的胸围有多大；去看吹拂五大洲的风是温软还是罡烈；去看深鼻凹目的古代外国人，残留下多少等待拜谒的废墟；去看从热带到寒带树的叶子确有多少变化；去看海水在国界的这一边和国界的那一边，可有色彩的不同；去看风暴的咆哮哪里最响；去看月亮的圆润在哪里最甚；看我不说话，只凭笑容，能否理解不同种族的人彼此的善意？

我从横滨出发，没有人送行。

"和平号"和越南青年组织有所联系，并对他们有经济援助。抵达越南岘港时，"和平号"受到了热烈欢迎。穿着民族服装的越南青年，在船舷下载歌载舞，还有舞狮表演，热闹非凡。"和平号"离港时，他们依依不舍，跳集体舞，不停挥舞花束。船上的人在甲板上抛甩彩带。我是第一次甩彩带，不像想得那般容易。轮船两侧挂着救生艇等突起物，要想在此等情况下把彩带甩出优雅而饱满的抛物线，准确送达地面，需要很好的角度和臂力。我臂力尚可，但角度难以满足。"和平号"上凡是容易抛甩彩带的位置，都站满了人，水泄不通。我胡乱拣了个地方，委委屈屈地侧着身，把彩带掷出去。恰巧赶上海风回旋，彩带瞬间被吹回来，裹到自己身上，好像小丑。

"和平号"终于开动，船身缓缓向前，将彩带组成的花之斗篷冲开，义无反顾地冲进太平洋的深水。被万吨巨轮扯断了的彩带，孤苦无依地飞扬着，飘荡着，在空中盘绕着，让人生出深深惆怅。

岸上的人，刚才还温情脉脉地笑着、哭泣着，我本以为他们会目送这船驶向远方，直到双方再也看不清为止。这并不需要多长时间，几分钟足矣。真实状况是，送行的人马上鸟兽状散了，没有人回头张望，也没有人再向这个方向挥动手臂，刚才依依不舍的告别，恍若幻象。

"和平号"有九层，从第九层望下去，地面上的景象尽收眼底。

我心中纳闷，何至于如此绝情呢？要知道，船上的人，都还在眼巴巴地望着陆地呢！

后来一想，却是我错了。因为从横滨出发时留在脑海中的印记太深刻，就以为所到之处人们都对这船情深意切，其实呢，不过是自作多情。越南青年与这船非亲非故，不过是任务。从早上跳到了现在，早已饥渴难耐。好不容易熬到船只开动了，自是顷刻星散。

在不是自己祖国的地方，在没有自家亲人的港口出发，心境平宁。因为平宁，才有了更多的余力来观察他人的反应，来思索海上的人们对于陆地的依恋。

人是陆地上的动物，人对于土地的那份挚情，不到海上难以深刻体验。每逢连续的航行后再看到陆地的那一刹那，简直像飞鸟般欢愉。陆地是我们赖以生存的地方，我们不是鱼。不过，经历了大地震，会对陆地的感情收敛一些。陆地是自然之物，毫无知觉。它无情无义，那无数赞美之词，不过是人类自我情感的投射。

陆地也好，大海也好，都是这世界上的景致。在人类出现之前，它们悠然存在，无知无觉地横亘在地球上。所以，当你赞美它们的时候，是源自内心的自我陶醉。

让我们倾听

我读心理学博士方向课程的时候,书写作业,其中有一篇是研究"倾听"。刚开始我想,这还不容易啊,人有两耳,只要不是先天失聪,落草就能听见动静。夜半时分,人睡着了,眼睛闭着,耳轮没有开关,一有月落乌啼,人就猛然惊醒,想不倾听都做不到。再者,我做内科医生多年,每天都要无数次地听病人倾倒满腔苦水,耳膜都起茧子了。所以,倾听对我应不是问题。

查了资料,认真思考,才知差距多多。在"倾听"这门功课上,许多人不及格。如果谈话的人没有我们的学识高,我们就会虚与委蛇地听。如果谈话的人冗长烦琐,我们就会不客气地打断叙述。如果谈话的人言不及义,我们就会明显地露出厌倦的神色。如果谈话的人缺少真知灼见,我们就会讽刺挖苦,令他难堪……凡此种种,我都无数次地表演过,至今一想起来,无地自容。

世上的人,天然就掌握了倾听艺术的人,可说凤毛麟角。

不信,咱们来做一个试验。

你找一个好朋友，对他或她说，我现在同你讲我的心里话，你却不要认真听。你可以东张西望，你可以搔首弄姿，你也可以听音乐梳头发干一切你忽然想到的小事，你也可以王顾左右而言他……总之，你什么都可以做，就是不必听我说。

当你的朋友决定配合你以后，这个游戏就可以开始了。你必须要拣一件撕肝裂胆的痛事来说，越动感情越好，切不可潦草敷衍。好了，你说吧……

我猜你说不了多长时间，最多三分钟，就会鸣金收兵。无论如何你也说不下去了。面对着一个对你的疾苦你的忧愁无动于衷的家伙，你再无兴趣敞开襟怀。不但你缄口了，而且你感到沮丧和愤怒。你觉得这个朋友愧对你的信任，太不够朋友。你决定以后和他渐疏渐远，你甚至怀疑认识这个人是不是一个错误……

你会说，不认真听别人讲话，会有这样严重的后果吗？我可以很负责地告诉你，正是如此。有很多我们丧失的机遇，有若干阴差阳错的讯息，有不少失之交臂的朋友，甚至各奔东西的恋人，那绝缘的起因，都系我们不曾学会倾听。好了，这个令人不愉快的游戏我们就做到这里。下面，我们来做一个令人愉快的活动。

还是你和你的朋友。这一次，是你的朋友向你诉说刻骨铭心的往事。请你身体前倾，请你目光和煦。你屏息关注着他的眼神，你随着他的情感冲浪而起伏。如果他高兴，你也报以会心的微笑。如果他悲哀，你便陪伴着垂下眼帘。如果他落泪了，你温柔地递上纸巾。如果他久久地沉默，你也和他缄口走过……

非常简单。当他说完了，游戏就结束了。你可以问问他，在你这样倾听他的过程中，他感到了什么？

我猜，你的朋友会告诉你，你给了他尊重，给了他关爱。给他的孤独以抚慰，给他的无望以曙光。给他的快乐加倍，给他的哀伤减半。你是他最好的朋友之一，他会记得和你一道度过的难忘时光。

这就是倾听的魔力。

倾听的"倾"字，我原以为就是表示身体向前斜着，用肢体语言表示关爱与注重。翻查字典，其实不然，或者说仅仅作这样的理解是不够全面的。倾听，就是"用尽力量去听"。这里的"倾"字，类乎倾巢出动，类乎倾箱倒箧，类乎倾国倾城，类乎倾盆大雨……总之殚精竭虑毫无保留。

可能有点夸张和矫枉过正，但倾听的重要性我以为必须提到相当的高度来认识，这是一个人心理是否健康的重要标志之一。人活在世上，说和听是两件要务。说，主要是表达自己的思想情感和意识，每一个说话的人都希望别人能够听到自己的声音。听，就是接收他人描述内心想法，以达到沟通和交流的目的。听和说像是鲲鹏的两只翅膀，必须协调展开，才能直上九万里。

现代生活飞速地发展，人的一辈子，再不是蜷缩在一个小村或小镇，而是纵横驰骋漂洋过海。所接触的人，不再是几十一百，很可能成千上万。要在相对短暂的时间内，让别人听懂了你的话，让你听懂了别人的话，并且在两颗头脑之间产生碰撞，这就变成了心灵的艺术。

现今鼓励青年励志的书很多，教你怎样展现自我优点，怎样在第一时间给人一个好印象，怎样通过匪夷所思的面试，怎样追逐一见钟情的异性……都有不少绝招。有人就觉得人际交往是一个充满了技术的领域,可以靠掌握若干独门功夫就能翻云覆雨的领域。其实,享有好的人际关系,学会交流,听比说更重要。

从人的发展顺序来看,我们是先学着听。我之所以用了"学着"这个词,是指如果没有经过系统的学习,有的人可能终其一生,都没能学会如何"听"。他可以听到雪落的声音,可他感觉不到肃穆。他可以听到儿童的笑声,可他感受不到纯真。他可以听到旁人的哭泣,却体察不到他人的悲苦。他可以听到内心的呼唤,却不知怎样关爱灵魂。

从婴儿开始,我们就无意识地在听。听亲人的呼唤,听自然界的风雨,听远方的信息,听社会的约定俗成。这是一种模糊的天赋,是可以发扬光大也可以湮灭无闻的本能。有人练出了发达的听力,有人干脆闭目塞听。有很多描绘这种状态的词语,比如"充耳不闻""置若罔闻"……对"闻"还有歧视性的偏见,比如"百闻不如一见"。

听是需要学习的。它比"说"更重要。如果我们没有听到有关的信息,我们的"说"就是无的放矢。轻率的人,容易下车伊始就哇里哇啦地说,其实沉着安静地听,是人生的大境界。

只有认真地听,你才能对周围有更确切的感知,才能对历史有更深刻的把握,才能把他人的智慧集于己身,才能拓展自己的眼界和胸怀。

读书是一种更广义的倾听。你借助文字,倾听已逝哲人的教诲。你借助翻译,得知远方异族的灵慧。

倾听使人生丰富多彩,你将不再囿于一己的狭隘贝壳,潜入浩瀚的深海。倾听使人谦虚,知道山外有山天外有天。倾听使人安宁，你知道了孤独和苦难并非只莅临你的屋檐。倾听使人警醒，你知道此时此刻有多少大脑飞速运转，有多少巧手翻飞不息。

倾听着是美丽的。你因此发现世界是如此五彩缤纷。倾听是幸福的一种表达，因为你从此不再孤单。

倾听是分层次的。某人在特定的时刻，讲了特定的话。只有当我们心静如水，才能听到他的话中之话。年轻人最易犯的毛病是——他明白所有倾听的要素，也懂得做出倾听的姿态，其实呢，他在想着自己待会儿要说的话。他关注的不是述说者，而是自己。"佯听"是很容易露馅的，只要他一开口讲话，神游天外的破绽就败露了。两个面对面述说的人，其实是最危险的敌人。一切都被心灵记录在案。

倾听是老老实实的活儿，来不得半点虚假和做作。倾听是对真诚直截了当的考验。所以，如果你不想倾听，那不是罪过。如果你伪装倾听，就不单是虚伪，而且是愚蠢了。

当我深刻地明白了倾听的本质而不是仅仅把它当成讨好的策略后，倾听就向我展示了它更加美丽的内涵，它无处不在，息息相关。如果你谦虚，以万物为师长，你会听到松涛海啸雪落冰融，你会听到蚂蚁的微笑和枫叶的叹息。如果你平等待人，你的耐心就有了坚实的基础，你可以从述说者那里获得宝贵的馈赠。这就是温暖的信任和支撑。

年轻的朋友们，让我们学会倾听吧。当你能够沉静地坐下来，目光清澄地注视着对方，抛弃自己的傲慢和虚荣，微微前倾你的身姿，那么你就能听到心与心碰撞的清脆音响，宛若风铃。

世界上最缓慢的微笑

受邀到一家医院去看望四川汶川大地震中被救出的孩子,他们都已被截肢,生理和心理上都需要援助。我说,要去看孩子们,该带些什么礼物呢?邀请方说,他们什么都不缺,快被各式各样的慰问物品埋起来了。您只要带上问候和心理帮助就成了。这后两样东西当然是要带的,可是,我还是坚持认为一定要带上礼物。马上就要过六一了,这是孩子们盼了很久的节日,我没法空着手,去见孩子们。只是,什么礼物好呢?思谋着,原本想带上鲜花。一转念,现在天这么热,鲜花是很容易枯萎的。身心受伤的孩子们,眼睁睁地看着五彩缤纷的花瓣凋零,心里不好受,也许会引起连绵的凄楚。人并不因为年幼,就不知伤感,成人们一定要小心。再说,来自山南海北纷繁盛开的花束,花粉混杂,容易引起过敏,于孩子们的康复不利。

鲜花被否。

食物和营养品呢?想起那句"物多埋人"的话,我也别叠床架屋。

先生见我发愁，出主意道，要不，你送上几本自己的书吧，签了名留给他们做纪念。

我说，有个孩子才5岁，还没上学，这不是强人所难嘛。大些的孩子虽然上中学了，可手臂被截，一时半会儿的，哪能学会用一只手翻书？仅剩的一只手上还有伤，这不是引人劳累吗？！毁眼睛。馊主意。

先生说，这也送不得，那也送不得，到底怎么办？

我说，若是咱们现在变小，不断小下去，直到缩成一个小小孩童，你最希望干什么？

先生说，当然是可着劲儿玩了。只可惜，他们没法玩了。

我反驳，谁说躺在床上就不能玩？现在，我有主意了——买玩具。

我和先生跑遍北京商场。芦森已长大成人，这些年来，我们再没有瞄过一眼玩具市场。如今像两个老顽童，在玩具柜台拥来挤去，指手画脚地让人家拿了这个拿那个，挑拣不停。

太大的玩具，病房里耍起来，医生会埋怨；太复杂的玩具，失却了手脚的孩子恐怕摆弄不了，会心生沮丧；太需用力的玩具，他们羸弱的身体难以承受；太没个性的玩具，又怕孩子们了无兴趣……唉，难啊。

东问问西打听，我们把自己修炼成了玩具专家。功夫不负苦心人啊，沙里淘金，终于找到了一款又安全，又有趣，又个性化，又有丰富变化的玩具。

它们是绒布做成的小动物，摸上去，绵软温暖，亲切安稳。想这些孩子，曾在如山的砖瓦水泥砸压下苦等救援，一定怕极了冰冷坚硬。这种反其道而行之的茸茸质感，该是他们喜欢的。记得我以前看过一则报道，说是人们给失去母亲的小猴子两个代用妈妈，一个是塑料做的，一个是棉花做的。其余的部分都一样，都有奶瓶可以喂养幼崽。结果小猴子们天天围在棉花妈妈周围，不理睬硬邦邦的塑料养母。

玩偶后背有一拉锁，内藏电池。好在此机关通常看不到，它让玩具有了会说话的本领。

只要轻按一下玩偶的左手，就可以开始录音，时间约1分钟。若你说得快，可录下三四句话。录好音后，捏捏玩偶的右手，机关触发，玩偶就会把刚才录下的声音复播出来，好像忠实的鹦鹉。

简言之，这是个微型录音装置，录下短暂留言后，能重复播放出来。

这玩具让我们如获至宝。我说，要这个，再要那个，对了，还要远处的……

售货员是个爱说话的姑娘，问，您这是给孙子买啊？

我和先生相视一笑，说，是啊，快过"六一"了。

售货员说，你们好福气啊，孙子多啊。

我说，是啊是啊。买少了，分不过来，会打架喽。

回到家来，我对先生说，一会儿我在房间里自说自话，你不要大惊小怪。

我关上房门，对着一个个玩偶，配置录音。直到这时，我才发现有个大疏忽——我不知这几位地震截肢孩童的名字。想打电话去问，一看表，时间已夜半，负责联系的同志很可能已经休息。

于是我决定先录下一般问候,例如:北川中学的小朋友,你好!北京欢迎你。祝你"六一"儿童节快乐开心。

我要做好两手准备。如果到了医院,没有时间问清孩子们的具体姓名,不能重新录制,就这样播出。

我抱着玩偶们,不断地录,不断地听。刚开始没经验,话说得太多了,满腔关切还没倾诉完,嘀嘀声就毫不留情地掐断了我的问候。不料下一次矫枉过正,又说得太短了,时间上留有空白。一番周折之后,时间控制上大致没毛病了,我又悲哀地发觉自己声音太老迈了,完全不具备少年们喜爱的欢愉和活泼。

我决定改换风格,尽量把嗓音卡通化,走欢蹦乱跳的青春路线。不多时先生破门而入,惊愕地问:毕淑敏,你没犯什么毛病吧?

我吓了一跳,恼火道,不是跟你打过招呼了吗?听到某种异常动静不要大惊小怪。

先生说,太令人惊奇了。我认识你几十年了,从没听你用这种语调说过话。

我不理他,专心干自己的活儿。半夜三更之时,总算把给玩偶配音这事完工。

5月28日,我早早赶到医院,问清了孩子们的姓名。趁大家没来,我还有时间完成预定计划。我把孩子们的名字写在手上,以防一紧张说错。我躲到医院会议室,把玩偶从精心购买的礼品袋里掏出来,再次替它们说话。

对着黑白相间的大熊猫玩偶,我说:"×××小朋友!你好!我也是从四川来的,从此咱们是好朋友!'六一'节快乐!"

"×××",是这个截肢小朋友的名字。

呼唤一个人的名字,有一种特别重要的意义。那是执拗地提醒一个响亮的存在,强烈地标明一种人格的独立,象征一种至高无上的尊严,表达一份如火如荼的期盼。即使对非常幼小的孩子来说,名字也意味着这个世界上独属于他的精神财富。在古老传统里,受了惊的孩子,要被父母反复呼唤名字,以找回魂灵。

这一刻,我恨自己嘴笨,不会说四川话。若是小朋友们听到乡音,一定倍感亲近。

当我走进病房,第一眼看到这些孩子的时候,尽管我当过军医,是总计医龄 20 年的资深大夫;尽管我对即将到来的残酷,已经做了最大可能的思想准备;尽管我不停地对自己说,毕淑敏,你不可以哭,为了孩子们的福祉,你必须要保持镇定。他们需要从我们成年人身上看到力量,看到希望,所有的惊慌失措都不可饶恕……可我还是错愕惊惧、肝肠寸断!拼命调动起全部精神,以维持最基本的平静。

有一瞬间,我觉得躺在病床上的不是真实孩童,而是白绸折叠起的布娃娃。只有在摔碎的玩具身上,才能看到这样的断壁残垣。

可他们静静地凝视着我们。轻轻地呼吸,证明着生命的顽强存在。

这是被苦难之咽凶残嚼碎过的天使,又被仁爱之手拼缀起来的残缺羽毛。

那黑若点漆的眸子,曾见识过最暗无天日的深渊。

那宣纸般柔弱的身躯,曾背负过天崩地裂的塌陷。

那已永远离去的肢体,曾忍受过锥心刺骨的碾磨。

那跳动着的小小心脏,还要黏合多少次才能修复完好如初?

……

我把玩偶拿给他们,托起小手,让他们揿动机关,那手指细弱得像一截断筷。当他们听到从玩偶肚子里发出的响亮声音时,嘴唇微微上翘了;当玩偶说出他们的名字时,孩子们无比惊奇地睁大了眼睛;当玩偶说出祝福的话语时,孩子们终于静悄悄无声息地微笑了。

近在咫尺。这是我一生所看到的最为缓慢的笑容,无比脆弱,像一枚企鹅蛋在冰天雪地经过长久孵化,终于探出小小额头。这微笑又如此强韧,一经绽放,它就动人心魄地灿烂起来,携带着抵挡不住的芬芳。

我匆匆走出了病房,再也控制不了滚滚而下的泪水。不是因为他们的悲惨,而是因为他们的坚强。

负责对孩子们进行心理治疗的协和医学院的杨霞研究员说,孩子们正在不断康复中。她讲:一个小姑娘说,马上就要到"六一"儿童节了,我们少年儿童要……

说到这里,小姑娘突然改口了,说:我们残疾少年儿童要……

感人至深的修正,她业已接受了惨痛的现状并决意自强不息!

从5月12日14时28分被埋入废墟,黑暗中的煎熬,肉体的断裂,目睹同学在眼前死去,饥寒交迫,截肢,感染,创伤,高烧,颠簸……无尽的苦难,铺成这条艰辛之路!小姑娘用没有腿脚的"下肢"走过来了,留下一串串透明的小小脚印。她完成了从震惊、恐惧、否认、愤怒、孤独、抑郁到"接受现实"的阶段,她走得多么快啊,像一缕旷野中的清风,其速度是成年人都难以追赶的。

她的一生，还会有很多反复、很多磨难……但是，她的微笑告诉我们，这一切都会一寸寸翻过去，新的篇章翩然展开。

原谅我只能提供我在医院给孩子们的留言簿上写一句话的图片。我不能让那些孩子的影像出现，为了保护他们的隐私。

杨霞约我一道到汶川灾区参加救灾。我说，好啊！我很愿意贡献一点微薄力量。

杨霞医生说，北川中学知道毕淑敏要到他们那里去，很高兴。希望我能为初中二年级的孩子们讲一课。我一听，就有点着急，说我没有当过老师，给寻常安宁时期的孩子们讲课都摸不着头脑，更不要说给大灾之后的孩子们讲课了，我完全无法胜任这一艰巨任务。

对方说，这个课，您是一定可以讲的。

我说，你太武断。

对方说，因为这课文是您自己写的啊。

原来是这样！我的一篇散文《提醒幸福》，被编入了全国统编教材的初中二年级卷，他们让我来讲自己的文章。

在想象之中这应该不是什么难事，但我仍然很没底气。我说，大灾之后的孩子，跟他们说幸福什么的，这不是太牵强、太刺激人了吗？

对方说，毕老师，你一定要答应。你知道，在这次灾难中，这所学校死了1000多名学生，40名老师。现在，虽然救灾物资源源不断运抵，但老师的缺口仍然很大。有些班级死难的孩子太多，已经把几个班合并成一个班，但师资还是不够。此刻，如果能邀请到一位教材课文中的作者，亲自给孩子上一课，你讲什么也许并不是最重要的，重要的是孩子所受到的鼓舞和激励，他们会感到大家都在关心他们，他们会因此而快乐……

最后一句话打动了我。能在这种非常时刻，让大难不死的孩子们感受到快乐，哪怕是芝麻大的一丁点，我也没有任何理由拒绝。

我答应了，挑灯夜战，把自己的文章翻出来反复读。这真是一件有点尴尬的事情。我很想从中总结出主题思想、修辞手法等比较像一堂正规语文课的教案来，但事倍功半。

先生说，绵阳是一座危城。余震，堰塞湖。如果发生了溃堤，你是第一批还是第二批撤离呢？

我说，你不用担心。我想和你说的只有一句话，万一发生了什么事，比如我死了（本来我想用"牺牲"这样庄严的字眼，又一想，一介草民，没那么高尚，还是老老实实说"死"吧，简单明了），不管死相多么惨，这可不是我的责任，我也管不了那么多了。就算警匪电影中常说的那句"让你死得很难看"出现在我身上，我也鞭长莫及无能为力。我要告诉你的就是——请你坚信我在最后时分一定很安详，因为这是我愿意做的事。

我在寻找那片野花

一位女友,告诉我这样一件事。

上小学的时候,班上有个女同学,叫作荞,家境贫寒,每学期都免交学杂费。她衣着破烂,夏天总穿短裤,是捡哥哥剩下的。我和她同期加入少先队。那时候,入队仪式很庄重。新发展的同学面向台下观众,先站成一排,当然脖子上光秃秃的,此刻还未被吸收入组织嘛。然后一排老队员走上来,和非队员一对一地站好。这时响起令人心跳的进行曲,校长或是请来的英模——总之是德高望重的长辈,口中念念有词,说着"红领巾是红旗的一角,是用烈士的鲜血染成的"等教诲,把一条条新的红领巾发到老队员手中,再由老队员把这一鲜艳的标志物,绕到新队员的脖子上,亲手挽好结,然后互敬队礼,宣告大家都是队友啦!隆重的仪式才算完成。

新队员的红领巾,是提前交了钱买下的。荞说她没有钱。辅导员说,那怎么办呢?荞说,哥哥已超龄退队,她可用哥哥的旧红领巾。于是那天授巾的仪式,就有一点特别。当辅导员用托盘把新领巾呈到领导手中的时候，低低说了一句。同学们虽听不清是什么，但能猜出来——

那是提醒领导，轮到荞的时候，记得把托盘里的那条旧红领巾分给她。满盘的新红领巾好似一塘金红的鲤鱼，支棱着翅角。旧红领巾软绵绵地卧着，仿佛混入的灰鲫，落寞孤独。那天来的领导，可能老了，不曾听清这句格外的交代，也许他根本没想到还有这等复杂的事。总之，他一一发放领巾，走到荞的面前，随手把一条新红领巾分给了她。我看到荞好像被人砸了一下头顶，身体矮了下去。灿如火苗的红领巾环着她的脖子，也无法映暖她苍白的脸庞。

那个交了新红领巾的钱，却分到一条旧红领巾的女孩，委屈至极。当场不好发作，刚一散会，就怒气冲冲地跑到荞跟前，一把扯住荞的红领巾说，这是我的！你还给我！

红领巾是一个活结，被女孩拽住一股猛挣，就系死了，好似一条绞索，把荞勒得眼珠凸起，喘不过气来。

大伙扑上去拉开她俩。荞满眼都是泪花，窒得直咳嗽。

那个抢红领巾的女孩自知理亏，嘟囔着：本来就是我的嘛！谁要你的破红领巾！说着，女孩把荞脖子上的旧红领巾一把扯下，丢到荞身上。

经她这么一折腾，我们更觉得荞的那条旧得凄凉。风雨洗过，阳光晒过，溷了颜色，布丝已褪为浅粉。铺在脖子后方的三角顶端部分，几成白色。拉在胸前的两个角，因为摩挲和洗涤，絮毛纷披，好似炸开的锅刷头。

我们都为荞抱不平，觉得那女孩太霸道了。荞一声未吭，把新红领巾折得齐整整，还了它的主人。把旧红领巾端端系好，默默地走了。

后来我问荞,她那样对你,你就不伤心吗?荞说,谁都想要新红领巾啊,我能想通。我的红领巾原来也是鲜红的,哥哥从九岁戴到十五岁,时间很久了。

毕业的时候,荞的成绩很好,可以上重点中学。但因为家境艰难,只考了一所技工学校,以期早早分担父母的窘困。

在现今的社会里,如果没有意外的变故,接受良好的教育,是从较低阶层进入较高阶层的——不说是唯一,也是最基本的通道。荞在很小的时候,就放弃了这种可能。她也不是长得国色天香的女孩,没有王子骑了白马来会她。所以,荞以后的路,就一直在贫困的底层挣扎。

我们这些同学,已近了知天命的岁月。在经历了种种的人生,尘埃落定之后,屡屡举行聚会,忆旧兼互通联络。荞很少参加,只说是忙。于是那个当年扯她红领巾的女子说,荞可能是混得不如人,不好意思见老同学了。

荞是一家印刷厂的女工。早几年,厂子还开工时,她送过我一本交通地图。说是厂里总是印账簿一类的东西,一般人用不上的。碰上一回印地图,她赶紧给我留了一册,想我有时外出,或许会用得着。

说真的,正因为常常外出,各式地图我很齐备。但我还是非常高兴地收下了她的馈赠。我知道,这是她能拿得出的最好的礼物了。

一次聚会,荞终于来了。她所在的工厂宣布破产。她成了下岗女工。她的丈夫出了车祸,抢救后性命虽无碍,但伤了腿,从此吃不得重力。儿子得了肝炎休学,需要静养和高蛋白。她在几处连做小时工,十分奔波辛苦。这次刚好到这边打工,于是抽空和老同学见见面。

我们都不知说什么好,只是紧握着她的手。她的掌上有很多毛刺,好像一把尼龙丝板刷。

半小时后,荠要走了。同学们推我送送她。我打了一辆车,送她去干活的地方。本想在车上多问问她的近况,又怕伤了她的尊严。正踌躇为难时,她突然叫起来——你看!你快看!

窗外是城乡交界部的建筑工地,尘土纷扬,杂草丛生,毫无风景。我不解地问,你要我看什么呢?

荠很开心地说,我要你看路边的那一片野花啊。每天我从这里过的时候,都要寻找它们。我知道它们哪天张开叶子,哪天抽出花茎,在哪天早晨,突然就开了……我每天都向它们问好呢!

我一眼看去,野花已风驰电掣地闪过了,不知是橙是蓝。看到的只是荠的脸,憔悴之中有了花一样的神采。于是,我那颗久久悬起的心,稳稳地落下了。我不再问她任何具体的事情,彼此已是相知。人的一生,谁知有多少艰涩在等着我们?但荠经历了重重风雨之后,还在寻找一片不知名的野花,问候着它们。我知道在她心中,还贮备着丰足的力量和充沛的爱,足以抵抗征程的霜雪和苦难。

此后我外出的时候,总带着荠送我的地图册。朋友,这样结束了她的故事。

蚕是被自己的丝裹住的

蚕是被自己的丝裹住的,这是一个真理。每一个养过蚕的人和没有养过蚕的人,都知道这件事。蚕丝是一寸一寸吐出来的,在吐的时候,蚕昂着头,很快乐专注的样子。蚕并没有意识到,正是自己的努力劳动,才将自己的身体束缚得紧紧的。直到被人一股脑丢进开水锅里,煮死,然后那些美丽的丝,成了没有生命的嫁衣。

这是蚕的悲剧。当我们说到悲剧的时候,不由自主地持了一种观望的态度。也许,是"剧"这个词,将我们引入歧途。以为他人是演员,而我们只是包厢里遥远的安全的看客。其实,作茧自缚的情况,绝不如想象的那样罕见,它们广泛地存在于我们周围,空气中到处都飘荡着纷飞的乱丝。

钱的丝飞舞着。很多人在选择以钱为生命指标的时候,看到的是钱所带来的便利和荣耀的光环。钱是单纯的,但攫取钱的手段却不是那样单纯。把一样物品作为自己奋斗的目标,它的危险,不在于这桩物品的本身,而在于你是怎样获取它并消费它。或许可以说，收入钱的能力还比较容易掌握，支出它的能力则和人的综合素质有极大的关系。在这个意义上讲，有些人是不配享有大量的金钱的。如同一个头脑不健全的人，如果碰巧有了很大的蛮力，那么，无论是对于他本人还是对于他人，都不是一件幸事。在一个社会财富和个人财富飞速增长的时代，钱是温柔绚丽的，钱也是飘浮迷茫的，钱的乱丝令没有能力驾驭它的人窒息，直至被它绞杀。

爱的丝也如四月的柳絮一般飞舞着，迷乱着我们的眼，雪一般覆盖着视线。这句话严格说起来，是有语病的。真正的爱，不是诱惑，是温暖，只会使我们更勇敢和智慧，但的确有很多人被爱包围着，时有狂躁。那就是爱得没有节制了。没有节制的爱，如同没有节制的水和火一样，甚至包括氧气，同样是灾难性的。

水火无情，大家都是知道的。但是谈到氧气，那是一种多么好的东西啊。围棋高手下棋的时候，吸氧之后，妙招迭出，让人疑心气袋之中是否藏有古今棋谱？记得我学习医科的时候，教授讲过这样一个故事。一名新护士值班，看到衰竭的病人呼吸十分困难，用目光无声地哀求她——请把氧气瓶的流量开得大些。出于对病人的悲悯，加上新护士特有的胆大，当然，还有时值夜半，医生已然休息。几种情形叠加在一起，于是她想，对病人有好处的事，想来医生也该同意的，就在不曾请示医生的情况下，私自把氧气流量表拧大。气体通过湿化瓶，汩汩地流出，病人顿感舒服，眼中满是感激的神色，护士就放心地离开了。那夜，不巧来了其他的重病人。当护士忙完之后，捋着一头的汗水再一次巡视病房的时候，发现那位衰竭的病人，已然死亡。究其原因，关键的杀手竟是——氧气中毒。高浓度的氧气抑制了病人的呼吸中枢，让他在安然的享受中丧失了自主呼吸的能力，悄无声息地逝去了……

很可怕，是不是？丧失节制，就是如此恐怖的魔杖。它令优美变成狰狞，使怜爱演为杀机。

谈到爱的缠裹带给我们的灾难，更是俯拾即是。放眼观察，会发现很多。多少人为爱所累，沉迷其中，深受其苦。在所有的蚕丝里面，我以为爱的丝，可能是最无形而又最柔韧的一种。挣脱它，也需要最高的能力和技巧。这当中的奥秘，需每一个人细细揣摩练习。

还有工作的丝，友情的丝，陋习的丝，嗜好的丝……或松或紧地包绕着我们，令我们在习惯的窠臼当中难以自拔。

逢到这种时候，我们常常表现得很无奈很无助，甚至还有一点点敝帚自珍的狡辩。常常可以听到有人说，我也知道自己的毛病，也不是不想改，可就是改不掉。我就是这样一个人了……当他说完这些话的时候，就好像对自己和对众人都有了一个交代，然后脸上就显出安然无辜的样子，仿佛合上了牛皮纸封面的卷宗。

每当这种时候，我在悲哀的同时，也升起怒火。你明知你的茧，是你自己吐的丝凝成的，你挣扎在茧中，你想突围而出。你遇到了困难，这是一种必然。但你却为自己找了种种的借口，你向你的丝退却了。你一面吃力地咬断包围你的丝，一面更汹涌地吐出你的丝，你是一个作茧自缚的高手，你比推石头的西西弗斯还惨。他的石头只是滚下又滚下，起码并没有变得更大更沉重。你的丝却在这种突围和分泌的交替中，汲取了你的气力，蚕食了你的信心，它令你变得越来越不喜爱自己，退缩着，在茧中藏得更深更严密更闭锁更干瘪了。

我们每个人都有一些茧。这些茧背负在我们的身上，吸取着我们的热量，让我们寒冷，令前进的速度受限。撕碎这茧，没有外力和机械可供支援，只有靠自己的心和爪。

茧破裂的时候，是痛苦的。茧是我们亲手营造的小世界。茧的空间虽是狭窄的，也是相对安全的。甚至一些不良的嗜好，当我们沉浸其中的时候，感受到的也是习惯成自然的熟络。打破了茧的蚕，被鲜冷的空气、闪亮的阳光、新锐的声音、陌生的场景……刺激着，扰动着，紧张的挑战接踵而来。这种时刻的不安，极易诱发退缩。但它是正常和难以避免的，是有益和富于建设性的。你会在这种变化当中感受到生命充满爆发的张力，你知道你活着痛着并且成长着。

有很多人终身困顿在他们自己的茧里。这是他们自己的选择，当生命结束的时候，他们也许会恍然发觉，世界只是一个茧，而自己未曾真正地生活过。

轰毁你心中的魔床

魔鬼有张床。它守候在路边,把每一个过路的人,揪到它的魔床上。魔床的尺寸是现成的,路人的身体比魔床长,它就把那人的头或是脚锯下来。那人的个子矮小,魔鬼就把路人的脖子和肚子像拉面一样抻长……只有极少的人天生符合魔床的尺寸,不长不短地躺在魔床上,其余的人总要被魔鬼折磨,身心俱残。

一个女生向我诉说:我被甩了,心中苦痛万分。他是我的学长,曾每天都捧着我的脸说,你是天下最可爱的女孩。可说不爱就不爱了,做得那么绝,一去不回头。我是很理性的女孩,当他说我是天下最可爱的女孩的时候,我知道我姿色平平,担不起这份美誉,但我知道那是出自他的真心。那些话像火,我的耳朵还在风中发烫,人却大变了。我久久追在他后面,不是要赖着他,只是希望他拿出响当当硬邦邦的说法,给我一个交代,也给他自己一个交代。

由于这个变故,我不再相信自己,也不相信他人。我怀疑我的智商，一定是自己的判断力出了问题。如此至亲至密，说翻脸就翻脸，让我还能信谁？

女生叫萧凉。萧凉说到这里，眼泪把围巾的颜色一片片变深。失恋的故事，我已听过成百上千，每一次，不敢丝毫等闲视之。我知道有殷红的血从她心中坠落。我对萧凉说，这问题对你，已不单单是失恋，而是最基本的信念被动摇了，所以你沮丧、孤独、自卑还有愤怒的莫名其妙……

萧凉说，对啊，他欠我太多的理由。

我说，人是追求理由的动物。其实，所有的理由都来自我们心底的魔床——那就是我们对一些问题的看法和观念。它潜移默化地时刻评价着我们的言行和世界万物。相符了，就皆大欢喜，以为正确合理。不相符，就郁郁寡欢怨天尤人。

这种魔床，有一个最通俗最简单的名字，就叫作"应该"。有的人心里摆得少些，有三个五个"应该"。有的人心里摆的多些，几十个上百个也说不准，如果能透视到他的内心，也许拥挤得像个卖床垫的家具城。

魔床上都刻着怎样的字呢？

萧凉的魔床上就写着"人应该是可爱的"。我知道很多女生特别喜欢这个"应该"。热恋中的情人，更是三句话不离"可爱"。这张魔床导致的直接后果，就是我们以为自己的存在价值，决定于他人的评价。如果别人觉得我们是可爱的，我们就欢欣鼓舞，如果什么人不爱我们了，就天地变色日月无光。很多失恋的青年，在这个问题上百思不得其解，苦苦搜索"给个理由"。如果没有理由，你不能不爱我。如果你说的理由不能说服我，那么就只有一个理由，就是我已不再可爱，一定是我有了什么过错……很多失恋的男女青年，不是被失恋本身，而是被他们自己心底的魔床，锯得七零八落。残缺的自尊心在魔床之上火烧火燎，好像街头的羊肉串。

要说这张魔床的生产日期，实在是年代久远，也许生命有多少年，它就相伴了多少年。最初着手制造这张魔床的人，也许正是我们的父母。当我们还是婴儿的时候，那样弱小，只能全然依赖亲人的抚育。如果父母不喜欢我们，不照料我们，在我们小小的心里，无法思索这复杂的变化，最简单的方式，我们就以为是自己的过错。必是我们不够可爱，才惹来了嫌弃和疏远。特别是大人们的口头禅"你怎么这么不乖？如果你再这样，我就不喜欢你了……"凡此种种，都会在我们幼小的心底，留下深深的印记。那张可怕的魔床蓝图，就这样一笔笔地勾画出来了。

有人会说，啊，原来这"应该如何如何"的责任不在我，而在我的父母。其实，床是谁造的，这问题固然重要，但还不是最重要的。心理学家弗洛伊德说过，一个孩子，就是在最慈爱的父母那里长大，他的内心也会留有很多创伤。（大意。原谅我一时没有找到原文，但意思绝对不错）我们长大之后，要搜索自己的内心，看看它藏有多少张这样的魔床，然后亲手将它摧毁。

一位男青年说，我很用功，我的成绩很好。可是我不善辞令，人多的场合，一说话就脸红。我用了很大的力量克服，奋勇竞选学生会的部长，结果惨遭败北。前景黑暗，这可不是个好兆头，看来我一生都会是失败者。于是，他变得落落寡合，自贬自怜，头发很长了也不梳理，邋邋着独往独来的，好似一个旧时的落魄文人。人家觉得他很怪，更少有人搭理他了。

他内心的魔床就是：我应该是全能的。我不单要学习好，而且样样都要好。我每次都应该成功，否则就一蹶不振。挫折被放在这张魔床上反复比量，自己把自己裁剪得七零八落。一次的失败就成了永远的颓势，局部的不完美就泛滥成了整体的否定。

一个美丽的大学女生每天顾影自怜。上课不敢坐在阶梯教室的前排，心想老师一定只愿看到"养眼"的女孩。有个男生向她表示好感，她想我不美丽，他一定不是真心。如果我投入感情，肯定会被他欺骗，当作话柄流传。于是，她斩钉截铁地拒绝了他，以为这是决断和明智。找工作的时候，她的简历写得很好，每每被约见面试，但每一次都铩羽而归。她以为是自己的服饰不够新潮化妆不够到位，省吃俭用买了高级白领套装外带昂贵的化妆品，可惜还是屡遭淘汰……她耷拉着脸，嘴边已经出现了在饱经沧桑的失意女子脸上才可看到的像小括弧般的竖形皱纹，如果允许我们走进她枯燥的内心，我想那里一定摆着一张逼仄的小床。床上写着：女孩应该倾国倾城。应该有白皙的皮肤，应该有挺秀的身躯，应该有玲珑的曲线，应该有精妙绝伦的五官……如果没有，她就注定得不到幸福，所有的努力都会白搭，就算碰巧有一个好的开头，也不会有好的结尾。如果有男生追求长相不漂亮的女孩，一定是个陷阱，背后必有狼子野心，切切不可上当……

很容易推算，当一个人内心有了这样的暗示，她的面容是愁苦和畏惧的，她的举止是局促和紧张的，她的声音是怯懦和微弱的，她的眼神是低垂和飘忽的……她在情感和事业上成功的概率极低，到了手的幸福不敢接纳，尚未到手的机遇不敢追求，她的整个形象都散射着这样的信息——我不美丽，所以，我不配有好运气！

讲完了黯淡的故事，擦拭了委屈的泪水，我希望她能找到那张魔床，用通红的火把将它焚毁。

谁说不美丽的女子就没有幸福？谁说不美丽的女子就没有事业？谁说命运是个好色的登徒子？谁说天下的男子都是以貌取人的低能儿？心中的魔床有大有小，有的甚至金光闪闪，颇有迷惑人的能量。我见过一家证券公司的老总，真是守业有成、高大英俊，名牌大学洋文凭，还有志同道合的妻子，活泼聪颖的孩子……一句话，简直人所有的他都有，可他寝食不安，内心的忧郁焦虑非凡人所能想象，不知是什么灼烤着他的内心。

"我总觉得这一切不长久。人无远虑，必有近忧。水至清则无鱼，谦受益满招损。我今天赚钱，日后可能赔钱。妻子可能背叛，孩子可能遭遇车祸。我也许会突患暴病，世界可能会地震火灾飓风，即使风调雨顺，也必会有人祸，比如911……我无法安心，恐惧追赶着我的脚后跟，惶恐将我包围。"他眉头紧皱着说。

我说，你极度地不安全。你总在未雨绸缪，你总在防微杜渐。你觉得周围潜伏着很多危险，它们如同空气看不着摸不到却无所不在无所不能。

他说，是啊。你说得不错。

我说，在你内心，可有一张魔床？

他说，什么魔床？我内心只有深不可测的恐惧。

我说，那张魔床上写着：人不应该有幸福，只应该有灾难。幸福是不真实的，只有灾难才是永恒的。人不应该只生活在今天，明天和将来才是最重要的。

他连连说，正是这样。今天的一切都不足信，唯有对将来的忧患才是真实的。

我说，每个人都有过去、现在和将来。对我们来讲，无论过去发生过什么，都已逝去。无论你对将来有多少设想，都还没有发生。我们活在当下。

由于幼年的遭遇，他是个缺乏安全感的人。惊惧射杀了他对幸福的感知和欣赏。只有销毁了那魔床，他才能晒到金色的阳光，听到妻儿的欢歌笑语，才能从容镇定地面对风云，即使风雨真的袭来，也依然轻裘缓带玉树临风。

说穿了，魔床并不可怕，当它不由分说就宰割着你的意志和行为之时，面对残缺，我们只有悲楚绝望。但当我们撕去了魔床上的铭文，打碎了那些陈腐的"应该"，魔力就在一瞬间倒塌。随着魔床轰塌，代之以我们清新明朗的心态。

魔由心生。时时检点自己的心灵宝库，可以储藏勇气，可以储藏智慧，可以储藏经验和教训，可以储藏期望和安慰，只是不要储藏"应该"。

每天都冒一点险

"衰老很重要的标志,就是求稳怕变。所以,你想保持年轻吗?你希望自己有活力吗?你期待着清晨能在对新生活的憧憬中醒来吗?有一个好办法啊——每天都冒一点险。"

以上这段话,见于一本国外的心理学小册子。像给某种青春大力丸做广告。本待一笑了之,但结尾的那句话吸引了我——每天都冒一点险。

"险"有灾难狠毒之意。如果把它比成一种处境一种状态,你说是现代人碰到它的时候多呢,还是古代甚至原始时代碰到它多呢?粗粗一想,好像是古代多吧?茹毛饮血刀耕火种的,危机四伏。细一想,不一定。那时的险多属自然灾害,虽然凶残,但比较单纯。现代了,天然险这种东西,也跟热带雨林似的,快速稀少,人工险增多,险种也丰富多了。以前可能被老虎毒蛇吞食毒害掉,如今是被坠机车祸失业污染所伤。以前是躲避危险,现代人多了越是艰险越向前的嗜好。住在城市里,反倒因为无险可冒而焦虑不安。一些商家，就制出"险"来售卖，明码标价。比如"蹦极"这事，实在挺惊险的，要花不少钱，算高消费了。且不是人人享用得了的，像我等体重超标者，一旦那绳索不够结实，就不是冒一点险，而是从此再也用不着冒险了。

穷人的险多呢还是富人的险多呢？粗一想，肯定是穷人的险多，爬高就低烟熏火燎的，恶劣的工作多是穷人在操作；就是明证。但富人钱多了，去买险来冒，比如投资或是赌博，输了跳楼饮弹，也扩大了风险的范畴。就不好说谁的险更多一些了。看来，险可以分大小，却是不宜分穷富的。

险是不是可以分好坏呢？什么是好的冒险呢？能带来客观的利益吗？对人类的发展有潜在的好处吗？坏的冒险又是什么呢？损人利己夺命天涯？

嗨！说远了。我等凡人，还是回归到普通的日常小险上来吧。

每天都冒一点险，让人不由自主地兴奋和跃跃欲试，有一种新鲜的挑战性。我给自己立下的冒险范畴是：以前没干过的事，试一试。当然了，以不犯法为前提。以前没吃过的东西尝一尝，条件是不能太贵，且非国家保护动物。（有点自作多情。不出大价钱，吃到的定是平常物）

即使有蠢蠢欲动之感，可惜因眼下在北师大读书，冒险的半径范围也较有限。清晨等车时，悲哀地想到，"险"像金戒指，招摇而靡费。比如到西藏，可算是大众认可的冒险之举，走一趟，费用可观。又一想，早年我去那儿，一文没花，还给每月6元的津贴，因是女兵，还外加7角5分钱的卫生费。真是占了大便宜。

车来了。在车门下挤得东倒西歪之时，突然想起另一路公共汽车,也可转乘到校,只是我从来不曾试过这种走法,今天就冒一次险吧。于是转身退出,放弃这路车,换了一趟新路线。七绕八拐,挤得更甚,费时更多,气喘吁吁地在差一分钟就迟到的当儿,撞进了教室。

不悔。改变让我有了口渴般的紧迫感。一路连颠带跑的,心跳增速,碰了人不停地说对不起,嘴巴也多张合了若干次。

今天的冒险任务算是完成了。变换上学的路线,是一种物美价廉的冒险方式,但我决定仅用这一次,原因是无趣。

第二天冒险生涯的尝试是在饭桌上。平常三五同学合伙吃午饭,AA制,各点一菜,盘子们汇聚一堂,其乐融融。我通常点鱼香肉丝、辣子鸡丁类,被同学们讥为"全中国的乡镇干部都是这种吃法"。这天凭着巧舌如簧的菜单,要了一盘"柳芽迎春",端上来一看,是柳树叶炒鸡蛋。叶脉宽得如同观音净瓶里洒水的树枝,还叫柳芽,真够谦虚了。好在碟中绿黄杂糅,略带苦气,味道尚好。

第三天的冒险颇费思索。最后决定穿一件宝石蓝色的连衣裙去上课。要说这算什么冒险啊,也不是樱桃红或是帝王黄色,蓝色老少咸宜,有什么穿不出去的?怕的是这连衣裙有一条黑色的领带,好似起锚的水兵。衣服是朋友所送,始终不敢穿的症结正因领带。它是活扣,可以解下。为了实践冒险计划,铆足了勇气,我打着领带去远航。浑身的不自在啊,好像满街的人都在端详议论。仿佛在说:这位大妈是不是有毛病啊,把礼仪小姐的职业装穿出来了?极想躲进路边公厕,一把揪下领带,然后气定神闲地走出来。为了自己的冒险计划,咬着牙坚持了下来。走进教室的时候,同学们友好地喝彩,老师说,哦,毕淑敏,这是我自认识你以来,你穿的最美丽的一件衣裳。

三天过后,检点冒险生涯,感觉自己的胆子比以往大了一点。有很多的束缚,不在他人手里,而在自己心中。别人看来微不足道的一件事,在本人,也许已构成了茧房般的裹胁。突破是一个过程,首先经历心智的拘禁,继之是行动的惶惑,最后是成功的喜悦。

心是一只美丽的小箱子

小时候上学,很惊奇以"心"为偏旁的字,怎么那么多?比如念、想、意、忘、慈、感、愁、恩、恶、慰、慧,等等等等。哈!一个庞大的家族。

除了这些安然地卧在底下的"心"以外,还有更多迫不及待站着的"心"。这就是那些带"竖心"旁的字,比如忆、怀、快、怕、怪、恼、恨、惭、悄、惯、惜,等等等等。原谅我就此打住,因为再举下去,实在有卖弄学问和抄字典的嫌疑。

从这些例证,可以想见当年老祖宗造字的时候,是多么重视"心"的作用,横着用了一番还嫌不过瘾,又把它立起来,再用一遭。

其实,从医学解剖的观点来看,心虽然极其重要,但它的主要工作,是负责把血液输送到人的全身,好像一台水泵,干的是机械方面的活,并不主管思维。汉字里把那么多情绪和智慧的感受,都堆到它身上,有点张冠李戴。

真正统率我们思想的，是大脑。人脑是一个很奇妙的器官。比如学者用"脑海"来描述它，就很有意思。一个脑壳才有多大？假若把它比成一个陶罐，至多装上三四个大"可乐"瓶子的水，也就满满当当了，如果是儿童，容量更有限，没准刚倒光几个易拉罐，就沿着罐子四溢出水来了。可是，不管是成人还是小孩的大脑，人们都把它形容成一个"海"，一个能容纳百川波涛汹涌的大海。这是为什么？

大脑是我们情感和智慧的大本营，它主宰着我们的思维和决策。它能记住许多东西，也能忘了许多东西。记住什么忘却什么，并不完全听从意志的指挥。比方明天老师要检查背诵默写一篇课文，你反复念了好多遍，就是记不住。就算好不容易记住了，到了课堂上一紧张，得，又忘得差不多了。你就是急得面红耳赤抓耳挠腮，也毫无办法。若是几个月后再问你，那更是云山雾罩一塌糊涂。可有些当时只是无意间看到听到的事情，比如路旁老奶奶一句夸奖的话，秋天庭院里一片飘落的叶子，当时的印象很清淡，却不知被谁施了魔法，能像刀刻斧劈一般，永远留在我们记忆的年轮上。

我不知道科学家最近研究出了哪些关于记忆和遗忘的规则，反正以前是个谜。依我的大胆猜测，谜底其实也不太复杂。主管记住什么忘记什么的中枢，听从的是情感的指令。我们天生愿意保存那些美好、善良、友谊、勇敢的事件，不爱记着那些丑恶、虚伪、背叛、怯懦的片段。当然，这并不是说人应该篡改真相，文过饰非虚情假意瞎编一气，只是想说明我们的心，好像一只美丽的小箱子，容量有限。当它储存物品的时候，经过了严格的挑选，把那些引起我们忧愁和苦闷的往事，甩在了外面，保留的是亲情和友情。

我衷心希望每个人的小箱子里，都装满光明和友爱。

切开忧郁的洋葱

忧郁是一只近在咫尺的洋葱,散发着独特而辛辣的味道,剥开它紧密的鳞片时,我们会泪流满面。

一位为联合国工作的朋友告诉我,她到过战火中的难民营,抱起一个小小的孩子。她紧紧地接过这幼小的身躯,亲吻她枯燥的脸颊。朋友是一位博爱的母亲,很喜爱儿童,温暖的怀抱曾揽过无数孩子,但这一次,她大大地惊骇了。那个婴孩软得像被火烤过的葱管,萎弱而空虚。完全不知道贴近抚育她的人,没有任何欢喜的回应,只是被动地僵直地向后反张着肢体,好似一块就要从墙上脱落的白瓷砖。

朋友很着急,找来难民营的负责人,询问这孩子是不是有病或是饥寒交迫,为什么表现得如此冷漠?那负责人回答说,因为有联合国的经费救助,孩子的吃和穿都没有问题,也没有病。她是一个孤儿,父母双亡。孩子缺少的是爱,从小到大,从没有人抱过她。因她不知"抱"为何物,所以不会反应。

朋友谈起这段往事,感慨地说,不知这孩子长大之后,将如何走过人生。

不知道。没有人回答。寂静。但有一点可以预见,她的性格中必定藏有深深的忧郁。

我们都认识忧郁。每一个人,在一生的某个时刻,都曾和忧郁狭路相逢。

自然界的风花雪月,人生的悲欢离合,从宋玉的悲秋之赋到绿肥红瘦的喟叹,从游子的枯藤老树昏鸦到弱女的耿耿秋灯凄凉,忧郁如同一只老狗,忠实而疲倦地追着人们的脚后跟,挥之不去。随着现代社会的发达,忧郁更成了传染的通病。"忧郁症"已经如同感冒病毒一般,在都市悄悄蔓延流行。

忧郁像雾,难以形容。它是一种情感的陷落,是一种低潮的感觉状态。它的症状虽多,灰色是统一的韵调。冷漠,丧失兴趣,缺乏胃口,退缩,嗜睡,无法集中注意力,对自己不满,缺乏自信……不敢爱,不敢说,不敢愤怒,不敢决策……每一片落叶都敲碎心房,每一声鸟鸣都溅起泪滴,每一束眼光都蕴满孤独,每一个脚步都狐疑不定……

一个女大学生给我写信,说她就要被无尽的忧郁淹没了。因为自己是杀人凶手,那个被杀的人就是她的妈妈。她说自己从三岁起双手就沾满了母亲的鲜血,因为在那一天,妈妈为了给她买一支过生日的糖葫芦,横穿马路,倒在车轮下……

"为此,我怎能不忧郁?忧郁必将伴我一生!"信的结尾处如此写着,每一个字,都被泪水洇得像风中摇曳的蓝菊。

说来这女孩子的忧郁,还属于忧郁中比较谈得清的那种,因为源于客观的、重要人物的失落而引起，在某种程度上，是我们不得不面对的痛苦反应。更有那说不清道不明的忧郁，像蚕一样噬咬着我们的心，并用重重叠叠的愁丝，将我们裹得筋骨蜷缩。

忧郁这种负面情感的源头，是个体对于失落的反应。由于丧失，所以我们忧郁。由于无法失而复得，所以我们忧郁。由于从此成为永诀，所以我们忧郁。由于生命的一去不返，所以我们忧郁。

从这种意义上讲，忧郁几乎是人类这种渺小的动物，面对宇宙苍穹时，与生俱来的恐惧，所以我们无法从根本上消除忧郁。我相信凡有人类生存的日子，我们就要和忧郁为朋，虽然我们不喜欢，但我们必须学会与忧郁共舞。

正因为这种本质上的忧郁，所以我们才要在有限的生存岁月中挑战忧郁，让我们自己生活得更自由，更欢愉，更生气勃勃。

失落引发忧郁。当我们分析忧郁的时候，首先面对的是失落。细细想来，失落似可分为不同性质的两大类：一是目前发生的真实与外在的失落，可以被我们确认并加以处理的。比如失去父母，失去朋友，失去恋人，失去工作，失去金钱，失去股票，失去名声，失去房产，失去自信等等，惨虽惨矣，好歹失在明处，有目共睹。

二是源自自我发展的早期便被剥夺，或严重的失望经验，导致内在的深刻失落感觉。这话说起来很拗口，其实就是失在暗地，失得糊涂，失得迷惘，失在生命入口端的混沌处。你确切无疑地丢失了，却不知遗落在哪一地驿站。

这可怕的第二种失落，常常是潜意识的，表明在我们的儿童期，有着不同程度的缺憾和损失。因为我们未曾得到醇厚的爱，或因这爱的偏颇，使我们的内心发展受阻。因为幼小，我们无法辨析周围复杂的社会,导致丧失了对他人的信任,并在这失望中开始攻击自己。如同联合国那位朋友所抱起的女婴,她已不知人间有爱,她已不会回报爱与关切。在这种凄楚中长大的孩子,常常自我谴责与轻贱,认为自己不可爱,无价值,难以形成完整高尚的尊严感。

过度的被保护和溺爱,也是一种失落。这种孩子失落的是独立与思考,他们只有满足的经验,却丧失了被要求负责的勇气,丧失了学会接受考验和失败的能力,丧失了容纳失望的胸怀。一句话,他们在百般呵护下,残障了自我的成长性和控制力的发展。他们的脑海深处永远藏着一个软骨的啼哭的婴孩,因为愤怒自己的无力,并把这种无能感储入内心,因而导致无以名状的忧郁。

人的一生,必须忍受种种失落。就算你早年未曾失父失母失学失恋,就算你一帆风顺平步青云,你也必得遭遇青春逝去韶华不再的岁月流淌,你也必得纳入体力下降记忆衰退的健康轨道,你也必有红颜易老退休离职的那一天,你也必得遵循生老病死新陈代谢的铁律。到了那一刻,你是否有足够的弹性,抵御忧郁?

还有一种更潜在的忧郁,是因为我们为自己立下了不可达到的高标准,产生了难以满足的沮丧感。这种源自认定自我罪恶的忧郁症状,是与外界无关的,全需我们自我省察,挣脱束缚。

忧郁的人往往是孤独的,因为他们的自卑与自怜。忧郁的人往往互相吸引,因为他们的气味相投。忧郁的人往往结为夫妻,多半不得善终,因为无法自救亦无力救人。忧郁的人往往易于崩溃,因为他们哀伤更因为他们羸弱绝望。

难民营的那个婴儿,不知你长大后,能否正视自己的童年?失却的不可复来,接受历史就是智慧。记忆中双手沾着血迹的女大学生，你把那串猩红的糖葫芦永远抛掉吧，你的每一道指纹都是洁白的，你无罪。母亲在天国向你微笑。

不要嘲笑忧郁，忧郁是一种面对失落的正常。不要否认我们的忧郁，忧郁会使我们成长。不要长久地被忧郁围困，忧郁会使我们萎缩。不要被忧郁吓倒，摆脱了忧郁的我们，会更加柔韧刚强。

做一棵城市树需要勇气

城市中的树比乡村当中的树，要更经得起吵闹。乡村是安静的，有黎明前的黑暗和黄昏的炊烟，城里的树却要被五花八门的噪音轰得聋掉。如果把城市的树叶和乡村的树叶堆到一起，拿一把音义来测它们对声音的反应，乡村的树叶一定是灵敏和易感的，像婴儿一样好奇。城市的树叶却像饱经沧桑的老汉，有点大智若愚地呆傻在里面。

城市的树比旷野当中的树，要肮脏许多。它们的脸上蒙着汽油、柴油、花生油和地沟油的复合膏脂，还有女人飘荡的香粉和犬的粪便干燥之后的微粒。旷野当中的树啊，即使屹立在沙尘暴中，披满了黄土的斗篷上点缀着不规则的石英屑，寒碜粗糙，却有着浑然一体的本色和单纯。

城市当中的树比起峡谷当中的树，要谨小慎微得多。不可以放肆地飞舞杨花柳絮，那会让很多娇弱的城里人过敏，也污了春光明媚的镜头里的嫣然一笑。城里人只喜欢鳏居和寡居的树，不喜欢它们朝气蓬勃的子孙自在张扬。人们用无性繁殖的方法让绿化扩散，那些太一致太规整的树林，让人感觉不到树的天性，仿佛列队的锡兵。只有峡谷中的树，才是精神抖擞风流倜傥的，毫不害羞地让鸟做媒人，让风做媒人，让过往的一切动物做媒人，一日一夜之间，把几千万的子嗣撒向天穹，任它们天各一方。

城市当中的树比山峰上的树，要多经几番挣扎磨难，还有突如其来的灾变。下雪之后，勤快的人们会把融雪剂堆积在树干深处。化学物质和雪花掺杂在一起，清凉如水貌似温柔，其实是伪装过的咸盐的远亲。无声无息地渗透下去，春夏之交才显出谋杀的威风，盛年的树会被腌得一蹶不振。个别体质孱弱的树，花容憔悴之后便被索了命去。

城市当中的树比之平原之中的树，多和棍棒金属之类打交道。平原的树，也是要见刀兵的，那只限被请去做梁做檩的时候，虽死犹荣。城市当中的树，却是要年年岁岁屡遭劫难。手脚被剁掉，冠发被剃去，腰肢被捆绑，百骸上勒满了一种叫作"瀑布灯"的电线，到了夜晚的时候，原本朴素的树就变成了圣诞树一样的童话世界，有了虚无缥缈的仙气。

当然了，说了这许多城市树的委屈，它们也是有得天独厚的享受的。当乡下的树把根系拼命往地底下扎，在大旱之年汲取水分的时候，城市里的树却能喝到洒水车喷下的甘霖。可惜当暴风雨突袭，最先倒伏的正是那些城里的大树，它们头重脚轻软了根基。

城市的树还有一个好处，就是常常被许多人抚摸。只是我至今也闹不明白，倘若站在一棵树的立场上，被人抚摸是好事还是坏事？窃以为凶多吉少。树是一条鲜活的生命，喜欢自由自在我行我素。它不是一朵云或是一条狗，也不是恋人的手或是一沓钞票。君不见若干得了"50肩"的半老不老之人，为了自己的胳膊康复，就揪住了树的胳膊荡秋千。他们兴高采烈地运动着，听不到树的叹息。

城市的树还像城市里的儿童一样，常常被灌进各式各样的打虫药。我始终搞不懂这究竟是树的幸福还是树的苦难？看到树上的虫子在药水的毒杀下，如冰雹一般落下，铺满一地，过往的行人都要撑起遮阳伞才敢匆匆走过。为树庆幸的同时，又很没有良心地思忖：树若在山中沐浴临风摇头晃脑，还会生出这般饶密的虫群吗？

如此说来，做一株城市里面的树，是需要勇气的。它们背井离乡到了祖先所不熟悉的霓虹灯下，那地域和风俗的差异，怕是比一个民工所要遭受的惊骇还要大吧？它们把城市喧嚣的废气吞进叶脉，把芜杂的音响消弭在摇曳之中，它们用并不新鲜的绿色装点着我们的城市，它们夜深了还不能安眠，因为不肯熄灭的路灯还在照耀着城市。路灯在某种程度上成了打了折扣的太阳，哺育着附近的叶子。不信你看，每年深秋最后抖落残绿的树，必定是最靠近电线杆子的那一株。

有的人像树，有的人不像树。像树的人，有人在乡下，有人在城市里。城市里的树，骨子里不再是树了，变成了人的一部分，最坚忍最朴素的一丛，无语地生活着。

节气是一种命令

夏初,买菜。老人对我说,买我的吧。看他的菜摊,好似堆积着银粉色的乒乓球,西红柿摞成金字塔样。拿起一个,柿蒂部羽毛状的绿色,很翠硬地硌着我的手。我说,这么小啊,还青,远没有冬天时我吃的西红柿好呢。

老人显著地不悦了,说,冬天的西红柿算什么西红柿呢?吃它们哪里是吃菜?分明是吃药啊。

我很惊奇,说怎么是药呢?它们又大又红,灯笼一般美丽啊。

老人说,那是温室里煨出来的,先用炉火烤,再用药熏。让它们变得不合规矩地胖大,用保青剂或是保红剂,让它比画的还好看。人里面有汉奸,西红柿里头也有奸细呢。冬天的西红柿就是这种假货。

我惭愧了。多年以来,被蔬菜中的骗局所蒙蔽。那吃什么菜好呢?我虚心讨教。

老人的生意很清淡,乐得教诲我。口中吐钉一般说道——记着，永远吃正当节令的菜。萝卜下来就吃萝卜，白菜下来就吃白菜。节令节令，节气就是令啊！夏至那天，太阳一定最长。冬至那天，亮光一定最短。你能不信吗？不信不行。你是冬眠的狗熊，到了惊蛰，一定会醒来。你是一条长虫，冷了就会冻僵，会变得像拐棍一样打不了弯。人不能心贪，你用了种种的计策，在冬天里，抢先吃了只有夏天才长的菜，夏天到了，怎么办呢？再吃冬天的菜吗？颠了个儿，你费尽心机，不是整个瞎忙活吗？别心急，慢慢等着吧，一年四季的菜，你都能吃到。更不要说，只有野地里，叫风吹绿的菜叶，太阳晒红的果子，才是最有味道的。

我买了老人家的西红柿，慢慢地向家中走。他的西红柿虽是露天长的，质量还有推敲的必要。但他的话，浸着一种晚风的霜凉，久久伴着我。阳光斜照在网兜上，那略带柔软的银粉色，被勒割出精致的纹路，好像一幅生长的印谱。

人生也是有节气的啊！

春天就做春天的事情，去播种。秋天就做秋天的事情，去收获。夏天游水，冬天堆雪。快乐的时候笑，悲痛的时候洒泪。

少年需率真。过于老成，好比施用了植物催熟剂，早早定了型，抢先上市，或许能卖个好价钱，但植株不会高大，叶片不会密匝，从根本上说，该归入早夭的一列。老年太轻狂，好似理智的幼稚症，让人疑心脑幕的某一部分让岁月的虫蛀了，连缀不起精彩的长卷，包裹不住漫长的人生。

时尚有句俗话——您看起来比实际的岁数年轻，听的人把它当作一句恭维或是赞美，说的人把它当作万灵的廉价礼物。我总猜测这话的背后，缩着上帝的一张笑脸。

比实际的年龄年轻，就分明是好的，美的，值得庆贺的吗？

小的人希冀长大，老的人祈望年轻。这种希望变更的子午线，究竟坐落在哪一扇生日的年轮？与其费尽心机地寻找秘诀，不如退而结网，锻造出心灵与年龄同步的舞蹈。

老是走向死亡的阶梯，但年轻也是临终一跃前长长的助跑。五十步笑百步，不必有过多的惆怅或是优越。年轻年老都是生命的流程，不必厚此薄彼，显出对某道工序的青睐或是鄙弃，那是对造物的大不敬，是一种浅薄而愚蠢的势利。人们可以濡养肌体的青春，但不要忘记心灵的疲倦。

死亡是生命最后的成长过程，有如银粉色的西红柿被摘下以后，在夕阳中渐渐地蔓延成浓烈的红色。此刻你只有相信，每一颗西红柿里都预设了一个机关，坚定不移地服从节气的指挥。

年龄的颜色

如果在词语上涂抹颜色，把红色比作褒奖，把黑色比作贬斥，婴儿的诞生就是一枚艳丽的圣女果铿锵落下，年龄调色盘就此开始旋转。幼儿无疑是樱红色的，皮肤水嫩吹弹得破，胎毛柔软双眸晶亮，对成年人的依偎更使长辈人在辛苦的同时，感到被信任的幸福和施予哺育的责任。当一个幼儿长成少年，他们开始反叛和桀骜不驯，但眼光依然秋水般明澈，恣肆汪洋之下依然是可爱的探索和期冀。如果说到青年人的颜色，我想是金红色的吧？不仅仅是红，而且有了逼人的光芒和灼热的火焰，有炫目和烘烤之感。对于中年人……注意，当我们说到这个词汇的时候，会不由自主地把音速放缓，深深地吸进一口气。我们会感到平稳和力量，会感到深厚的功力和外柔内刚的主动。用颜色作比方，此时的他们是沉静而内敛的枣红色，有了一点点不易察觉的黑色潜藏其中，恰到好处，让红有了滑顺的平台和根脉的贲张。随着年龄的渐增渐长，调色盘中的红色悄悄地隐没，黑色如荒草蔓延滋生。他们颊上的光润，无可挽回地凋落了，血脉开始干涸。雪白的牙齿无论怎样保护，都会出现松动和脱失。漆黑的须发无论怎样濡养，却也躲不过秋霜的点染。矫健的双腿注入了滞涩的尘锈，锐利的双眸需要借助镜片的帮忙才能看清书本……他们无可逆转地进入了老年，沉暗的黑幕跳着优雅的华尔兹，温和地不动声色地蚕食着红色的舞台，旋转着将你带到遥远的天际，那里有星星点点的光芒、如银的残月和无边的静夜……

这不是一个悲观的预测，而是一个透明的事实。如果让我更赤裸裸地说出真实，那就是这个规律对于女人来讲，更坚定和不容商榷。如晦的黑色会更早地出现，娇嫩的红色会更快地淡隐。什么美容整容化妆术，都遮盖不了本质的嬗变。当绯红退潮酱黑涌入的时候，有一个专用名词，这就是——更年期。我觉得这个词起得挺妙——变更年龄的时期。追本溯源，什么年龄变更了呢？是一个女人从生殖的年龄变到丧失了这种功能。

这在远古，一定是一个令女子非常可怕的改变。对于种族和家系的繁衍，她已归零。生产力低下的时代，繁殖的本能，是女性赖以生存的极为重要的资源。更不消说，由于激素的变化，她的身体内部引起了一系列陌生的信号，令她震惊和不适。她有可能暴躁和哭泣，会面部潮红情绪波动，会减低劳动的能力甚至难以与人和谐相处……凡此种种，现代科学将之冷静地归纳在一起，打了一个大大的文件包，名曰"更年期综合征"。

更年期综合征是一组症状，在已知的疾病里面，它既不是最难治的，也不是最严重的。不像SARS或禽流感，它不传染。所有不曾早夭的女人差不多都会被它淋湿一遭。在某种程度上说，症状如不剧烈，它几乎不能算是一种病，只能说是一个生理阶段，有一种广义上的必然。据现代科学研究，男性也会有"更年期"，体内的荷尔蒙也会低落和衰减，难逃生殖机能从衰减趋向沉默的恢恢法网。

有趣的是，你可以观察，大多数人，尤其是年轻人，在谈起"更年期"的时候，嘴都会不由自主地撇一下，以表达不屑和厌恶。或者说，当他们具体针对某个人的时候，由于关系的紧密和礼节的顾忌，这种情感还比较收敛的话，当这个名称抽象起来，成为单纯的标签时，这种轻漠和鄙弃将表达得十分充分和无所顾忌。

年龄上的傲慢，是进化中的化石。现代科技与文明，已经大大地延续了人类的年龄，但那些来自远古的律令，依然盘踞在我们意识的岩缝里根须缠绕。

在动物世界，过了盛年的个体，就滑到了边缘和死亡，某些物种，完成繁殖之后，几乎立刻结束了生命，把尸身盛在盘子里变作后代的住肴。人是一个例外，这个例外由于科技的助力，变得更加凸显了。但我们在意识层面之下对于古老法则的延展，却还是根深蒂固的。有人说，提出了问题就等于解决了一半。在年龄歧视这方面，我可不乐观。提出问题不是解决了一半，仅仅是觉察而已。

柔　和

"柔和"这个词，细想起来挺有意思的。先说"和"字，由禾苗和口两部分组成，那含义大概就是有了生长着的禾苗，嘴里的食物就有了保障，人就该气定神闲，和和气气了。

这个规律，在农耕社会或许是颠扑不破的。那时只要人的温饱得到解决，其他的都好说。随着社会和科技的发达进步，人的较低层次需要得到满足之后，单是手中有粮，已无法抚平激荡的灵魂了。中国有句俗话，叫作"吃饱了撑的——没事找事"。可见胃充盈了之后，就有新的问题滋生，起码无法达至完全的心平气和。

再说"柔"这个字。通常想起它的时候，好像稀泥一摊，没什么筋骨的模样。但细琢磨，上半部是"矛"，下半部是"木"——一支木头削成的矛，看来还是蛮有力度和进攻性的。柔是褒义，比如柔韧、以柔克刚、刚柔相济、百炼钢化作绕指柔……都说明它和阳刚有着同样重要的美学和实践价值。

记得早年当医学生的时候，一天课上先生问：大家想想，用酒精消毒的时候，什么浓度为好？学生齐声回答，当然是越高越好啦！先生说，错了。太高浓度的酒精，会使细菌的外壁在很短的时间内凝固，形成一道屏障，后续的酒精就再也杀不进去了，细菌在壁垒后面依然活着。最有效的浓度，是把酒精的浓度调得柔和些，润物无声地渗透进去，效果才佳。

于是我第一次明白了，柔和有时比风暴更有力量。

柔和是一种品质与风格。它不是丧失原则，而是一种更高境界的坚守，一种不曾剑拔弩张、依旧拽守尊严的艺术。柔和是内在的原则和外在弹性充满和谐的统一，柔和是虚怀若谷的谦逊和冷暖相宜的交流。现代人在风驰电掣的忙碌中，是多么期望自己和他人的柔和啊。不信，你看看报上的征婚广告，尽是征询性格柔和的伴侣，人们希望目光是柔和的，语调是柔和的，面庞的线条是柔和的，身体的张力是柔和的……

当我们轻轻念出"柔和"这个词的时候，你会觉得有一缕淡蓝色的温润，弥漫在唇舌之间。

有人追索柔和，以为那是速度和技巧的掌握。书刊上有不少教授柔和的小诀窍，比如怎样让噪音柔和、手势柔和……我见过一个女孩子，为了使性情显出柔和，在手心用油笔写了大大的"慢"字，天天描一遍，掌心总是蓝的，以致扬手时常吓人一跳，以为她练了邪门武功。这女孩并为自己规定每说一句话之前，在心中默数从一到十……她除了让人感到木讷和喜怒无常外，与柔和不搭界。

一个人的心如若不柔和，所有对外在柔和形式的模仿和操练，都是沙上楼阁。

看看天空和海洋吧。当它们最美丽和博大、最安宁和清洁的时候,它们是柔和的。

　　只有成长了自己的心,才会在不经意间,收获了柔和。我们的声音柔和了,就更容易渗透到辽远的空间。我们的目光柔和了,就更轻灵地卷起心扉的窗纱。我们的面庞柔和了,就更流畅地传达温暖的诚意。我们的身体柔和了,就更准确地表明与人平等的信念。

　　柔和,是力量的内敛和高度自信的宁馨儿。愿你一定在某一个清晨,感觉出柔和像云雾一般悄然袭身。

爱怕什么？

爱挺娇气挺笨挺糊涂的，有很多怕的东西。

爱怕撒谎。当我们不爱的时候，假装爱，是一件痛苦而倒霉的事情。假如别人识破，我们就成了虚伪的坏蛋。你骗了别人的钱，可以退赔，你骗了别人的爱，就成了无赦的罪人。假如别人不曾识破，那就更惨。除非你已良心丧尽，否则便要承诺爱的假象，那心灵深处的绞杀，永无宁日。

爱怕沉默。太多的人，以为爱到深处是无言。其实，爱是很难描述的一种情感，需要详尽地表达和传递。爱需要行动，但爱绝不仅仅是行动，或者说语言和温情的流露，也是行动不可或缺的部分。我曾经和朋友们做过一个测验：让一个人心中充满一种独特的感觉，然后用表情和手势做出来，让其他不知底细的人猜测他的内心活动。出谜和解谜的人都欣然答应，自以为百无一失。结果，能正确解码的人少得可怜。当你自觉满脸爱意的时候，他人误读的结论千奇百怪。比如认为那是矜持、发呆、忧郁……

一位妈妈，胸有成竹地低下头，做出一个表情。我和另一位女士愣愣地看着她，相对对视了一下，异口同声地说：你要自杀！她愤怒地瞪着我们说，岂有此理！你们怎么那么笨？我此刻心头正充盈温情！愚笨的我俩挺惭愧的，但没等我们道歉的话出口，那妈妈恍然大悟道：原来是这样？怪不得我每次这样看着儿子的时候，他会不安地说：妈妈，我又做错了什么？你又在发什么愁？

爱是那样地需要表达，就像耗竭太快的电器，每日都得充电。重复而新鲜地描述爱意吧，它是一种勇敢和智慧的艺术。

爱怕犹豫。爱是羞怯和机灵的，一不留神它就吃了鱼饵闪去。爱的初起往往是柔弱无骨的碰撞和翩若惊鸿的引力。在爱的极早期，就敏锐地识别自己的真爱，是一种能力更是一种果敢。爱一桩事业，就奋不顾身地投入。爱一个人，就斩钉截铁地追求。爱一个民族，就粉身碎骨地献身。爱一桩事业，就呕心沥血。爱一种信仰，就至死不悔。

爱怕模棱两可。要么爱这一个，要么爱那一个，遵循一种"全或无"的铁则。爱，就铺天盖地，不遗下一个角落。不爱就抽刀断水，金盆洗手。迟疑延宕是对他人和自己的不负责任。

爱怕沙上建塔。那样的爱，无论多么玲珑剔透，潮起潮落，遗下的只是无珠的蚌壳和断根的水草。

爱怕无源之水。沙漠里的河啊，即便不是海市蜃楼，波光粼粼又能坚持几天？当沙暴袭来的时候，最先干涸的正是泪水积聚的咸水湖。

爱怕假冒伪劣。真的爱也许不那么外表光滑，色彩艳丽，没有精致的包装，没有夸口的广告，但是它有内在的质量保证。真爱并非不会发生短路与损伤，但是它有保修单，那是两颗心的承诺，写在天地间。

爱是一个有机整体，怕分割。好似钢化玻璃，据说坦克轧上也不会碎，可惜它的弱点是宁折不弯，脆不可裁。一旦破碎，就裂成了无数蚕豆大的渣滓，流淌一地，闪着凄楚的冷光，再也无法复原。

爱的脚力不健，怕远。距离会漂淡彼此相思的颜色，假如有可能，就靠得近一点，再近一点，直到水乳交融亲密无间。万万不要人为地以分离考验它的强度，那你也许后悔莫及。尽量地创造并肩携手天人合一的时光。

爱像仙人掌类的花朵，怕转瞬即逝。爱可以不朝朝暮暮，爱可以不卿卿我我，但爱要铁杵磨成针，恒远久长。

爱怕平分秋色。在爱的钢丝上不能学高空王子，不宜做危险动作。即使你摇摇晃晃，一时不会跌落，也是偶然性在救你，任何一阵旋风，都可能使你飘然坠毁。最明智最保险的是赶快从高空回到平地，在泥土上留下深深脚印。

爱怕刻意求工。爱可以披头散发，爱可以荆钗布裙，爱可以粗茶淡饭，爱可以风餐露宿。只要一腔真情，爱就有了依傍。

爱的时候，眼珠近视散光，只爱看江山如画。耳是聋的，只爱听莺歌燕舞。爱让人片面，爱让人轻信。爱让人智商下降，爱让人一厢情愿。爱最怕的，是腐败。爱需要天天注入激情的活力，但又如深潭，波澜不惊。

说了爱的这许多毛病，爱岂不一无是处？

爱是世上最坚固的记忆金属，高温下不融化，冰冻不脆裂。造一艘爱的航天飞机,你就可以驾驶着它,遨游九天。

爱是比天空和海洋更博大的宇宙,在那个独特的穹宇中,有着亿万颗爱的星斗,闪烁光芒。一粒小行星划下,就是爱的雨丝,缀起满天清光。

爱是神奇的化学试剂,能让苦难变得香甜,能让一分钟永驻成永远,能让平凡的容颜貌若天仙,能让喃喃细语压过雷鸣电闪。

爱是孕育万物的草原。在这里,能生长出能力、勇气、智慧、才干、友谊、关怀……所有人间的美德和属于大自然的美丽天分,爱都会赠予你。

在生和死之间,是孤独的人生旅程。保有一分真爱,就是照耀人生得以温暖的灯。

性别按钮

假如我们身上有一个按钮,可以随时改变我们的性别,我将在一生的许多时候使用它,让我们假设按钮的颜色,男性为红女性为绿吧,因为我们这个民族素有红男绿女这样一个成语。

我想象自己的身体也许像交通繁忙的十字街头,红红绿绿闪烁个不停。

当我还是一个胎儿的时候,我选择女性。因为根据最新的科学研究证明:在女性特有的那两个 X 染色体上,除了表示性别,还携带着许多抗病的基因。流产夭折的孩子多半是男婴,就是因了这个缘故。请别谴责我的自私,外面的世界这么喧哗美丽,我这辆小小的跑车,不能还没驶出车站就抛锚。

当降生终于开始的时候,我毫不犹豫地选择男性。我要向人世间发出最嘹亮动人的哭声,宣告一个生命——我的到来。一个理由是女孩子的哭声多半太秀气,自己就听得没情绪。最主要的原因是为了让我的亲人们高兴。无论社会怎样进步,中国人还是喜欢男孩。尤其在产房里的时候,生了男孩的妈妈眉飞色舞,生了女孩的妈妈低眉顺眼……为了能让自己的妈妈理直气壮,为了能让望眼欲穿的爷爷奶奶喜笑颜开,我只好义无反顾地选择男性。这可绝不是向世俗的偏见低头,而只是想在出生的这一瞬间,带给我的亲人更多的快乐。

我在襁褓中慢慢长大。这段期间,做男婴还是做女婴都无所谓,在没有发明舒适的纸尿布以前,我想还是做男孩好一些,享受干爽的机遇比较多。随着科学的不断进步,这件小事不再能左右我揿动电钮。在这段人生最美好的时光里,我男女不辨地随意躺在绵软的带栅栏的小床里,用小手追逐缓缓移动的阳光,学会对着使我们愉悦的事物微笑。我们隔离了母体的温暖,独自面对自然界的风霜。我们尝试着对饥饿和病痛发出抗争,但我们其实很无奈,假如没有亲人的呵护,无论男孩还是女孩,我们都软弱。

像初夏的青苹果,我们缓缓地长大。这段时间如果一定要我选择,我就当女孩吧。因为在这期间,我们会无师自通地学会人世间最重要的知识——语言。女孩的舌头像鹦鹉,她们学说话的速度比男孩快多了。虽说中国流传着"贵人语迟"的民谚,但我还是喜欢做个平凡人,早早地学会向他人表达自己的看法。

接着,我们突然像竹笋一样,日新月异地膨胀起来,不断地增长淘气本事爬梯上梯,没头没脑地疯跑,在自己的脸上糊上泥,把玩具肢解得遍地都是,从一块石头疯狂地跳上另一块石头,在水里溅起一连串的水花……这都是男孩子的特权啊!我要做个男孩,把身上的红色按钮死死揿下。做男孩可以把鞋子踢烂、把衣服挂破、把手指划出血、把膝盖磕掉皮而不遭家长的斥责。男孩在玩耍上享有天然的豁免权,当他们无意间伤害了别人的财产和自己的身体时,人们多半会宽容地说,嗨!男孩子嘛,就是这个样子!

女孩子可要倒霉得多。许多人们自然遵循的观念像一张透明的娇柔的网,将你裹得紧紧的。你时刻感到不能自由自在地呼吸和手舞足蹈。你看得见外面的一切,却不能随心所欲地飞翔。你抗议的时候,别人会莫名其妙地说,没有呀?没有谁束缚你。真叫你有苦说不出。

开始上学了。我愿意回到女儿身。男孩子太顽劣了,屁股底下像有颗大滚珠,不会安安静静在椅子上待一刻。他们终究会意识到知识的重要,可是距那大彻大悟的关头,他们还要穿过漫长的隧道。在这个觉醒的过程中,他们恶劣的成绩,将被老师斥责,同学耻笑,家长软硬兼施,邻里议论纷纷……这种经历对一个人的心智是大考验。许多男孩就在这种挫折感中,失去了人最宝贵的自尊。而女孩,就比较平顺,因为她们知道死用功。灵灵秀秀的女孩穿得干干净净,乖乖地举手发言,讨老师的喜欢。下了课,挟着平平整整的作业本回家,给爸爸妈妈一个好成绩。小学真是一个女孩的黄金时代,她们像新生的豆荚饱满和嫩绿,充满着勃勃的生气。

到了十一二岁的时候,我要赶快把绿色按钮变换成红色按钮,再迟就来不及了。那位将陪伴每一个女人青春时代的殷红色朋友就要来啦!她每月一次的造访你无法拒绝,陪着她,你困倦激动好哭爱发脾气……惹不起,我们躲得起。

去做男人。

男人此刻异军突起。他们在一夜之间变得强健英俊,仿佛蜕尽了最后一层躯壳的知了,高高地飞到了白杨树梢,向全世界发出尖锐的鸣叫。尽管歌声还不够老练，但他们终究会成熟起来的。这个时期的男性永远是一个谜，你不知道他们是在哪一个早上，突然从男孩变成了男子汉。老天爷的鬼斧神工，毫不留情地把他们大脑的沟壑凿深，雕刻出他们坚毅的下巴和眉宇，慷慨地在制造他们潇洒智慧的同时，随赠了一大包的幽默。仿佛在不经意之间，他们流露出勇气与旷达。当然了，他们也脆弱，也孤独，也想入非非，也躁动不安，但鹿一般雄壮的气息缠绕着他们，他们在奔跑中不断完善。

岁月的炉火燃烧着，熔炼着男人和女人的金丹。

女人最美丽的季节到了。俗话说女大十八变，最动人的变化悄悄地发生着，我终于忍不住跑回去做女人了。

少女的头发像鸦羽一样闪亮，你盯着看久了，会闪出墨绿的光泽。瞳孔里因为蕴含了过多的期望而显得秋水盈盈。肌肤像刚刚裱制出的白绸，细腻光滑无一丝波痕。柔曼的腰肢，玲珑的曲线，都带着稍纵即逝的精致。

她们的心结，像一块绿毡似的秧田。看似平静，其实每一阵微风荡过，都引起所有的枝叶震颤。

草莓红了，芭蕉被雨淋湿了。成熟的樱桃想飞到天上去，无所不在的万有引力又使它飘落黄土地。

无论女人有多少瑰丽的想象，她们一生中最重要的事，是寻找那个缺了肋骨的男人，重新嵌进他的胸腔。无论找到找不到，都有无尽的苦恼与欢乐。

男人和女人终于镶在一起了。

在女人行将破裂的那一瞬，我决定逸出她的躯壳，去做一个男人。因为此时的男人好威风啊！

婚后的男人，太累太累。好像追赶太阳的夸父，一头担着事业，一头担着家庭。出于怕苦怕累的天性，又使我翻回头去想做女人，但女人已开始孕育生命。这是充满创造也充满艰险的劳动，简直是女人一生中最大的劫难。

女人变得面目全非，身躯沉重，步履蹒跚。脸上趴着褐色的"蝴蝶"，曲线被圆弧毫不留情地替代。心脏汹涌地鼓荡着，供给着两个人的血脉。

那是生与死的循环啊。女人或者排出两条生命，或者与她的婴孩一起沉没海底。

面对生命的链条，我怯懦地闭上眼睛。我真的不知该选择做男人还是做女人，也许人生就是无止境的苦难，无论怎样巧妙地在礁石上跳来跳去，我们还是得被巨流浇得透湿。

也许在真正美妙的融合中，男人和女人是一堵砌在高坡上的墙。你不可能将他们分开，你不可能说自己是其中的砖还是泥水。墙矗立着，或者訇然倒塌；或者很有风度地站上一千年，依然像刚完工那般新鲜。

真的，我们不必区分得太分明。一个好的男人和一个好的女人，在共患难的日子里，是一种奇怪的有四只脚和四只手的动物。他们虽然有两颗心，却只有一个念头——风雨同舟地向前。

新的生命诞生了。

从这儿以后，还是坚持做男人吧。哺育的担子太重，社会又对女人提出了太多的角色。在家是举案齐眉的贤妻良母，出外是叱咤风云的巾帼强人。父母膝下返璞归真的孝女，社交场合典雅华贵的夫人……一副副面具需要轮换着镶在脖颈上，深夜里女人会仰天叹息：我在哪里？

做男人就简明扼要多了。他们缓缓地但是坚定不移地向着既定的目标前进，好像一艘巨人的航空母舰。他们的轮廓在岁月中渐渐模糊，但内心仍坚定如铁。失败的时候，他们在人所不知的暗处，揩干净创口的血痕。当他们重又出现在太阳下的时候，除了觉出他的脸色略显苍白以外，一切如常。他们也会哭泣，但流出来的是血不是水。血被风干了，就是美丽的玫瑰花，被他们不经意地夹在成功的证书里。

男人的自由多，男人的领域大。男人被人杀戮也被人原谅，男人编造谎言又自己戳穿它。男人可以抽烟可以酗酒可以大声地骂人可以随意倾泻自己的感情。历史是男人书写的，虽然在关键的时刻往往被一只涂了蔻丹的指甲扭转。那也是因为在那只手的后面，有一个男人微笑地凝视着她。

我懵懵懂懂疲倦地走过了许多年，频繁地选择着性别按钮，连自己也感觉厌烦。似乎每一次选择的动机都是避重就轻，人类的弱点在选择中暴露无遗。

选择的机会不是很多了，我们已经老迈。

时间是一个喜欢白色的怪物，把我们的头发和胡子染成它爱好的颜色。它的技术不是太好，于是我们就变得灰蒙蒙。孩子长大了，飞走了，留下一个空洞的巢穴。由于多年在一起生活，我们吃一样的饭，喝同一种茶叶沏成的水，甚至连枕头的高度也是一致的。我们变得很相像，像一对古老的花瓶，并肩立在博物架上，披着薄薄的烟尘。

我们不可遏制地走向最后的归宿。我们常常亲热地谈起它，好像在议论一处避暑的胜地。其实我们很害怕,不是害怕那必然的结局,是害怕孑然一身的孤独。

我们争论谁先离开的利弊。男人和女人仿佛在争抢一件珍贵的礼物,都希图率先享受死亡的滋味。

在这人生最后一轮的选择中,我选择女性。

我拈轻怕重了一辈子,这次挺身而出。男人,你先走一步好了,既然世上万事都要分出个顺序,既然谁留在后面谁更需要勇敢,我就陪伴你到最后。一个孤单的老翁是不是比一个孤单的老妪更为难?让我嗑这颗坚硬的胡桃到最后吧。

这是生命的分工,男人你不必谦让。

你病了,我会在你的床前,唱我们年轻时的歌谣。我会做你最爱吃的饭,因为你说过,除了你的母亲,这个世界上我做的饭最对你的口味。我们共同回忆以往的时光,把辛苦忙碌一辈子没来得及说的话,借病房的角落全部说完。

其实话是说不完的。

有一天,你突然说要告诉我一个秘密。你说男人都有自己的秘密,你对我这样好,其实我不值得你对我这样好⋯⋯

你要用秘密回报我的真诚,这样使我在你死后不会太伤心。

我立刻用苍老的手,堵住你的嘴。我说,你别说,永远别说。我们之间没有秘密,最大的秘密就是我们怎样在茫茫人海中相识,从过去一直走到将来。

男人走了,带着他永远的秘密。

现在,我已无法再选择。

那两个红色绿色的按钮,已经剥脱了釉彩,像两颗旧衣服上的扣子。

选择性别，其实就是选择命运。男人和女人的命运有那么多的不同，又有那么多的相同。

我最后将两颗按钮一起揿下，我不知道会发生什么样的事情。它们破裂了。留下一堆彩色的碎片。我作为一个女人，来到这个世界上。我又作为一个女人，离开这个世界。似乎所有的选择都是徒劳。不。我用一生的时间，活出了两生的味道。

淑女　书女

假若刨去经济的因素，比如想读书但无钱读书的女子，天下的女人，可分成读书和不读书两大流派。

我说的读书，并不单单指曾经上过小学中学大学硕士博士，读过一本本的教材。严格地讲起来，教材不是书。好像司机的学驾驶和行车、厨师的红白案和刀功一样，是谋生的预备阶段，含有被迫操练的意味。

我说的读书，基本上也不包括报纸和杂志，虽然它们上头都印有字，按照国人"敬惜字纸"的传统，混进了书的大范畴，那些印刷品上，多是一些速朽的信息，有着时尚和流行的诀窍。居家过日子的实用性是有的，但和书的真谛，还有些差异。

好书是沉淀岁月冲刷的沙金，很重，不耀眼，却有保存的价值。它是地球上曾经生活过的那些智慧的大脑，在永远逝去之前自立下的思维照片。最精华的念头，被文字浓缩了，好像一锅灼热久远的煲汤，涵养着后人的神经。

书对于女人的效力,不像睡眠。睡眠好的女人,容光焕发。失眠的女人,眼圈乌青。读书的女人和不读书的女人,在一天之内是看不出来的。

书对于女人的效力,也不像美容食品。滋润得好的女人,驻颜有术。失养的女人,憔悴不堪。读书的女人和不读书的女人,在三个月之内,也是看不出来的。

日子是一天天地走,书要一页页地读。清风朗月水滴石穿,一年几年一辈子地读下去。书就像微波,从内向外震荡着我们的心,徐徐地加热,精神分子的结构就改变了,成熟了,书的效力凸显出来。

读书的女人,更善于倾听,因为书训练了她们的耳朵,教会了她们谦逊。知道这世上多聪慧明达的贤人,吸收就是成长。

读书的女人,更乐于思考。因为书开阔了她们的眼界,拓展了原本纤细的胸怀。明白世态如币,有正面也有反面。一厢情愿只是幻想。

读书的女人,更勇于决断。因为书铺排了历史的进程,荟萃了英雄的业绩。懂得万事有得必有失,不再优柔寡断贻误战机。

读书的女人,更充满自信。因为书让她们明辨自己的长短,既不自大,也不自卑。既然伟人们也曾失意彷徨,我们尽可以跌倒了再爬起来,抖落尘灰向前。

读书的女人,较少持续地沉沦悲苦,因为晓得天外有天乾坤很大。读书的女人,较少无望地孤独惆怅,因为书是她们招之即来永远不倦的朋友。读书的女人,较少怨天尤人孤芳自赏,因为书让你牢记个体只是恒河沙粒沧海一粟。读书的女人,较少刻毒与卑劣,因为书中的光明，日积月累浸染着节操鞭挞着皮袍下的"小"……

"淑"字，温和善良美好之意。好书对于女人，是家乡的一方绿色水土。离了它，你自然也能活。但与书隔绝的日子，心无家园，半生过下来，女人就变得言语空虚眼神恍惚心地狭窄见识短浅了。

淑女必书女。

每只小狗都有一个目标

有一对夫妇有两个孩子，一个叫莎拉，一个叫克里斯蒂。当孩子还小的时候，父母决定为他们养一只小狗。小狗抱回来以后，他们想请一位朋友帮忙训练这只小狗。他们带着小狗来到朋友家，安然坐下，在第一次训练前，女驯狗师问："小狗的目标是什么？"夫妻俩面面相觑，很是意外，他们实在想不出狗还有什么另外的目标，嘟囔着说："一只小狗的目标？那当然就是当一只狗了。"女驯狗师极为严肃地摇了摇头说："每只小狗都得有一个目标。"

夫妇俩商量之后，为小狗确立了一个目标——白天和孩子们一道玩，夜里要能看家。后来，小狗被成功地训练成了孩子的好朋友和家中财产的守护神。

做一只狗要有目标。推而广之，做一个人也要有目标。

在现实生活中，却有太多太多的人，没有目标。其实寻找目标并不是一件太难的事，关键是你要知道天下有这样一件唯此为大的事，然后尽早来做。正是你自己需要一个目标，而不是你的父母或是你的老师或是你的上级需要它。它的存在，和别人的关系都没有和你的关系那样密切。也就是说，它将是你最亲爱的伙伴，其血肉相连的程度，绝对超过了你和你的父母，你和你的妻子儿女，你和你的同伴和领导的关系。你可能丧失了所有的财产和所有的亲人，但只要你的目标还在，你就还有一个完整的系统存在，你就并不孤独和无望。

我们常常把别人的期待当成了自己的目标，在孩童的时候，这几乎是顺理成章的事情。但是，你会渐渐地长大，无论别人的期望是怎样美好，它也不属于你。除非有一天，你成功地在自己的心底移植了这个期望，这个期望生根发芽，长成了你的目标。那时，尽管所有的枝叶都和原本的母体一脉相承，但其实它已面目全非，它的灵魂完完全全只属于你，它被你的血脉所濡养。

我们常常把世俗的流转当成自己的目标。这一阵子崇尚钱，你就把挣钱当成了自己的目标。殊不知钱只是手段而非目标，有了钱之后，事情远远没有结束。把钱当成目标，就是把叶子当成了根。目标是终极的代名词，它悬挂在人生的瀚海之中，你向它航行，却永远不会抵达。你的快乐就在这跋涉的过程中流淌，而并非把目标攫为己有。从这个意义上说，钱不具备终极目标的资格。过一阵子流行美丽，你就把制造美丽保存美丽当成了目标。殊不知美丽的标准有所不同，美丽是可以变化的，目标却是相当恒定的。美丽之后你还要做什么？美丽会褪色，目标却永远鲜艳。

有人把快乐和幸福当成了终极目标，这也值得推敲。快乐并不只是单纯的快感，类乎饮食和繁殖的本能。科学家们通过研究，发现最长远、最持久的快乐，来自你的自我价值的体现。而毫无疑问，自我价值是从属于你的目标感，一个连目标都没有的人，何谈价值呢！

　　一棵树的目标也许是雕成大厦的栋梁，也许是撑一把绿伞送人阴凉，也许是化作无数张白纸传递知识，也许是制成一次性筷子让人大快朵颐……还有数不清的可能性，我们不是树，我们不可能穷尽也不可能明白树的心思。我们是人，我们可以为自己确立一个目标，这是做人的本分之一。

在火焰中思索

火焰,不是一个思索的好地方。思索,通常发生在静谧安全清宁的场合,当事人一般是舒缓宽松的。即使脑海内波涛翻滚高度紧张吧,外在的神情也必是收敛和沉着的。如果一个人大喊大叫着或是高速奔跑着或是披荆斩棘着,都和稳健的思考有着相当的距离。在那种风起云涌的时刻,即使有所想法,也是简单的和直线的,是思考终结后的付诸行动。

俗话说,水火无情。但我想,水中,好像还是一个比火中较适宜进行思考的场所。水是细腻的,只要不是沸水和冰水,它在短时间内给人的感受,还是柔软光滑的。有很多落难水中的人,在经过了数小时数十小时的搏击之后,依然获救,我想,同他们在水中进行了周密的思考和决策有关,也同水的比较宽容有关。我听过一位在台风的沉船中偶然获救的船员说,他在水中一次又一次地分析海浪的方向,直到当一股最大的风浪打来的时候,他憋足气沉入其中,被那股浪推到了浅滩。

火，则要穷凶极恶得多。除去炉子和烧杯……这些被人所管辖的微火之外，所有的大面积的肆无忌惮的火，都是灼热和暴跳如雷的，都是狠毒和惨绝人寰的。那些貌似轻快无邪的火舌，喷溅着巨大的毒汁。想想吧，灼伤我们宝贵的瞳孔，只需要一粒小小的火星。将我们跳跃的双脚变成焦炭，只需要在滚烫的废墟中穿行几步。在火中，你还得永远提防着火焰最阴险的情侣和助手——滚滚的浓烟。也许你还没来得及和火焰正面交锋，烟尘就已将你温润的肺腑，炙成边沿卷曲的铁板了。火中还潜伏着置人死地的爆炸、有毒的气体、坍塌的重物、崩溃的建筑……

如果火中仅仅存有这些恐怖的东西，事情也就简明扼要——用所有极端的手段，扑灭它！但是，火中往往还存在着价值连城的宝藏，还存在着比这些宝藏更贵重千万倍的——生命。

于是，就有了救火者在火中的思考。

在那重重的金色孽龙的狂舞之中，我不知道救火者将思索些什么？那是怎样一种生命的极端困境，那是怎样一种职责的神圣抉择！

也许，救火者将思考自己的生命和他人的生命，孰轻孰重？这个问题，可能已经在平和的时段，思索过无数遍了。但我相信，在火中，这种思考，还将无数遍地严酷而新鲜地进行着。火焰凸现着生死的决裂，救火者，你将向何处倾斜你的天平？

也许，救火者将思索在地狱般的火海中，采用怎样的路线和方式，才可达到最大限度最快速度地救人和自救？火场瞬息万变，形势间不容发。火中的思考，将是对人的心智和决断的极大甄别。我不知世上还有其他的考场，能比它更严峻和苛求！

也许救火者将感受到——皮肤的灼痛、毛发的焚毁、骨骼的重压、呼吸的窒息……思索到用灵敏的肉体，去殉道德和责任的坚韧与苦难。我不知道在漫天的火阵中，有多少人勇往直前了，有多少人退缩腾挪了，但人们会永远牢记这一行业中的英烈——因为它是大智大勇者的事业，它要求人类自我的战胜和精神的超越。

火焰中的思索，是短暂的，也是长久的；是庄严的，也是平凡的；是神圣的，也是家常便饭。因为选择了这个职业，也就选择了这种惊世骇俗的思维之地。那个通红的片刻，将鉴定你的一生。

爱的回音壁

现今中年以下的夫妻，几乎都是一个孩子，关爱之心，大概达到中国有史以来的最高值。家的感情像个苹果，姐妹兄弟多了，就会分成好几瓣。若是千亩一苗，孩子在父母的乾坤里，便独步天下了。

在前所未有的爱意中浸泡的孩子，是否物有所值，感到莫大幸福？我好奇地问过。孩子们撇撇嘴说，不，没觉着谁爱我们。

我大惊，循循善诱道，你看，妈妈工作那么忙，还要给你洗衣做饭，爸爸在外面挣钱养家，多不容易！他们多么爱你们啊……

孩子们很漠然地说，那算什么呀！谁让他们当了爸爸妈妈呢？也不能白当啊，他们应该的。我以后做了爸爸妈妈也会这样。这难道就是爱吗？爱也太平常了！

我震住了。一个不懂得爱的孩子，就像不会呼吸的鱼，出了家族的水箱，在干燥的社会上，他不爱人，也不自爱，必将焦渴而死。可是，你怎样让由你一手哺育长大的孩子，懂得什么是爱呢？

从他眼睛接受第一缕光线时,已被无微不至的呵护包绕,早已对关照体贴熟视无睹。生物学上有一条规律,当某种物质过于浓烈时,感觉迅速迟钝麻痹。

如果把爱定位于关怀,随着孩子年龄的增长,对他的看顾渐次减少,孩子就会抱怨爱的衰减。"爱就是照料"这个简陋的命题,把许多成人和孩子一同领入误区。

寒霜陡降也能使人感悟幸福,比如父母离异或是早逝。但它是灾变的副产品,带着天力人力难违的僵冷。孩子虽然在追忆中,明白了什么是被爱,那却是一间正常人家不愿走进的课堂。

孩子降生人间,原应一手承接爱的乳汁,一手播撒爱的甘霖,爱是一本收支平衡的账簿。可惜从一开始,成人就间不容发地倾注了所有爱的储备,劈头盖脸砸下,把孩子的一只手塞得太满。全是收入,没有支出,爱沉淀着,淤积着,从神奇化为腐朽,反让孩子成了无法感知爱意的精神残疾。

我又问一群孩子,那你们什么时候感到别人是爱你的呢?

没指望得到像样的回答。一个成人界都争执不休的问题,孩子能懂多少?比如你问一位热恋中的女人,何时感觉被男友所爱?回答一定光怪陆离。

没想到孩子的答案晴朗坚定。

我帮妈妈买醋来着。她看我没打碎瓶子,也没洒了醋,就说,闺女能帮妈干活了……我特高兴,从那会儿,我知道她是爱我的。翘翘辫女孩说。

我爸下班回来,我给他倒了一杯水,因为我们刚在幼儿园里学了一首歌,词里说的是给妈妈倒水,可我妈还没回来呢,我就先给我爸倒了。我爸只说了一句，好儿子……就流泪了。从那次起，我知道他是爱我的。光头小男孩说。

我给我奶奶耳朵上夹了一朵花，要是别人，她才不让呢，马上就得揪下来。可我插的，她一直戴着，见着人就说，看，这是我孙女打扮我呢……我知道她最爱我了……另一个女孩说。

我大大地惊异了。讶然于这些事的碎小和孩子铁的逻辑。更感动他们谈论时的郑重神气和结论的斩钉截铁。爱与被爱高度简化了，统一了。孩子在被他人需要时，感觉到了一个幼小生命的意义。成人注视并强调了这种价值，他们就感悟到深深的爱意。在尝试给予的同时，他们懂得了什么是接受。爱是一面辽阔光滑的回音壁，微小的爱意反复回响着，折射着，变成巨大的轰鸣。当付出的爱被隆重地接受并珍藏时，孩子终于强烈地感觉到了被爱的尊贵与神圣。

被太多的爱压得麻木，腾不出左手的孩子，只得用右手，完成给予和领悟爱的双重任务。

天下的父母，如果你爱孩子，一定让他从力所能及的时候，开始爱你和周围的人。这绝非成人的自私，而是为孩子一世着想的远见。不要抱怨孩子天生无爱，爱与被爱是铁杵成针百年树人的本领，就像走路一样，需反复练习，才会举步如飞。

如果把孩子在无边无际的爱里泡得口眼翻白，早早剥夺了他感知爱的能力，育出一个爱的低能儿，即使不算弥天大错，也是成人权力的滥施，或许要遭天谴的。

在爱中领略被爱，会有加倍的丰收。孩子渐渐长大，一个爱自己爱世界爱人类也爱自然的青年，便喷薄欲出了。

爱情没有快译通

我和朋友做过一个游戏，很有趣。

你说你也想做。好啊，我希望大家都有机会参与，别看我们都已是成人，其实每个人心底都埋着一颗喜爱玩耍的种子。我先来讲一讲规则。所有的游戏都是有规则的，要想玩得好，就得守纪律，要不就乱了套了。

那规则就是——找一张白纸，写上你的一个常常出现的情绪，比如说——愤怒、怀念、孤独、忧郁等等。哦，看到这里，你可能要说，都是让人懊丧的情绪啊？正面的可不可以写呢？当然可以啦，比方高兴、喜悦、慈爱、关切等等，都行。

好了，现在你已写好了自己的想法。把那张藏着你的秘密的纸条，对折，然后让它安安稳稳地平躺在桌上，一副大智若愚的模样，暂时谁也不让看。

此刻它就像一个沉睡的蚕宝宝，一动不动地眠着，只有到了揭开谜底的时分，才带着长长的思绪，飞出美丽的白蛾。

然后你找一个人,最好是对你比较了解,你把他当作知心朋友的人。你对他或她说,此刻,我正被一种情绪缠绕着,满心念的都是它。现在,你猜猜看,那是一种什么思绪?

他或她肯定会说,我又不是你肚子里的虫,我怎么会知道?

你说,别急啊,我会给你线索。这就是我的表情。平日当我被这种情绪笼罩的时候,我就做出这副模样,你猜猜看。说完以上的话以后,你就坐到他对面(为了叙述方便,我就不论男女,都用"他"字了)。最好找一个光线明媚地方,让你的一颦一笑,都让他尽收眼底。好啦,现在你心里默念着刚才写在纸上的字,脸上做出你沉浸在这种思绪中时对应的表情,也可以辅助身体的语言。比如你平日愁苦的时候,蛾眉紧锁、杏眼低垂,再加上挂着腮帮子,耷拉着头……总之,不要刻意表演,越自然,越像生活中真实的你,越好。

你保持如此的表情和姿势一分钟后,就可以恢复常态了。然后让你的朋友说出,刚才你在想什么?

他或许会沉默,会思索,会疑惑……注意啊,你一定要有足够的耐心,并且有克制力,不可提示,不可启发,不可诱导。否则咱们就前功尽弃啦。

依我和朋友玩过多次的经验,此时绝大多数的人会沉思良久,好像他们面对的不是一个朝夕相处耳濡目染的大活人,而是恐龙什么的,然后久久地不吭声。最后在大家都等得不耐烦的时候,才迟迟疑疑地吐出一个词,比如"苦闷……孤单……"等等,然后忙不迭地打开桌上的纸条。一看之下,半晌不语,那答案和猜测往往风马牛不相及。

比如一个美丽的女孩子，做出眺望远方的模样。她的男友猜测——你是在想家！想父母！她吐了一声说，糊涂虫，我是在想你！男友说，我不就在你身边吗？当你出现这种神态的时候，我总是吓得屏气息声，不敢打破沉默。我不知道自己哪点没有做好，惹得你不满意，你才如此凄楚地思念他人……女孩子说，你怎么会这么笨呢？你既然爱我，就该懂得我的心。男孩子说，爱，只能解决一部分问题，并不能解决所有的问题。该说的你还得说出来，沉默不是金，是土是空气。女孩子说，我就是不说，我非要你猜。猜得出来我就嫁你，猜不出来，我就离开你……男孩子就愁眉苦脸地说，如果今后的几十年，天天都在灯谜和哑语中生活，累不累啊？！

另一个男子汉眼睛特别大。他做出第一个表情的时候，看着那铜铃一般圆睁的双眸，大家异口同声地说，噢，你在愤怒！

他一脸失望地说，才不是呢。好了，这个不算，我再做一次。他做出的第二个表情，又是如法炮制，瞪起双眼。大家稍微犹豫了一下，还是口径一致地说，你在发火！

他不甘心，又来了第二次。这一次的结果就更令人惆怅了。大家没精打采地说，你换个新内容让我们也好抖擞精神，干吗又做出打架的样子？！

男子汉后来沮丧地告知我们：他的纸条上，第一次写下的是"幸福"，第二次写下的是"喜爱"，第三次写下的是——"慈祥"！你肯定要说，差得这般十万八千里，我才不信呢！你一定是没选好对象，或者是围观的人太弱智，才如此指鹿为马。

我一点也不生气你的这种指责，我很希望你能亲自试一试。找自己最亲爱的人,最好。假如能百发百中地猜对,那真是人间少有的幸福伴侣。

我耐心地等待着你的试验……怎么样?做完了吧?你不仅仅做了一次,而是做了许多次。桌上的纸条叠起又打开,打开又写一下,好像一只只归巢后又被驱赶而出的信鸽。你很希望能打破我的预言。但你做完了,为什么长久地沉默不语?还透出淡淡的忧伤?你的手指把纸条扯成一缕缕,任它飘荡,好似破碎的思绪。

是的,真正的现实就是这般冷静而无商榷。最厚重的隔膜,就在咫尺之遥。在你以为肌肤相亲的帷幔当中,横亘着无法穿越的海峡。

科学技术是越来越发达了,但迄今没有一种仪器,可以测量出人类的情感进行状态,可以预计出人的情绪指数。当我们能够探知遥远星球的一次轻微地震的时候,我们不知道自己的同床伴侣,是否辗转反侧。爱情没有快译通,心灵的交流如此细腻朦胧。当我们以为自己洞察他人心扉的时候,其实往往隔靴搔痒,南辕北辙。

不要怨天尤人,不要动不动就上纲到爱与不爱。爱不是万能钥匙,爱不能在每一个瞬间都摧枯拉朽上线。爱无法破译人间所有的符码,爱纵是金属,也会有局限和疲劳。增进了解可以加固爱,误会错怪可以动摇爱,这是我们每个人都曾有过的体验。

隔膜往往是双层的。当我们无法正确地表达的时候,我们首先就失却了被人悟知的前提。所以训练我们明快简捷准确平和的表达能力,是人生的重要课题。不要以为说出自己的心思是一件很简单的事情,在很多的时候,我们先是不敢说,再之是不肯说,然后是不屑说,最后就成了不会说。尤其是当我们软弱的时候,我们没有勇气说。当我们悲哀的时候,我们被文化的传统训导为不可说,说了就显懦弱,说了就是渺小。当我们痛苦的时候,我们以为不当说,说了就遭人耻笑。当我们孤独的时候,我们想不起说。

其实,一个人的坚强与否,不在于他是否说出自己的苦难,而在于他如何战胜自己的苦难。说的本身,也是一种描述和正视,当我们能够直视那些令人痛楚的症结的时候,力量也就随之产生了。

既不夸大也不缩小,既不言过其实,也不矫饰虚掩,直面惨淡的人生,逼视淋漓的鲜血,该是人生勇敢和智慧的大境界。

其次我们要会听。有人说,听谁还不会啊,是个人都带着自己的耳朵,想不听还办不到呢!

了解和交流,在于两颗心的同一律动,在于你深深地明了对方向你描述的那一切。从这个意义上说来,"会听",也许是人生另一番需要修炼的深远功夫。坦诚说出自己的感受,即便艰难,好歹还有自我的内心世界可以参照,只需勇气和描述的技术,基本就可完成。但听的功力,除了有 双好耳朵,还需有一颗擦拭干净不畸形不变异的心。如果自心是哈哈镜,把人家的话听得变了形,那责任就不在说者,而在听者。

会听的心,要有大的空间,除了容纳自身,还能接纳他人。会听的心,要有对人的真诚,因为听的那一刻,你将把心灵至尊的位置,让给你的朋友。会听的心,是柔软和温暖的,让人感到融融的温馨。会听的心,是坚强的,因为它有自己顽强的意志,不会在袭来的痛苦之中摇摆淹没……

有一个可以救命的外科手术，叫作"心脏搭桥"，说的是在堵塞了血管的心脏上，再造一条新的流畅的脉络，让新鲜的充足的血液，流入衰弱的心脏。我很喜欢这个手术的名称，借来一用。我们除了在自己的心脏上搭桥，也需在不同的心脏之间搭桥，以传达我们彼此间的感觉和友谊。

关于爱的奇谈怪论

爱是人们常常谈论的话题,因为在空气、水分、食物和安全之后,就是我们的爱了。比如安全这问题,表面上看来是对环境的要求,其实是一种爱的深化,我们只有在爱中,才感觉自己是有价值,是值得爱护保护珍惜和发展的。一个丧失了安全感的人,是无法从容地爱自己和爱世界的。比如人际关系,更是爱的浓缩和放大。难以设想,一个不爱他人的人,会有广泛的朋友和良好的社会关系。当然,他的身旁可能会聚集着一些人,但那不是心灵的需要,只是利益的驱使。谈到自我实现,更是爱的高级阶段。因为你的爱,超越了一己的范畴,才扩展到更广阔的人和事物。在这种升腾与弥散的过程中,爱变成一种柔和的光芒,从一个核心的晶体稳定地散发着,把温暖和明亮,播扬到远方。

但是,当人们议论起爱的时候,却有着许多混淆和迷乱的地方。爱成了一个花脸,大家都随心所欲地涂抹着它的面孔,把自制的油彩敷在它的嘴角和眉梢。爱于是变得面目诡谲和莫测起来。有几个流传很广的说法,我想提出讨论。

其一:爱和年龄有关吗?

这是人们通常不付诸书面,却彼此心照不宣的概念。具体意思是——只有年轻人才享有充沛富饶的爱意,它的浓度随着年龄的增长而逐步递减,从高耸的爱的山峰萎缩至贫瘠的爱的荒原。由于这一假设的存在,年轻人因此而沾沾自喜,觉得自己仿佛享有一个爱的太平洋,可以不加计算地挥霍爱意。上了年龄的人则很气馁,当谈到爱的时候,很有一些顾左右而言他的窘迫。爱的门扉已经像一间到了下班时间的商场,缓缓关闭。店员们带着疲惫的笑容在重复着"谢谢光临",你也花光了所有的积蓄,即使别人不翻白眼,自己也无颜再耽搁,只有缩起脖子夹着尾巴却步抽身,才是明智之举。

有一种影响约定俗成,那就是——爱——似乎是年轻人的专利,或者只有他们才有深入探讨的必要。当人们说到中年或老年人的爱意时,会扭扭捏捏地觉得那是一种爱的残次品,不那么正宗,不那么地道。比如在形容青年以上年纪人的爱情的时候,基本不会用"火热"这个词,而只以"温馨"替代。毋庸置疑,温馨比火热的温度,要差着好几个数量级呢!

在人们约定俗成的看法中,爱是有年龄限制的。它大量地存在于生命旺盛的青少年,而较少地分泌于生命渐趋平稳和衰落的成熟期和晚期。

这岂止是谬误的,首先是奇怪的。它把爱这种密切属于人类的高等和神圣的感情,简化到相当于睾丸素、黄体酮之类内在的荷尔蒙分泌物和诸如皱纹和胡须这种简单的外在指标了。

这必然首先牵涉到爱是一种生理现象还是一种精神现象。

持年轻人拥有最多的爱意的看法的人，其实是把爱定位在激素特别是性激素的产量上了。如果这样来看，年轻人是一定会把老年人打败的。但不幸或者是有幸的是，爱是一种精神的状态，是一种需要不断修炼和提高的艺术，是一种积累经验审视自我的完善过程。因此，爱是和年龄无关的。

证据就是，爱可以在年轻人那里发生，也可以在老年人那里发生。从有人类以来的无数故事和历史可以证明，爱不是年龄的产品，它是心灵的能力。

其二：爱和对象有关。

中国有一句俗语，现在被人用得越来越多了，那就是——遇人不淑。原来是女人专用的，如今也常常听到被抛弃和耍弄的男人长吁短叹此词。爱错了人的惨剧，古往今来，总是屡屡发生。人们在唏嘘之余，总是悲叹那薄命女子痴情汉，怎么不把眼睛拭亮，偏偏遇到了不该爱不能爱的人，糊里糊涂地就爱上了，且爱得水深火热？！

于是顺理成章地归纳出：在此情此景中，爱是没有过错的，错的是那爱的对象，不能承接爱，不能感悟爱，不配得到爱……总之一句话——所爱非人。不是有一首很有名的歌吗，叫作"爱上一个不该爱的人"……

这就很有一点讨论的必要了。

爱在这种悲剧中，似乎是孤立的一盆水，可以从楼台上闭着眼睛，泼到任何一个人的头上，凭的是冥冥之中的概率。和那个施爱者是没有关系的。甚至有一种可怕的论调，认为爱是盲目的，爱是碰运气，爱是不可知不可测定的，爱是没有规律的……

爱在这里蒙上了宿命和诡谲的色彩，被妖魔化了之后，躲在命运的山洞里，伺机以画皮的模样谋害我们。

这样以少数人的愚蠢所导致的失利，来嫁祸于爱的清白之躯，是不公平和不正派的。

爱是一个正常心智的明媚选择，它积聚了一个人的精神能量和所有的素养智慧，是综合力量的体现。它首先表现在施爱者是有力量和有眼光的。如果你根本没有爱的能力，好比压根就不会游泳，你误入爱的海洋，你被淹得两眼翻白，甚至有生命危险，但这不是海水的过错，这是因为你对自己的技艺判断失误。这是你的责任，怎么能迁怒于一望无际波澜壮阔的大海呢？人们对于自然界是如此宽宏大量和易于理解，为什么就对与我们休戚与共的爱，如此苛求相逼呢？这后面是否掩藏着我们人类对自己的宽纵和对无言情感的肆意欺凌呢？

你爱错了，责任在你。不但说明你的眼睛不亮，视力散光，聚焦不准，而且说明你根本就不懂得什么是爱，灾祸发生之后，搞清楚责任，是一件很痛苦和扫兴的事情，特别是在枝蔓生长到一败涂地的时候，挖掘出最初那悲惨的种子，原来竟是自己亲手播种，当灾异显出狞恶之相时，自己非但没有亡羊补牢斩草除根，反倒以血饲虎姑息养奸以致贻害无穷……需要极大的勇气和力量审判自己。甚至可以武断地说，由于这类悲剧事件的主人公，原本就对爱的理解，颇多肤浅偏颇，当他们气定神闲的时候，你都不能指望他们的明智与清醒。在危机倒海翻江而来的时候，期待他们能有很好的自省力度，几近奢望。同时，我也深信，不幸的现场，如果妥加发掘，是一个虽然付出高昂学费，但也会物有所值的宝贵课堂。有时，幸福这个老师，和颜悦色地教授给你的学问，绝对逊色于灾难声色俱厉的鞭挞。可惜的是，浑身伤痕的爱的败阵者，怨天尤人地呓语着，骂遍了天下人，单单饶过了自己。所以，我很想煞风景地提醒一下善良的人们，对爱的战役中的败将，如果他或她没有对自身的反思和批判，如果在交了一笔昂贵的爱的学费之后，学会的只是指责怨恨，那么，无论他或她显出多么楚楚可怜的模样，你可以帮助以金钱，却勿倾泻情感。他们不懂真爱，还需努力学习。

搞清爱的最主要方面，不是在于爱的对象，而在于爱的主体，是沉冷峻严的判断。当你在人世间承受着种种知识的积累的时刻，你还需不断地历练对于爱的思索和实践。你要善于总结经验。如果不把主要的光圈聚焦在自己的爱的基准上，只是在大千世界的林林总总中发泄怨气、推卸责任，你就不但受到了来自他人的情感重创，而且还丢失了以后避开类似伤害的亡羊补牢的篱笆。

有很多人以为，只要成功地找到了一个可爱的人，爱就如霍乱病菌一般，自动地以几何数量级地滋生起来，剩下的事，就是不断地收获爱的果实了。爱主要是一个寻找的过程。找对了，就一好百好，找错了，就一了百了。以为爱是一件虎头蛇尾的事，成败仅仅维系在开端部分。

于是，找到那爱的对象就成了千钧一发生死未卜的事件。此事一完成，就马放南山，刀枪入库，只剩等着岁月这个发牌员，验证我们当初押下的签了。

爱是一时一事还是一生一世？

爱是一锤定音还是守护白头？

爱是一失足成千古恨还是勤勉呵护日积月累？

爱是变数还是常数？爱是概率还是守恒？

你的爱情等待你的看法。你的爱情验证你的看法。你能够有什么样的爱情观，你就有什么样的爱情。你的观念就是你的命运。

原谅我说得这般决绝甚至带有一点霸道。因为它实在太简单了。引发悲惨结局的肇事者，常常不是对复杂事物的判断，而是对常识的藐视和忽略。

旷野与城市

城市是一粒粒精致的银扣，缀在旷野的黑绿色大氅上，不分昼夜地熠熠闪光。我所说的旷野，泛指崇山峻岭、河流海洋、湖泊森林、戈壁荒漠……一切人迹罕至保存原始风貌的地方。

旷野和城市，从根本上讲，是对立的。

人们多以为和城市相对应的那个词，是乡村。比如常说"城乡差别""城里人乡下人"，其实乡村不过是城市发育的低级阶段。再简陋的乡村，也是城市一脉血缘的兄长。

唯有旷野与城市永无声息地对峙着。城市侵袭了旷野昔日的领地，驱散了旷野原有的驻民，破坏了旷野古老的风景，越来越多地以井然有序的繁华，取代我行我素的自然风光。

城市是人类所有伟大发明的需求地、展览厅、比赛场、评判台。如果有一双慧眼从宇宙观看夜晚的地球，他一定被城市不灭的光芒所震撼。旷野是舒缓的，城市是激烈的；旷野是宁静的，城市喧嚣不已；旷野对万物具有强大的包容性，城市几乎是人的一统天下……

人们为了从一个城市,越来越快地到达另一个城市,发明了各式各样的交通工具。人们用最先进的通信手段联结一座座城市,使整个地球成为无所不包的网络。可以说,人们离开广义上的城市已无法生存。

我读过一则登山报道,一位成功地攀上了珠穆朗玛峰的勇敢者,在返回营地的途中,遭遇暴风雪,被困且无法营救。人们只能通过卫星,接通了他与家人的无线电话。冰暴中,他与遥距万里的城市内的妻子,讨论即将出生的孩子的姓名,飓风为诀别的谈话伴奏。几小时后,电话再次接通主峰,回答城市呼唤的是旷野永恒的沉默。

我以为这凄壮的一幕,具有几分城市和旷野的象征。城市是人们用智慧和心血、勇气和时间、一代又一代堆积起来的庞然大物,在城市里,到处是文明的痕迹,以至于后来的人们,几乎以为自己披甲执兵,无坚不摧。但在城市以外的广袤大地,旷野无声地统治着苍穹,傲视人寰。

人们把城市像巨钉一样,楔入旷野,并以此为据点,顽强地繁衍着后代,创造出流光溢彩的文明。旷野在最初,漠然置之,甚至是温文尔雅地接受着。但旷野一旦反扑,人就一筹莫展了。玛雅古城,庞贝古城……一系列历史上辉煌的城郭名字,湮灭在大地的皱褶里。

人们建造了越来越多越来越大的城市,以满足种种需要,旷野日益退缩着。但人们不应忽略旷野,漠视旷野,而要寻觅出与其相亲相守的最佳间隙。善待旷野就是善待人类自身,要知道,人类永远不可能以城市战胜旷野,旷野是大自然的肌肤。皮之不存,毛将焉附?!

家的疆域

　　一个家就像一潭水，经常有风和石头经过，扰乱平静。夫妻间发生争执的人和事，有时同自家没一点关系，颇有株连的味道。比如遥远的地方有一个女人死了，妻子说，真吓人啊。丈夫说，有什么了不起？这世上每天死的人多了去了。妻子就说，想不到你是这么一个绝情的人，有朝一日我死了，只怕你也无动于衷。丈夫说，这不是强加于人吗？她死和你死有什么关系呢？真小题大做！妻子说，我都要死了，你还说是小题，在你心里，究竟谁才是大事……于是，争吵就水到渠成地发生了。

　　家是一个那么容易发生地震的地方，其频率和烈度大大超乎我们的想象，震中却往往不足挂齿。好像人们相知得越多，越难以彼此从容地体谅。如果说我们对外界的人，还有耐心探讨动机的多种可能性，做出比较理性客观的判断，对在同一屋檐下爆发的争吵，几乎从一开始就认定对方是挑衅和非善意。我们可能为一件毫不相干的人和事，发起剧烈的口角，直到完全忘记了唇枪舌剑的诱因，只遗留下锋利言辞对彼此心灵的伤害。每逢阴雨，那伤痕还会像蚯蚓似的蠢蠢欲动。

或许对家庭的势力范围，做个明确的划分会有益处。家是我们共同的领地，它从建立那天起，就是一个崭新的国度。每个男人和女人，在婚前都有自己的疆界和朋友。走到一起来的时候，除了携着自身，还举一反三地带来了原先的爱好、习惯和亲朋……要知道，新组家庭的国境线，并不是男女双方原有管辖区域简单地算术叠加。如果你悲惨地那样以为了，就会对不期而至的遭遇战事惊诧莫名，被无穷的战火轻则熏伤重则灼灭。

每一对夫妻都需要细致地研究，这个刚刚诞生的小小联合体，有哪些不同的兴趣和特殊的禁忌。

当我们对某一人和事慷慨陈词的时候，也许表面上看不出血肉相依的联系，但实际上凸透的是自己对世间的特定视角。既然我们在其他场合，都可以谦虚地承认自己并非万能，在家中为什么要强硬地固执己见？想来是希望最亲近的人，能与自己心心相印。一旦遭到误解和反驳，愤怒和沮丧便呈现三倍的猛烈与尖锐。

所以，对于那些敏感而无关大局的话题，明智的办法就是像两个边境不清的邻国，各自后撤，以便维护和平共处。

无伤大雅的分歧，可避让与迂回。对远处的人和事，不妨模糊朦胧，求同存异。对那些有可能导致战火的危险话题，明智地腾挪躲闪。对共同感兴趣的部分，大张旗鼓同仇敌忾。

当然，疆域可以渗透，可以磨合，可以扩展，可以融会贯通天下大同。但那需要时间，很漫长的时间，也许一生一世。涂抹疆域界线的橡皮，只能是爱。持之以恒的相互热爱，甘远醇厚。爱到心驰神往，爱到天人合一。

家可以延伸得很远很远，包容大千世界。家可以蜷缩得很小很小，仅两个人也打得不可开交。家的边陲可以绿树成荫繁花似锦，围起一个小鸟的天堂。家也可以狼藉一片血流漂杵，筑成一双男女的死牢。关键须每位成员既是国王也是兵，建设它守卫它，和谐地调整家的内政外交，处理好家的边关防务。

在家的日子，我们要更宽容，更聪慧，更善良，更真诚。

家无垠。

飘扬的长发与人生的幸福

接到一封读者来信，是一个名牌大学的男生写来的。他说恋爱过程连战累挫，女友抛弃了他，很痛苦，简直丧失了活下去的勇气。他问我拯救自己的方式是否马上进入下一场恋爱？以前的每一位女友都有飘逸的长发，都是一见钟情。他说，我还要找一头长发的女孩，还要一见钟情。

通常的读者来信，我是不回的。但这一封，让我沉吟。他谈到了厌世和一个我不能同意的救赎自我的方法，我想对长发谈点看法。因为长发对他成了一种绝望与新生的象征。

早年间，看到很多女孩留长发，司空见惯了，也不去寻找这后面所包含的信息。后来，我偶然发现一位已婚女友的发式常有变化，有时是长发，有时是短发。刚开始我以为这是她出于美观或是时尚的考虑，后来她告诉我这和她的婚姻状况有关。如果这一阶段她和丈夫关系不错，她就梳短发。如果关系很僵，她就留长发。我说，哦，我明白了，头发和爱情密切相关。她笑话我，说亏你还是个作家呢,难道不知头发是人的第三性征?

后来,我见到她稳定地梳起了马尾巴。说实话,那一头飘逸的长发(她的头发不错),和她满脸的皱纹实在是有些不宜。好在我已明白了头发的意义,对她说,你是下定了离婚的决心,要重新寻找新的伴侣了。

她有些惊奇,说我还没来得及告诉你,你怎么就知道了?

我说是你的头发出卖了你。她抚摸着头发说,这是爱情的护照。

那以后我就对长发渐渐地留意起来。

女性头发的样式,表示她的婚姻状况,这是一种集体无意识,已经深深地刻在我们的骨骼上了。女孩子为什么要留长发?首先因为一个人的头发,是一个很好的晴雨表,可以反映这个人的健康状况。在中医学里,称"发为血之余"。一个人的头发是否健康,表示着他的血脉是否丰沛充盈,生命力是否蓬勃旺盛。服饰可以调换、颜面可以化妆,但一个人的头发,是不能全面颠覆的。血自骨髓来,骨是一个人先天后天的精华之府。在骨髓的后面站着——肾。"肾主骨生髓",这才是关键所在。众所周知,在东方人的文化中,"肾"并不仅仅是一个泌尿器官,而是和人的生殖系统有着极为密切的关系。

好了,现在我们已经逐渐捅到了问题的核心。长发在某种意义上,表达的是这个人"肾"的健康状况,也就是间接地反映着他的生殖潜能。当你以为只是展示你飘逸的长发的时候,你其实是在暴露你的健康史。

所以,一般说来,未婚的和期望求偶的女子,爱留长发。如果一个未婚女孩梳个短发,大家就会说她像个"假小子"。女子在结婚的时候，会把头发来一个改变。正如那首著名的歌曲中唱道的："谁把你的长发盘起，谁为你穿上嫁衣？"

如今，对女子头发的要求，是越来越苛刻了。君不见某些品牌的洗发水广告，拍出的长发美女，那头发的长度已经到了一挂黑瀑的险恶境地。画面曲折表达的意思是——你想赢得性感高分吗？请向我看齐。潇洒到形销骨立的某男明星干脆说：我的梦中情人，有一头长发。潜台词即是：你想成为著名歌星的梦中情人吗？此处有一个绝好的机会——请用我们这个牌子的洗发水吧！

这种要求渐渐全方位起来。比如近年来的男性歌手组合"F4"的走红，除了种种因素之外，我觉得和他们形象中的一统长发有相当的关联，不单男性需要知道女性的健康和性征资料，女性也有同样的要求，女性潜在的平等诉求被察觉和被满足，于是"F4"的蓬松长发油然而生并一炮蹿红。

不厌其烦地就头发讨论了半天，是想说明"性"这个因素，是仅次于"食"的人类基本本能之一，它的影响力不可低估。它在很多时候，渗入到我们生活的种种缝隙中，以"缘分"甚至是"思想"这类面孔闪亮登场。

再来说说一见钟情。我是医生出身，见过若干就"一见钟情"的生物学分析。在那些神话般的境遇之中，很可能是男女双方的体味在相互吸引，要么就是基因的配型有着某种契合，还有免疫互补……甚至，童年经验也在润物细无声地影响着我们。不要把"一见钟情"说得那么神秘，那么不可思议地权威。我们不是生活在真空中，很多以为虚无缥缈的事件背后，有着我们今天还不能彻底通晓的物质基础。

在我们以为是天作之合的帷幕下，有时埋伏着的不过是人的本能这个老狐狸。我在这里绝没有鄙薄本能的意思，但作为主人，知道有乔装打扮的本能先生混在客人堆里一个劲儿地劝酒，觥筹交错时就要提防酩酊大醉，以防完全丧失了理智，被本能夺了嫡。

本能这个东西，很有意思。魔力就在于我们能否察觉它。它习惯在暗中出没，魔法无边。我们被它辖制而不自知，它就是君临天下的主宰。但是，如果把它揪到光天化日之下，它就像雪人一样瘫软乏力。假设那位来信的男生，知道了他期望找到一位长发女友这一先入的标准，不过是要查询和检验一个女子的生殖系统潜能和最近若干时间以来的健康状况，那么，他在考虑长发因素的时候，可能就有了更多的角度和更宽容的把握。

本能是很会乔装打扮的，它不狡猾，但它善变。能够识出它的种种变相，不仅要凭一己的经验，也要借助他人的心得和科学的研究。

如果有人现在对那个男孩子讲，你选择女友的标准只是看她如何性感，我猜他一定要反驳，说根本就不是那样浅薄。我们情投意合，我们非常默契。我要找到的就是和她在一起的这一份独特的感觉……

其实在婚姻这件事上，绝对的好或是绝对的坏，大约是没有或是极少的，有的只是常态，只是平衡，只是相宜。单凭某个孤立的条件来寻找爱人，怕是不够成熟的表现。你是一个什么人，你可要先认清，才好去寻找一个和你相宜的人。我很喜欢一个词，叫作"志同道合"，人们常常以为这句话是指事业，我觉得写给婚姻更妙。

有的年轻朋友会说，我找的是伴侣，火眼金睛地把对方认清了不就得了，干吗先要从自己开刀？

理由很简单。忠诚的人只能欣赏忠诚，而不能欣赏背叛。诚恳的人只能接纳诚恳，而不能接纳谎言。慷慨的人可以忍受一时的小气，却不会喜欢长久的吝啬。怯懦的人可以伪装暂时的勇敢，却无法在无尽的折磨中从容。谁想用婚姻改造人，只是一个幻彩的泡沫，真实只能是——人必然改造婚姻。

恋爱婚姻是一个寻找对方更是寻找自己的过程。你整个的价值观和思想体系，都在这种亲密无间的关系中，得以延伸和凸现。

如果你把金钱当作人生的要素，你就不要寻找一个侠肝义胆的爱人。因为你即使在危难中曾受惠于他，但那是他的禀性，而非对你的赞同。当有一天你祭起"金钱至上"的大旗，无论你怎样千姿百媚，还是挽不回壮士出走的决心。

如果你荆钗布裙安于寡淡，就不要寻找一个鸿鹄千里的爱人。即使你以非凡的预见知道他会直抵云天，也不要向这预见屈服，把自己的一生押了出去。否则他的翅膀上坠着你，他无法自在遨游，你也被稀薄的空气惊得胆战心惊。

如果你单纯以色相示人，就要准备在人老色衰的时候，被厌恶和抛弃。如果你喜欢夸夸其谈，你就等着被欺骗的结局吧。

物以类聚，人以群分。失恋男生喜欢长发和一见钟情，他就不断地被这些吸引。他把恋爱当成了一道算术题，当一个答案打上红叉的时候，他赶忙用橡皮擦掉笔迹，在毛糙的纸上写下另一个答案。殊不知他早已将题目抄错。

不要把长发当成唯一，一见钟情也没有什么神秘。我手头就有若干个例子，某些离散的婚姻，往往始于绚烂无缺的开端。比起开头来，人们更重视过程和结尾，这就是"创业难，守业更难"，这就是"成百里半九十"的含义。

我在一个有鸟鸣的清晨给这位男生回信。因为我已心境沧桑，而对方是一位青年，人在清晨的时候心脉比较年轻。我说，不要把人生匆匆结束，不要把恋爱匆匆开始。你把一件事做完再做另一件事好吗？

他很快给我回了信。他说，不是我没有做完，而是事情已经被女友提前结束。我复信说，为了你一生的幸福，你要把爱的前提，好好掂量，为此花费一点时间是值得的。没想清楚之前，旧的就不算真正结束。我明白你想用新鲜替代腐烂，想把新发丝粘在旧发丝上让它随风飘扬……可你见过馊了的牛奶吗？如果你不把酸奶倒掉，不把罐子刷洗干净，便把新牛奶倒进去，那么，只怕很快我们就又要捂起鼻子了……他已经久未来信了。我不知他是生我的气了，还是已酝酿了清新的爱情？

中　性

　　路上走着一个扎小髽髻穿花衬衣的大个子，身材窈窕。我想个子这么高的女孩该去当模特。那人猛一回头，我看到一簇茂盛若草坪的胡子。

　　屋里进来个年轻人，蓝短裤，白T恤，一双运动鞋，头发短得像刺猬，只有波浪起伏的胸部，使我确知她是一个女孩。

　　我看见一位女经理端坐在皮椅上，面前几部电话机像救火车似的此起彼伏鸣叫，她牵着话筒简短地吐出"是"或"不是"，"好"或"不好"的单音节，清脆得像一枚枚闪亮的图钉，把自己的思维像地图一样明晰地挂在对方的脑海里。间或有几位须眉男子来向她请示工作，虽不敢说他们唯唯诺诺，形容为毕恭毕敬是一点也不过分的。

　　看到过一位男子汉的眼泪。那是一处豪华的酒店，周围熙熙攘攘，砖红色的果茶粘得像血。他在讲他的抱负——以后做一个议员。这不是一个悲痛的话题，这也不是一个哭泣的环境。我以为女人是很讲究哭的气氛的。在我完全意料不到的时候，男人的泪水像冰雹一般陨落。有棱角的水滴砸在宝蓝色的金利来领带上，发出沉闷的声响。

五十知天命。他已到达了这条智慧的界限。

很久以来我就知道，当买不到合适的女衬衣的时候，不妨到男服柜台转一转。那里是超出想象的花团锦簇呢！

我的一位男性熟人脚小，以前总听他抱怨不得不买童鞋。有一次他神秘地告诉我，现在可好了，可以买女鞋了。我吓了一大跳，说你要穿高跟鞋了，是吗？他说，你一定是好久没到女鞋柜台去了。现如今的女鞋平跟有鞋带，简直跟男鞋一模一样。

男人和女人都穿夹克。男人和女人都围丝巾。运动鞋早就不分男女，紫红色墨绿色甚至明黄——这些以前多为女人的专用色彩，老爷爷也敢招摇过市。男人能爬上的山，女人也能爬；男人能飞上的天，女人也能飞。除了体育比赛还分男女，性别的界线被一块巨大的橡皮擦涂抹着，越来越模糊。

于是，我想到了"中性"。

中性是一种物质的属性。碱是一种沉重的苦涩，酸是一种尖锐的疼痛。唯有中性，豁达、明朗、温和、平静。当男人和女人各自强调着自己的性别角色，在混沌之中摸索了许多世纪以后，不约而同地走向了中性。

中性是一种视角。男人和女人就像两只不同的眼睛，隔着鼻子观察这个世界。特定的视角既帮助了他们，又妨碍了他们。在社会这所立体影院里，男人和女人戴着破碎的一只镜片的眼镜，影像模糊，头昏脑胀。中性是一副完整漂亮的新眼镜，它使男人和女人看到的景象真实而统一。

中性是一种语言。男人和女人是各自孤独的国度，要么老死不相往来，要么剑拔弩张兵戎相见。当然这与边界的纠纷、风俗的迥异有关，但言语的不通，实在也是一个极重要的原因。男族操粗犷语，女族操婉细语，就有了许多难以翻译的词汇。中性是性别联合国的世界语，大家再不致发生误会。

中性是一种位置。赤道上太炎热，南极里太寒凉。唯有温带最惬意。太靠左了是悬崖，太靠右了是绝壁，唯有大路中间最安全。太阳底下晃眼，雷雨之中暗淡。唯有月朗风清的傍晚，我们既可眺望遥远的征程，又可欣赏路边的风景。这是一种良好的生存状态。

中性是一种智慧。在有关自身和社会的命题上，男人和女人总是古怪地争论不止。女人耿耿于怀自己是肋骨变的，拼了命要证明自己是脊梁，于是就有了铁姑娘队，以求得同男人的一模一样为荣。丢了肋骨的男人，就成了严格意义上的残疾人（我认为那根肋骨一定是取自左胸——就是心脏的前方），心房裸露着，格外易受伤害。为了防止创伤，男人就装得此处坚强无比，希望对手糊涂，自动不来攻击。而每一个中性的人都是完整的个体，不偏颇不傲慢，不逞一时之勇，不计一地得失。他们的神经像强韧的钢索，弹拨得出美妙的音符，悬挂得起如晦的黑暗。

中性是一种勇气。从远古时代，男人和女人就不断强化着服饰上的区别。如今忽视了外在的标志，就像撕去了货物的商标，更要靠内在的质量说话。性征不再是附丽于颜色、发式的皮毛，而是一种像灯笼一样由内向外渗透的光芒。中性像一片苍茫的背景，使性别的感觉珍珠一般凸显出来，成为魅力的源泉。

中性是一种删削和简化。整个人类返璞归真，男人和女人大踏步地逼近终极的窗口，缩写为大写的人，抽象的人，纯粹的人。

中性并不同于男人能办到的事女人也能办到。后者是风暴中一条小船向另一条巨轮的单方面靠拢。中性是海洋中的灯塔，我们都向那温暖的光明游去，勠力同心，遥相呼应。

中性的实质是对体力差异的忽视。曾几何时，筋骨的强健是无数事物的度量衡标准。生理的差异是男性和女性永不泯灭的性沟。但历史并不是体育纪录的翻版，把男子和女子单独立项。居里夫人名垂史册，不是因为"夫人"，而是因为"镭"。李清照流传千古，不是因为美丽，而是因为"凄凄惨惨戚戚"的哀婉和"死亦为鬼雄"的壮怀。熔炉般的历史是按照宇宙的含金量来品味矿石的价值，而不在意它是圆是方。

高科技把体力的堤坝冲毁，机械加长了女人的手。只要按几个电钮，庞然大物会轰然倒塌。电脑不会计较揿压它的那只手是粗糙多毛还是纤细如柳。甚至战争也早不是刀光剑影的格斗，而在千里之外的杯觥交错中。

意志的竞技场，不存在女士优先的法则。造物主不是绅士，而是猛士。他只青睐把他打败的赢家，才不管你是穿花袄还是长袍。

我们站在中性的横杆前。女性不再受到歧视，也不接受优待。

中性使世界明了，中性使世界严峻。不管你喜欢不喜欢，这个世界越来越趋向大一统的中性，显示的是每个个体独特的力量。

我很重要

当我说出"我很重要"这句话的时候,颈项后面掠过一阵战栗。我知道这是把自己的额头裸露在弓箭之下了,心灵极容易被别人的批判洞伤。

许多年来,没有人敢在光天化日之下表示自己"很重要"。我们从小受到的教育都是——"我不重要"。

作为一名普通士兵,与辉煌的胜利相比,我不重要。

作为一个单薄的个体,与浑厚的集体相比,我不重要。

作为一位奉献型的女性,与整个家庭相比,我不重要。

作为随处可见的人的一分子,与宝贵的物质相比,我们不重要。

当我在国外的一份刊物上看到"一个人的价值胜于整个世界"的口号时,曾大惑不解。

我们——简明扼要地说,就是每一个单独的"我"——到底重要还是不重要?

我是由无数星辰日月草木山川的精华汇聚而成的。只要计算一下我们一生吃进去多少谷物,饮下了多少清水,才凝聚成一具美轮美奂的躯体,我们一定会为那数字的庞大而惊讶。平日里,我们尚要珍惜一粒米、一叶菜,难道可以对亿万粒菽粟亿万滴甘露滋养出的万物之灵,掉以丝毫的轻心吗?

当我在博物馆里看到北京猿人窄小的额和前凸的嘴时,我为人类原始时期的粗糙而黯然;他们精心打制出的石器,用今天的眼光看来不过是极简单的玩具。如今很幼小的孩子,就能熟练地操纵语言,我们才意识到已经在进化之路上前进了多远。我们的头颅就是一部历史,无数祖先进步的痕迹储存于脑海深处。我们是一株亿万斯年苍老树干上最新萌发的绿叶,不单属于自身,更属于土地。人类的精神之火,是连绵不断的链条,作为精致的一环,我们否认了自身的重要,就是推卸了一种神圣的承诺。

回溯我们诞生的过程,两组生命基因的嵌合,更是充满了人所不能把握的偶然性。我们每一个个体,都是机遇的产物。

常常遥想,如果是另一个男人和另一个女人,就绝不会有今天的我……

即使是这一个男人和这一个女人,如果换了一个时辰相爱,也不会有此刻的我……

即便是这一个男人和这一个女人在这一个时辰,由于一片小小落叶或是清脆鸟啼的打搅,依然可能不会有如此的我……

一种令人怅然以致走入恐惧的想象,像雾霭一般不可避免地缓缓升起,模糊了我们的来路和去处,令人不得不断然打住思绪。

我们的生命,端坐于概率垒就的金字塔的顶端。面对大自然的鬼斧神工,我们还有权利和资格说我不重要吗?

对于我们的父母，我们永远是不可重复的孤本。无论他们有多少儿女，我们都是独特的一个。

假如我不存在了，他们就空留一份慈爱，在风中蛛丝般无法附着地飘荡。

假如我生了病，他们的心就会蜷缩成石块，无数次向上苍祈祷我的康复，甚至愿灾痛以10倍的烈度降临于他们自身，以换取我的平安。我的每一滴成功，都如同经过放大镜，进入他们的瞳孔，摄入他们心底。

假如我们先他们而去，他们的白发会从日出垂到日暮，他们的泪水会使太平洋为之涨潮。

面对这无法承载的亲情，我们还敢说我不重要吗？

我们的记忆，同自己的伴侣紧密缠绕在一处，像两种混淆于一碟的颜色，已无法分开。你原先是黄，我原先是蓝，我们共同的颜色是绿，绿得生机勃勃，绿得苍翠欲滴。失去了妻子的男人，胸口就缺少了生死攸关的肋骨，心房裸露着，随着每一阵轻风滴血。失去了丈夫的女人，就是齐斩折断的琴弦，每一根都在雨夜长久地自鸣……

面对相濡以沫的同道，我们忍心说我不重要吗？

俯对我们的孩童，我们是至高至尊的唯一。我们是他们最初的宇宙，我们是深不可测的海洋。假如我们隐去，孩子就永失淳厚无双的血缘之爱，天倾东南，地陷西北，万劫不复。盘子破裂可以黏合，童年碎了，永不复原。伤口流血了，没有母亲的手为他包扎。面临抉择，没有父亲的智慧为他谋划……面对后代，我们有胆量说我不重要吗？

与朋友相处，多年的相知，使我们仅凭一个微蹙的眉尖，一次睫毛的抖动，就可以明了对方的心情。假如我不在了，就像计算机丢失了一份不曾复制的文件，她的记忆库里留下了不可填补的黑洞。夜深人静时，手指在揿了几个电话号码后，骤然停住，那一串数字再也用不着默诵了。逢年过节时，她写下一沓沓的贺卡。轮到我的地址时，她闭上眼睛……许久之后，她将一张没有地址只有姓名的贺卡填好，在无人的风口将它焚化。

相交多年的密友，就如同沙漠中的古陶。摔碎一件就少一件，再也找不到一模一样的成品。面对这般友情，我们还好意思说我不重要吗？

我很重要。

我对于我的工作我的事业，是不可或缺的主宰。我的别出心裁的创意，像鸽群一般在天空翱翔，只有我才提得住它们的羽毛。我的设想像珍珠一般散落在海滩上，等待着我把它用金线串起。我的意志向前延伸，直到地平线消失的远方……

没有人能替代我，就像我不能替代别人。

我很重要。

我对自己小声说。我还不习惯嘹亮地宣布这一主张，我们在不重要中生活得太久了。

我很重要。

我重复了一遍，声音放大了一点。我听到自己的心脏在这种呼唤中猛烈地跳动。

我很重要。

我终于大声地对世界这样宣布。片刻之后，我听到山岳和江海传来回声。

是的,我很重要。我们每一个人都应该有勇气这样说。我们的地位可能很卑微,我们的身份可能很渺小,但这丝毫不意味着我们不重要。

重要并不是伟大的同义词,它是心灵对生命的允诺。

对于一株新生的树苗,每一片叶子都很重要。对于一名孕育中的胚胎,每一段染色体碎片都很重要。甚至驰骋寰宇的航天飞机,也可以因为一个油封橡皮圈的疏漏而凌空爆炸,你能说它不重要吗?

人们常常从成就事业的角度,断定我们是否重要。但我要说,只要我们在时刻努力着,为光明在奋斗着,我们就是无比重要地生活着。

让我们昂起头,对着我们这颗美丽的星球上无数的生灵,响亮地宣布——

我很重要。

童话书中的苦难

各位小朋友中朋友，咱们今天谈谈关于苦难的问题，你们可有兴趣？有人一定会捂着耳朵说，不听不听……说句心里话，我也怕谈这个难题。对我这也是一个大考验。咱们好像共同面对着一碗苦苦的药汤，要一口口慢慢地喝下去，有时还得咂着嘴回味一番，更是苦上加苦。可是中国有句古话，叫作"良药苦口利于病"，对于某些重要的命题，回避不是一个好法子。所以，咱们就一块儿皱着眉咬着牙，坚持讨论下去吧。

我之所以不称你们为"老朋友"，不是因为咱们相识的时间还短，是因为你们的年龄比较小。我原来总以为研究"苦难"这个大题目，要放在人比较成熟的时候——起码要到男孩下巴上长出软软胡须，女孩身姿婀娜之后。可是，生活根本就不理会我们的安排，它我行我素，肆无忌惮。可以顷刻之间，就把严酷的灾难，比如山崩地裂，比如天灾人祸，比如父母离异，比如病魔降身……降临到无数人头上，毫不对儿童和少年稍存体恤之情。

这就证明了一个铁一般冷酷的事实——苦难的降临是不以人的善良意志为转移的。它就像空气一样，围绕着成人，也围绕着未成年人。对于注定要发生的风浪，单纯地依靠一厢情愿的堤坝，是无法躲避灾难的。更重要更有效的策略，是我们具备直面它的勇气，然后从容冷静坚定顽强地走过苦难，重建生活。

有一句说得很滥的话——"不要总是生活在童话中"。这话是什么意思呢？大概是说——童话虽然很美好，但现实生活中远不是那个样子。面对真实的生活的时候，我们要忘掉童话的气氛。

我不同意这种说法。其实在那些最优秀的童话里，是充满了苦难和对于苦难的抗争的。比如说"灰姑娘"吧。她小小的年纪，就失去了母亲，父亲也并不关爱她。（在那个经典的故事中，没有对灰姑娘爸爸的具体描写，我估计不是作者的疏忽，而是灰姑娘的老爸乏善可陈。从他找的第二任夫人的品行可看出，这老先生对人的洞察能力不佳。）在继母的冷漠和姐姐们的白眼下生活，没法读书，做着力所不及的杂役……嗨！简直就是未成年人被家庭虐待的典型。

比如"卖火柴的小女孩"，更是悲惨至极。没有吃的，没有喝的，在节日的夜晚，还要光着脚在风雪中售卖火柴，以至于饥寒交迫冻饿而死……真是惨绝人寰的景象。依我在西藏雪域生活多年的经验，作家笔下所描绘的小女孩临死前所看到的温暖光明的家庭图画，其实很有科学根据。濒临冻僵的人，神经麻痹之后会出现神秘的幻觉——平日的理想都虚无缥缈地浮现出来了。包括小女孩脸上的笑容，也有医学基础。严寒会使人的肌肉强烈痉挛，我当过多年的医生，所见过的被冻死的人，表情都好似在微笑……

再说白雪公主。亲妈早早仙逝，后母不容，因为嫉妒她的美丽，竟然雇了杀手要取她首级。好不容易死里逃生，被好心的小矮人收留。为了报答恩人，她从高贵的公主摇身一变，成了打扫家务烹炸菜肴的小时工，这个落差不可谓不大。就这样，她的厄运还远未终结，后母死死追杀，最后被毒苹果险些夺去红颜……

怎么样？以上所谈童话中的阴谋与死亡、贫困与灾难……其力度和惨烈，就是今人，也要为之垂泪吧？

我还可以举出许多。比如小人鱼变鳍为脚的痛楚，小红帽面对狼外婆的恐惧，孙悟空戴上紧箍咒的折磨和唐僧九九八十一难的艰辛……怎么样，我说得不错吧？童话并不遮盖苦难，它们比今天那些搞笑的故事，更多悲凉和灾难的警策。

也许是因为童话多半有一个光明的结尾，好人得到神灵相助，就使人们忽略了那些惨淡的忧郁，以为童话总是祥云笼罩，这实在是一个大误会。

小朋友和中朋友们，说句真心话，依我这些年践山涉水走南闯北的经验，苦难就像感冒，几乎是不可避免的。如果谁告诉你们世界永远是阳光灿烂，请记住——他是一个骗子。

灾难埋伏在我们前进的拐弯处，不知何时会突袭我们。怕，是没什么用的。我们不能取消灾难，各位能够做到的就是面对灾难不屈服。灾难会带给我们巨大的痛苦。亲人丧失、房屋倒塌、财产毁坏、学业中断、断臂失明、瘫痪失语、孤苦无依、诬陷迫害……

这些词令人窒息，我都不忍心写下去了。但我深深知道，以上绝境还远远不是灾难的全部，在人生过程中，还有大大小小许许多多匪夷所思的艰涩，会不期而遇。

既然灾难不可避免，灾难之后，我们怎么办？我想答案一定是形形色色的。不过万变不离其宗，大致可以分成两大类。

一条路是——我们可以终日啼哭，用泪水使太平洋的海拔高度上升。我们可以一蹶不振徘徊在墓地，时时沉湎在对亲人的怀念和追悼中。我们可以怨天尤人，愤问苍穹的不公和大自然的残忍。我们可以从此心地晦暗，再也不会欢笑和宽容……

沿着这条路一直走下去，那结局是末日的黑色和冰冷。

还有一条路是——我们拭干眼泪，重新唤起生的勇气。掩埋了亲人之后，我们努力振奋新的精神，以告慰天上的目光。我们更珍惜生命的价值和意义，争取用自己的存在让这颗星球更美。我们对他人更多温情和宽厚，因为我们从患难中理解了友谊和支援……

沿着这条路走下去，那结局是火焰般的橘黄色，明媚温暖。小朋友和中朋友们，这两条路可是南辕北辙的啊。灾难之后，何去何从，千万三思而后行！

灾难是一把双刃剑，可以把一个人从精神上杀死，也可以把他锻造得更加坚强。所以，选择非常重要。

如果说，何时我们遭遇灾难，是不受我们控制的，但灾难之后我们如何走过灾难，却是我们一定能掌握的。在灾难的废墟上，愿生命之树依然常青。

幸福和不幸永在

我不认为幸福与科学有什么成比例的关系。也就是说，它们分属于两个系统。一个是情感的范畴，属于精神的领域。一个是物质的范畴。属于无生命的领域。（这样划分不严谨，对生命科学有点不敬，请原谅，我说的生命指的是变幻万千的活体感觉）在科学产生之前很久，幸福就存在于我们的感知之中。后来科学出现了，但幸福感并没有出现相应的增长，它们是两股道上跑的车，虽然有的时候，轨道会发生小小的交叉。

我相信在原始人那里，远在科学的胚胎还裹于子夜的黑暗襁褓之中，幸福就顽强地莅临刀耕火种的山洞。证据之一就是那个时候的人，快乐地唱歌和跳舞，还创造出玄妙的神话和精美的文字。你不能说在通红的篝火旁手舞足蹈的那些裸人，不知道什么是幸福。如果谁硬要这么说，以为只有现代人方知晓和能够享受幸福，因而看不起我们的祖先，那倘若不是出于无知，就是赤裸裸的现代沙文主义。

在某种物质十分匮乏的时候,当它一旦出现,可能会在短暂的时间内帮助引发幸福的感觉。比如,一名男子十分思念热恋中的女友,如果在古代,他只有骑上一匹马,在草原上驰骋三天三夜,才能一睹女友的芳颜,当他看到女友眸子的那一瞬,我相信荡漾在他内心的感觉,就是幸福。如今,当同样的思念袭来的时候,他可以买上一张机票,两个小时之后就平安到达上海,当看到女友眸子的那一瞬,我相信他的幸福感同样强烈和震撼。

我们可以简单地说,飞机是和科学有重要关联的物件。因此,好像科学帮助了幸福。但接下来的问题是,这种幸福感是来源于马匹还是飞机?抑或是草原上的风还是空中的白云?我想,可能众说纷纭。即便问当事人,也会有不同的答案。会有人说,幸福当然和马匹和飞机有关了。如果没有马匹和飞机,这对相爱的恋人如何聚到一起?从马匹到飞机,这就是科技的进步和力量,使幸福的感觉提前出现,并变得比以前要省事容易。

我不同意这种意见。理由很简单,马匹和飞机只是这个人通往幸福的工具,而非幸福的理由和必然。在那架飞机上有很多乘客,有的人是例行公事,有的人还可能是奔丧。幸福和飞机的翅膀无关,只和当事人的心情有关。幸福是一种心灵深层的感觉,在最初的温饱和生殖的快感解决之后,它主要来源于人的精神体系的满足。

我知道我的观点可能会遭到很多人的质疑。比如有人会说,当你患病的时候,突然有了特效的药品,难道你和你的亲人不浮现出幸福的感觉吗?这死里逃生的光芒难道不是直接来源于科学的太阳吗?

我当过很多年的医生，我知道科技的进步对生命的延续是怎样的重要和宝贵。但生命延续的本身，并不一定达至幸福的彼岸。生命只是幸福感得以附丽的温床，生命本身是一个中性的存在。它是既可以涂写痛苦也可以泼洒快乐的一幅白绢。当病人和他的家属为某种特效药喜极而泣的时候，那种幸福的感觉主要源自骨肉间的深情。如果没有这种生死相依的情感，任何药物都无法发动快乐和幸福的过山车。

科学使粮食的产量增高，但这个世界上依然有吃不饱的穷人。既然引发贫困的源头不是科学，那么由贫穷所导致的痛苦，也不是科学的创可贴所能抚平。科学使交通工具的速度更快，人们可以更迅捷地从甲地到乙地。但时间的缩短和幸福的产出，并不成正相关。君不见朝夕相处近在咫尺的夫妻，往往并不充溢幸福，而是满怀深仇？科学使人类升上太空，得以了解遥远的宇宙发生的变化。但我看到一位宇航员的回忆录说，他在太空中最深刻的想念是——回到地球。科学发现了原子能巨大的力量，但核武器的堆积，把人类推到了亘古未有的悬祸之中。科学延长了老年人的生命，但如果没有亲情的滋润和生存的尊严，这份延长的时间便与幸福毫不相干。

科学提供了产生幸福的新的机遇，但科学并不导致幸福的必然出现。我看到国外的一份心理学家的报告，说在地铁卖唱为生的流浪者和千万富翁对于幸福的感知频率与强度，几乎是一样的。当一个人晚饭没有着落的时候，一个好心人给的汉堡就能给他带来幸福的感觉。但千万富翁就丧失了得到这份幸福的缘分。幸福是不嫌贫爱富的，我们至今没有办法确知某一种情况将必然导致幸福，同样，也无法确认某一种情况将必然导致不幸。

　　妈妈看到婴儿的出生，想来是天下的大幸福。但对于一个未婚母亲或是遭夫遗弃的妻子来说，这幸福的强度就可能要打折扣。生命消失之际按说和幸福不搭界，但我确实听到过一个人在他生命垂危之际，说他——很幸福——这个人就是我的父亲。这是他所给予我的最宝贵的精神财富之一，令我知道即使是面对永恒的消失，人也可以满怀幸福地沉稳走去。

　　说到这儿，离科学就有些远了，而是和人性有了更多的链接。科学要发展，人性要完善，幸福和不幸永在。

你是否需要预知今生的苦难

那天晚上,比尔请客。

比尔是外交部的官员,负责接待安排我们在纽约的活动。比尔衣着朴素,脸上永远是温和厚道的笑容。当我们从纽约火车站出来的时候,看到的就是这种笑容。他帮我们推着沉重的行囊,在人群中穿行。当他护送我们到哈林区的贫民学校访问的时候,脸上也是这样的笑容。当我要离开纽约,担心一大堆资料无法带走的时候,又是比尔温暖的笑容帮我解决了难题,他答应为我将资料海运回中国。我要给比尔运费,比尔显出很不好意思的神情。我给了他二十美元之后,他说什么也不肯再要了。

比尔请我们在一间中餐馆用饭。比尔说这是纽约最好的中餐馆之一。

我对让一个出访在外的游客,请他吃故国饭食这事,一直持不同意见。比如一个日本人到中国访问,才从东京飞出来两个小时,到北京落地之后,被人请到一家日本料理店,吃一顿风味走了样的日本饭，他的感觉必不会太好。同理，我在国外出访，最怕的就是吃那种改良后的中餐。无论色香味都发生了变异，还不如吃根本就与我们不是同宗同族的西餐，因为有了准备，舌头和肚肠的宽容度反倒大些。中餐就吓人了，上来一个鱼香肉丝，当你做好了将尝到熟悉的川味的准备时，一个冷不防，居然袭来奶油的甜香，所受的惊吓足以让你怀疑自己的神经。

比尔在中餐桌上是有发言权的，因为比尔的妻子是一位香港女性。这的确是我在美国吃得最好的中餐之一。席间，聊到一个有趣的话题；人是否需要预先知道今生的苦难？

同桌的一位朋友说，他认为如果有可能，他愿意预知一生的苦难。理由是，凡事预则立，不预则废。知道了，有什么坏处呢？没有。并不会因为你的预知，就让你的灾难变得更多或者减少，那么，你多知道一点，就对自己的人生多了一分把握，该是好事。

闷头吃饭的比尔，突然大叫了一声：NO！

这是我唯一的一次，在比尔的脸上看到的不是笑容，而是愤怒和凄楚。

当然，比尔的愤怒不是针对那位朋友，比尔放下了筷子，对我们说：

很多年前，我和我的妻子，在香港抽签请人算命。那人是一个和尚，他看了我妻子的签说，你会早死。看了我的签说，你会老死。你们知道早死和老死的区别吗？自从听了那和尚的话，我的妻子就对我说，比尔，我会比你先死。因为我是早早死去，而你是老死，你要活很大的年纪。我说，你不要相信这话，那个人是胡说。我会和你白头偕老，如果有个人一定要先死去，那就是我，因为你比我年轻。但是前不久，我的妻子生了喉癌。那是因为她年幼的时候，家中很穷困，没有菜，就吃咸鱼。咸鱼很小，有很多刺，鱼刺刺伤了她的喉咙，久而久之，就生成了癌症。妻子走了，留下我，等着我的"老死"。

比尔说得非常伤感。朋友们缄默了许久，寄托对比尔妻子的深切悼念。我听出了比尔话后面的话。很多年来，关于"早死"和"老死"的谶语，就盘旋在他们的头顶。他们本能地畏惧这朵乌云，乌云尖利的牙齿，咬破了他们最快乐的时光，每当幸福莅临的时刻，惴惴不安也如约袭来。因为他们太珍惜幸福，就越发迅疾地想到了那不祥的预言。如果他们不知道那命运的安排，如果当年没有那老和尚的多此一举，比尔和他妻子的美好时光，也许会更纯粹、更光明。

我不知道我想的是否符合实际，我也不敢向比尔求证。

我把此事写到这里，是想再次问自己也问他人。我们是否需要预知今生的苦难？

大多数人是取席间的那位朋友的观点，还是像比尔一样说 NO？

我站在比尔一边。不单是从技术层面上讲，我们无法预知今生的苦难，我们也无法预知今生的幸福，就是有人愿意告诉我，把我生的苦难，用了不同的簿子，将它们分门别类地列出，苦难用黑墨水，幸福用红墨水，一一书写量化。或者是轻声细语地娓娓道来，苦难用叹息，幸福用轻轻的笑声。想来我也会在这种簿子面前闭上眼睛，在这种命运告诫面前，堵起自己的耳朵。生命是我自己的东西，甚至可以说是我仅有的东西，我不希望别人来说三道四。我注重的是过程，在这个过程中，我感到自己的价值。我们可以预知的只是自己应对苦难和幸福的态度，此时此地，这是我们能掌握的唯一，知道了又怎样？不知道又怎样？生命正是因为种种的不知道和种种的可能性，才变得绚烂多姿和魅力无穷。你依然要生活下去，依然要向前走。变化是无法预料的，世界充满了不可捉摸的可能。能够把握的只是我们自己。

那一天比尔离去的时候，带走我沉甸甸的资料。比尔一手拎着资料，一手提着他不离身的书包。他的书包在纽约的大街上显得奇特而突兀。那是一个简单的布包，上面用汉字写着：天府茗茶。

在纽约看到比尔的所有时刻，他都拎着这个布包，突然想问问比尔，这是否是他妻子很喜欢的一件东西？

提醒幸福

我们从小就习惯了在提醒中过日子。天气刚有一丝风吹草动，妈妈就说，别忘了多穿衣服。才相识了一个朋友，爸爸就说，小心他是个骗子。你取得了一点成功，还没容得乐出声来，所有关切着你的人一起说，别骄傲！你沉浸在欢快中的时候，自己不停地对自己说：千万不可太高兴，苦难也许马上就要降临……

我们已经习惯于提醒，提醒的后缀词总是灾祸。灾祸似乎成了提醒的专利，把提醒染得充满了淡淡的贬义。

我们已经习惯了在提醒中过日子，看得见的恐惧和看不见的恐惧始终像乌鸦盘旋在头顶。

在皓月当空的良宵，提醒会走出来对你说：注意风暴。于是我们忽略了皎洁的月光，急急忙忙做好风暴来临的一切准备。当我们大睁着眼睛枕戈待旦之时，风暴却像迟归的羊群，不知在哪里徘徊。当我们实在忍受不了等待灾难的煎熬时，我们甚至会恶意地祈盼风暴早些到来。

在许多个夜晚，风暴始终没有降临。我们辜负了冰冷如银的月光。

风暴终于姗姗地来了。我们怅然发现，所做的准备多半是没有用的。事先能够抵御的风险毕竟有限，世上无法预计的灾难却是无限的。战胜灾难靠的更多的是临门一脚，先前的惴惴不安帮不上忙。

当风暴的尾巴终于远去，我们守住零乱的家园。气还没有喘匀，新的提醒又智慧地响起来，我们又开始对未来充满恐惧的期待。

人生总是有灾难。其实大多数人早已练就了对灾难的从容，我们只是还没有学会在灾难间隙的快活。我们太多注重了自己警觉苦难，我们太忽视提醒幸福。

请从此注意幸福！

幸福也需要提醒吗？

提醒注意跌倒……提醒注意路滑……提醒受骗上当……提醒宠辱不惊……先哲们提醒了我们一万零一次，却不提醒我们幸福。

也许他们认为幸福不提醒也跑不了的。也许他们以为好的东西你自会珍惜，犯不上谆谆告诫。也许他们太崇尚血与火，觉得幸福无足挂齿。他们总是站在危崖上，指点我们逃离未来的苦难。

但避去苦难之后的时间是什么？

那就是幸福啊！

享受幸福是需要学习的，当幸福即将来临的时刻需要提醒。人可以自然而然地学会感官的享乐，人却无法天生地掌握幸福的韵律。灵魂的快意同器官的舒适像一对孪生兄弟，时而相傍相依，时而南辕北辙。

幸福是一种心灵的震颤，它像会倾听音乐的耳朵一样，需要不断地训练。

简言之，幸福就是没有痛苦的时刻。它出现的频率并不像我们想象的那样少。人们常常只是在幸福的金马车已经驶过去很远，捡起地上的金鬃毛说，原来我见过它。

人们喜爱回味幸福的标本，却忽略幸福披着露水散发清香的时刻。那时候我们往往步履匆匆，瞻前顾后不知在忙着什么。

世上有预报台风的，有预报蝗虫的，有预报瘟疫的，有预报地震的。没有人预报幸福。

其实幸福和世界万物一样，有它的征兆。

幸福常常是朦胧地、很有节制地向我们喷洒甘霖。你不要总希冀轰轰烈烈的幸福，它多半只是悄悄地扑面而来。你也不要企图把水龙头拧得更大，使幸福很快地流失。只需静静地以平和之心，体验幸福的真谛。

幸福绝大多数是朴素的。它不会像信号弹似的，在很高的天际闪烁红色的光芒。它披着本色的外衣，亲切温暖地包裹起我们。

幸福不喜欢喧嚣浮华，常常在暗淡中降临。贫困中相濡以沫的一块糕饼，患难中心心相印的一个眼神，父亲一次粗糙的抚摸，女友一个温馨的字条……这都是千金难买的幸福啊。像一粒粒缀在旧绸子上的红宝石，在凄凉中愈发熠熠夺目。

幸福有时会同我们开一个玩笑，乔装打扮而来。机遇、友情、成功、团圆……它们都酷似幸福，但它们并不等同于幸福。幸福会借了它们的衣裙，袅袅婷婷而来，走得近了，揭去帏幔，才发觉它有钢铁般的内核。幸福有时会很短暂，不像苦难似的笼罩天空。如果把人生的苦难和幸福分置天平两端，苦难体积庞大，幸福可能只是一块小小的矿石。但指针一定要向幸福这一侧倾斜，因为它有生命的黄金。

幸福有梯形的切面，它可以扩大也可以缩小，就看你是否珍惜。我们要提高对于幸福的警惕，当它到来的时刻，激情地享受每一分钟。据科学家研究，有意注意的结果比无意要好得多。

当春天的时候，我们要对自己说，这是春天啦！心里就会泛起茸茸的绿意。

幸福的时候，我们要对自己说，请记住这一刻！幸福就会长久地伴随我们。

那我们岂不是拥有了更多的幸福！

所以，丰收的季节，先不要去想可能的灾年，我们还有漫长的冬季来得及考虑这件事。我们要和朋友们跳舞唱歌，渲染喜悦。既然种子已经回报了汗水，我们就有权沉浸幸福。不要管以后的风霜雨雪，让我们先把麦子磨成面粉，烘一个香喷喷的面包。

所以，当我们从天涯海角相聚在一起的时候，请不要踌躇片刻后的别离。在今后漫长的岁月里，有无数孤寂的夜晚可以独自品尝愁绪。现在的每一分钟，都让它像纯净的酒精，燃烧成幸福的淡蓝色火焰，不留一丝渣滓。让我们一起举杯，说：我们幸福。

所以，当我们守候在年迈的父母膝下时，哪怕他们鬓发苍苍，哪怕他们垂垂老矣，你都要有勇气对自己说：我很幸福。因为天地无常，总有一天你会失去他们，会无限追悔此刻的时光。

幸福并不与财富、地位、声望、婚姻同步，它只是你心灵的感觉。

所以，当我们一无所有的时候，我们也能够说，我很幸福。因为我们还有健康的身体。当我们不再享有健康的时候，那些最勇敢的人可以依然微笑着说：我很幸福。因为我还有一颗健康的心。甚至当我们连心都不再存在的时候，那些人类最优秀的分子仍旧可以对宇宙大声说：我很幸福。因为我曾经生活过。

常常提醒自己注意幸福，就像在寒冷的日子里经常看看太阳，心就不知不觉暖洋洋亮光光。

上架建议：畅销书 | 文学
ISBN 978-7-226-05699-8

定价：48.00元